INK

挑戰天王

黃光國・著

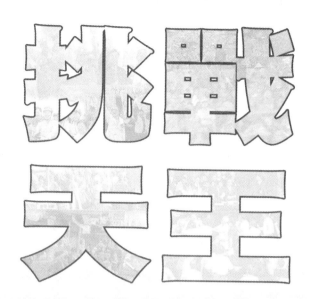

目次

自序

二〇〇七年二月十二日，名政論家南方朔在《中國時報》上發表了一篇專論〈國民黨還有希望嗎？〉他一針見血地指出：民進黨基本上是以「四百年來最後一戰」的台獨意識型態，在對待即將到來的總統大選。「他們深知：只要贏了這一戰，不但所有的貪瀆非法醜聞可一揭而過」，而且「藍營即會潰散。一個眞正萬年執政黨即可誕生」。正是基於這樣的意識，他們才會用盡一切手段，讓阿扁的「大問題」變成「沒問題」，也才會有系統地在教科書，以及中鋼、中油、中華郵政，和慈湖陵寢等具有符號指標意義的問題上製造話題。「藉著操作符號而引發亢奮，從而淡化掉諸如經濟崩壞、政府管治不良、甚至貪腐橫行等實體問題。過完舊曆年，操作『二二八』以及『修憲』等問題必將一波波湧現，一直搞到二〇〇八年。」

我完全同意南方朔的這段分析。因此，我認爲：任何有意參加二〇〇八年總統大選的藍營候選人，必須先自我檢驗，在未來的大選過程中，他是否禁得起選民及對手政黨的嚴苛檢驗？他能不能有效反制民進黨這一波波的攻勢？能不能帶給台灣新的願景？

我的朋友胡忠信在他所著的《解讀年代》一書中，有一篇文章，認爲可以從四個面向來看

〈領導人的品質〉：第一是提出願景（vision），第二是要有責任感（accountability），第三是要有公信力（credibility），第四是自我定位（self-position）。從這四個面向來看，當前藍營領袖中最有可能爲藍軍贏得總統大選者，非馬英九莫屬。馬英九長年服務公職所展現出來的「責任感」，爲他自己贏得了極高的「公信力」。

然而，一個人性格的優點，往往也是他最大的缺點。我從一九九八年起，擔任「新台灣人基金會」的董事，對馬先生有相當程度的瞭解。在我看來，馬英九的最大優點是「謹慎小心」，他最大的缺點也是「謹慎小心」。馬英九最重視的核心價值是「清廉」，他的「自我定位」便是「清廉自持」。「清廉」原本是公職人員最基本的要求。然而，從李登輝開始大搞「黑金政治」以來，「清廉」反倒變成台灣政壇上一項稀有的品質。尤其是陳水扁當政之後，貪腐加無賴變得「滔滔者天下皆是」，人民「如大旱之望雲霓」般地期盼出現清廉的國家領導人。

馬英九正符合人民的這種期待。在他的公職生涯裡，他一直小心謹慎地捍衛著「清廉」的核心價值。因此，他在擔任市長特別費案爆發之後，便顯得驚惶失措，讓人對他危機處理的能力產生懷疑。

「清廉自持」是作爲地方行政首長的首要條件。然而，要想當國家領導人，光憑「清廉自持」是絕對不夠的。南方朔在〈國民黨還有希望嗎？〉一文中，一針見血地指出，長久以來，國民黨已經「失去了一個政黨該有的領導性。黨在卻形同不在，只剩貪名圖利，想做一官半職的『國民黨人』。」「這個黨已經失去了最重要的內在精神與意志。最後連判斷問題的能力也一併失去。」

國民黨之所以會喪失掉「一個政黨應有的領導性」，原因不止一端，我們也無法在此細論。

然而，從本書的析論中，我們可以清楚地看出：國民黨今天要想找回自己的內在精神與意志，當務之急就是將其兩岸政策由李登輝時代的「一中各表」改變成爲「一中兩憲」。乍看之下，這兩個字的更動似乎微不足道，可是，西諺有云：「給我一根槓桿，我便能轉動世界。」在我看來，「一中兩憲」便是能夠轉動兩岸關係的那根槓桿。只要國民黨接受這樣的主張，不僅兩岸之間可以建構出穩定的和平關係，台灣內部的意識型態的對立、憲政改革的爭議、軍備競賽的避免，以及台灣在全球化世界中的定位等等問題，都可以迎刃而解。

《一中兩憲：兩岸和平的起點》於二〇〇五年十月出版之後，我曾經贈書給當時的國民黨主席馬英九，也曾經跟他討論過相關的問題。令人遺憾的是：由於他「謹慎小心」的性格，對於這樣的論述，他竟然是「善善而不能用」。除此之外，我給他的許多建議，也因爲他這種「小心謹愼」的性格，而沒有下文。正因爲本書所述一系列事件，才使我下定決心，參加國民黨內總統候選人初選。希望藉由初選辯論的過程，讓人民瞭解每一位候選人的治理理念，並看到台灣未來的願景。

作者在本書中以相當嚴格的標準在作自我檢驗，同時也在檢驗馬英九先生。令我感到萬分遺憾的是：國民黨中央竟然以我恢復黨籍時間不符合「四月條款」，而否決我參加初選的資格。「盡人事，聽天命」，事到如今，我只能期盼：在二〇〇八年的總統大選中，選民都能以同樣標準檢驗每一位候選人，選出最能帶領台灣走出「鎖國」困境的總統，讓台灣擺脫受民進黨「天王」操弄的夢魘！

二〇〇七年五月廿日

第一章 我的終極關懷

二〇〇七年元月十日，我在民主行動聯盟許多朋友的陪同下，在立法院召開記者會，宣布將參加國民黨內總統候選人初選，許多人都大爲吃驚，認爲這項宣布完全不符合我的行事風格。誠然，「從政」這件事確實是和我的生涯規劃背道而馳；然而，瞭解我政治理念的人即不難看出：我這樣做，實在是不得已也。更清楚地說，我參選的主要目的，是要藉由國民黨內初選的辯論，迫使國民黨二〇〇八年的總統候選人，對台灣的未來提出一套清晰而且明確的願景，讓台灣人民對國家的未來能夠看到希望。

過去幾年中，我和民盟的許多朋友因爲對台灣政治運動的高度參與，經過反覆的辯論，對當前台灣所面臨的重大問題，已經發展出一套完整的論述。我們認爲：以「一中兩憲」的主張作爲基礎，不僅可以建構台灣海峽兩岸間穩定的和平關係，而且可以解決台灣內部由憲政體制和意識型態對立所衍生出來的諸多問題，更可以讓台灣在全球化的世界潮流中得以定位。

我們希望：藉由參與國民黨內總統候選人初選，能夠以這套論述和國民黨的其他候選人互相辯論。如果有人能夠提出比「一中兩憲」更好的論述，我們願意甘拜下風，並全力幫他輔選。反過來說，如果其他候選人提不出更好的論述，「一中兩憲」就應當成為國民黨內的共識，大家同心協力，一起打贏二〇〇八年的這場選戰。換句話說，在國民黨內總統候選人初選，我們將以「一中兩憲」的相關論述挑戰其他的候選人；在未來二〇〇八年的總統大選中，我們也希望用同樣的論述來挑戰民進黨的「天王」。

從哈柏馬斯的溝通行動理論來看，一個採行批判理論的學者，必須保持清冷的批判意識，先對自己潛意識中的意識型態進行自我批判，然後才能夠對社會中主流的意識型態進行社會批判。因此，在這本書中，我將從我的家世背景，分析我深層潛意識中的「反帝情結」。然後說明：「從政」這條路為什麼背離我自己的生涯規劃；但在眾多主客觀因素的因緣際會之下，我又不得不走上這條路，希望能夠落實「一中兩憲」的政治理念，徹底解決十餘年來困擾台灣政壇的「台獨民粹主義」現象。

第一節　末代皇帝的台灣御醫

二〇〇七年元月二日，《中國時報》第五版以全版的篇幅，刊登出一篇對我的專訪，題為〈末代皇帝生命交給台灣御醫〉，詳細敘說滿清末代皇帝愛新覺羅・溥儀在東北滿洲國稱帝時期，竟然十分信任一位台灣籍的御醫，就是家父黃子正。甚至在二次大戰結束，日本宣布無條件投降後，寧可捨棄第四位妃子，也要帶他的私人醫師一起逃亡！

這篇專訪刊出之後，許多朋友跟我見面時，最感興趣的話題就是：前清時期，皇帝御醫是朝廷命官，地位崇隆。到了滿洲國時代，爲什麼末代皇帝溥儀會找一個台灣人當他的御醫？

我的父親黃子正

從社會心理學的角度來看，這個問題的答案癥結在於：溥儀內心對日本人的恐懼。我在瞭解這個問題之後，整個世界觀起了相當大的變化，對於我日後政治理念的形成也有極大的影響。爲了說明這段因緣，我又撰寫了一篇長文〈末代皇帝的恐懼與台灣御醫〉，分兩次刊登在元月廿二、廿三日的〈聯合·副刊〉之上。

要把這個歷史故事說清楚，必須先瞭解三位關鍵人物，第一位是溥儀的私人醫師，家父黃子正，第二位是滿洲國國務總理鄭孝胥，第三位則是關東軍派在他身邊的聯絡官吉岡安直。先談家父。根據我家族譜的記載，我的祖先世居於福建省泉州府同安縣美人山麓，一個稱爲「興堡」之處（目前爲廈門市集美區洪塘鎮），傳了十二世，到清朝乾隆年間（1761），始祖黃志松渡海來台，傳到第四代，我的曾祖父黃耀性在台北市迪化街蓋了一棟閩南式的建築。清朝末年，來自福建的貨船可以沿淡水河航行至台北的艋舺（萬華）和大稻埕（延平區）一帶，我的曾祖父便在閩、台兩地往返經商爲業。這棟祖厝位於台北市迪化街台北大橋附近，佔地百餘坪，前面是商店，縱深卻長達十餘間店面，台語俗稱「竹篙厝」。據說當年從福建來台的商船，可以沿淡水河航行到大稻埕，卸下來的貨，儲存在屋後倉庫，商品則在屋前店面待價而沽。

目前迪化街一帶已經發展成爲著名的南北年貨市場，大多房舍都曾經數度翻修，我們這棟祖厝傳到家父一代，卻因爲家道中落，再加上所有權的持分人愈傳愈多，子孫經濟稍微寬裕之後，即搬離祖厝，無人肯出錢翻修。到了二〇〇四年，這棟祖厝已經變成無人居住的廢墟，內部仍然保有前清時期的格局。結果，竟然意外成爲台北市政府古蹟保存的對象。

我的祖父改業學習西醫，日據時代實行公醫制度，祖父黃煙篆曾是當時的公醫。父親黃子正和堂叔黃樹奎兩人都是當年「台北醫學專門學校」的畢業生。據一位堪輿先生說，我的曾祖父所葬的風水叫做「飛鳥過枝」，所以注定子孫會漂洋過海，遠至異鄉。事實上，可能是受了先人從事商貿的影響，我的家族到家父一代，我的叔伯輩以及堂叔、堂伯，都紛紛離開家鄉，到中國大陸和南洋一帶尋求發展。家父和堂叔黃樹奎兩人自台北醫專畢業後，相偕到上海開業行醫，不久之後，家父又到長春（當時稱爲「新京」），開設「大同醫院」。

國務總理鄭孝胥

鄭孝胥是福建人，和溥儀的老師陳寶琛是同鄉。在前清時期中過舉，當過清朝駐日本神戶的領事，也做過一任廣西邊務督辦，國學基底扎實，詩書文章都相當不錯。民國成立之後，鬻書筆潤爲生，很受陳寶琛賞識，而一再向溥儀推薦。民國十二年夏天，鄭孝胥第一次和溥儀見面，即暢談他「大清中興」的構想，溥儀大爲傾倒，立刻請他留下當「懋勤殿行走」。嗣後，鄭孝胥爲建立滿洲國出了許多力。一九三二年滿洲國建立之後，他也順理成章成爲第一任「國務總理」。

當時閩、台之間交流十分頻繁，滿洲國成立後，鄭孝胥因爲自身是福建人的地緣關係，提拔了不少台灣人到滿洲國政府任職，其「外交部總長」即爲新竹人謝介石。

滿洲國建立之初，溥儀體弱多病，亟需找一位醫生照顧他的健康。當時日本關東軍不准他用中國醫師，他自己又不信任日本人，雙方折衝之下，鄭孝胥就找「既不是中國人，又不是日本人」的台灣人謝介石，請他替「皇上」找一位御醫。家父雖然是西醫出身，同時兼習中醫，在種種因素因緣際會之下，謝介石即介紹家父，成爲溥儀的私人醫生。

「帝室御用掛」吉岡安直

當時所謂的「滿洲國」，其實是日本人控制下的傀儡政權，內閣各部總長是中國人，次長則是日本人，日常政務幾乎全由次長決定，甚至連宮內府亦不例外。「帝室御用掛」吉岡安直便是關東軍派在溥儀身邊的聯絡官。吉岡是日本鹿兒島人，溥儀的弟弟溥傑到日本陸軍士官學校讀書時，吉岡還在該校擔任戰史教官，兩人結爲好友，關東軍知道了這層關係，再加上吉岡本人的積極活動，一九三五年，關東軍終於任命他爲高級參謀，派他「掛」在「滿洲帝室」達十年之久。

那時候，宮內府設有「憲兵室」，住有一班日本憲兵，監視宮內的一切活動。根據溥儀在《我的前半生》中的說法，關東軍好像一個「強力高壓電源」，他自己本人就像一個「精確靈敏的電動機」，吉岡安直就是「傳導性能良好的電線」，他這個皇帝「不能過問政事，不能隨便外出走走，不能找個『大臣』談談」。當關東軍那邊沒有電流通過來的時候，他在「宮內」根本無事可幹，日常生活用八個字就可以概括：「打罵、算卦、吃藥、害怕」。

第二節　末代皇帝的恐懼

鄭孝胥和「凌升事件」

一九三四年，溥儀「登極」後，對日本人已經開始心懷戒懼。翌年四月，他在日本人安排之下，到日本訪問，回到長春不到一個月，關東軍司令官南次郎告訴他：「鄭孝胥總理倦勤思退」，溥儀大吃一驚。後來多方打聽，才知道鄭孝胥不久前在他主辦的「王道書院」裡，向學員發了一次牢騷：「滿洲國已經不是小孩子了，就該讓他自己走走，不該總是處處不放手。」日本人知道了，立刻把他一腳踢開，在日本憲兵隊的監視下，只能留在家裡做詩、寫字。不久他的兒子「國務院祕書官」鄭垂暴斃；三年之後，鄭孝胥本人也在長春暴卒，據說都是出自日本人的暗殺。

一九三六年，滿洲國的「建國元勳」之一，興安省省長凌升在省長聯席會上發牢騷，說他在興安省無權無職，一切都是日本人說了算。開完這個會，凌升回到本省，立刻被抓走，並以「反滿抗日」罪名，跟幾個親戚一起被處斬首。

「帝位繼承法」

「凌升事件」使溥儀感到極度不安，讓他感到更恐懼的，則是日本人搞的「帝位繼承法」。一九三五年冬，溥傑從日本回到長春，當了禁衛軍中尉。本來溥儀想幫他安排一門親事，吉岡立刻向溥儀表示：爲了增進「日滿親善」，關東軍希望他和日本女子結婚，本庄繁大將要親自替他作媒，希望他這位「御弟」能作爲「親善」表率。

一九三七年四月三日，溥傑與嵯峨勝侯爵的女兒嵯峨浩在東京結婚。過了不到一個月，關東軍便授意國務院通過一項「帝位繼承法」，明文規定：皇帝死後由子繼之，如無子則由孫繼之，如無孫則由弟繼之，如無弟則由弟之子繼之。

溥儀一看就明白：這個「帝位繼承法」最緊要的只有「弟之子繼之」這句話，關東軍要的只是一個有日本血統的皇帝，必要時候，隨時可以拿他們兄弟開刀。由於時刻擔心自己生命的安危，溥儀宮內生活的第二件事就是「算卦」，吃素念經，求神拜佛，占卜打卦。譬如，溥傑的日本妻子懷了孕，溥儀就「提心吊膽地爲自己的前途算過卦」，直到得知她生的是女兒，「才鬆了一口氣」。

「慮病症」和疑心病

因爲日夜擔心自己的安危，溥儀得了嚴重的「慮病症」，不僅嗜藥成癖，而且還收藏各種藥品，中藥有藥庫，西藥有藥房。他的侍從主要的工作之一，便是替他管藥房、藥庫；每天和他的私人醫師爲他打補針，總要忙上幾小時。一九九六年，我藉著到吉林大學講學之便，順道參觀溥儀在長春的舊「皇宮」，這所建築據說是由道尹衙門改裝而成，並沒有一般皇宮的氣派。皇帝居住的「緝熙樓」，一端是皇帝寢室，另一端是皇后寢室，中間則是個藥房，也就是家父替皇帝看病的地方。在世界各國的皇宮中，這種「寢宮」的格局，大概也是絕無僅有的。

除了「害怕、算卦、吃藥」之外，溥儀的日常生活還有一項「打罵」。由於疑心病極重，成天擔心有人會害他，「脾氣日趨暴躁，動輒打人罵人」。打罵的對象除了侍從之外，也包括他的「妻子、弟弟和妹夫」。「打人的花樣很多，都是叫別人替我執行」。那時大家最怕溥儀說的一句話，就是「叫他下去！」意思就是到樓下去挨打。打傷了再趕快「把醫生叫來搶救」。因此，家父的醫護工作，不僅要照顧皇帝的健康，還包括後宮及宮內侍從的醫療診治。根據家母的說法，家父的御醫工作十分繁重，每天早上去，下午回來，有時候甚至晚上還得再進宮一次，忙到深夜兩、三點鐘才回到家。

「祥貴人」之死

到了二次大戰末期，日本崩潰的跡象越來越明顯，溥儀更是怕日本在垮台之前，會殺他滅口。一九四二年，溥儀的第三位妻子「祥貴人」譚玉齡罹患疾病，據中醫診斷是「傷寒」，但並不是什麼絕症。吉岡要家父介紹市立醫院的日本醫生來診治，自己則破例搬到宮內府的「勤民樓」來「照料」。日本醫生開始治療時，表現得非常熱心，給她打針、輸血，忙個不停。但是吉岡把他叫到另外一個房間，閉門長談之後，日本醫生態度便整個改變了。他不再忙著治病，反倒變得沉默不多說話。當天住在勤民樓裡的吉岡，整夜不斷地叫日本憲兵給病室的護士打電話，訊問病情。第二天清晨，譚玉齡便死了。更奇怪的是，溥儀剛聽到譚玉齡的死訊，吉岡便拿來關東軍司令官致送的花圈，說他代表關東軍司令官前來弔唁。這件事使得溥儀更加害怕：日本人可能隨時對他下毒手。

父親的命運

溥儀的體弱多病以及他對醫生的依賴，在冥冥中決定了黃家日後的遭遇。一九四五年八月九日，蘇聯向日本宣戰，到了八月十五日，日本宣布無條件投降。吉岡向溥儀報告：關東軍已經和東京聯繫好，決定送他到日本去。「不過，天皇陛下也不能絕對擔保陛下的安全。這一節要聽盟軍的了。」

八月十六日，吉岡要溥儀挑幾個隨行的人。因爲飛機小，不能多帶，溥儀挑了溥傑、兩個妹夫、三個侄子、隨侍李國雄和一名醫生，也就是家父。溥儀的第四個妻子「福貴人」李玉琴哭哭啼啼地要跟他一起走，溥儀卻堅決不肯帶她：「飛機太小，你們坐火車去吧。」

載著他們的飛機從通化出發，飛往瀋陽換乘大型飛機。不料在瀋陽等候飛機的時候，飛來的一隊飛機卻載來了蘇聯的軍隊。飛機著陸後，蘇軍立即將機場上的日軍繳了械，溥儀一行也從此淪爲階下囚。

溥儀等人其後大部分時間都被拘留在西伯利亞伯力城的收容所。一九五〇年七月，蘇聯把他們移交給中國政府，關在撫順戰犯管理所。一九五七年二月廿五日，最高檢察院判決家父免於起訴，獲得釋放，被安置在遼寧鐵嶺勞改醫院任職醫師。兩年後，罹病去世，享年五十九歲。

我的「反帝情結」

一九四五年八月，我父親跟溥儀一起被蘇聯軍隊俘虜，我在當年十一月出生。不久之後，國、共雙方在東北展開激戰，長春戰況最為慘烈。父親一去音訊全無，母親帶著兩個姊姊和初生不久的我在戰亂中等了一年，直到一九四六年底，才決定拋棄在東北的家產，帶著三個小孩，跟著台灣同鄉會，由北京、天津，輾轉逃亡回台灣。

回到台灣之後，家道中落，在我的印象裡，童年時期的家庭生活是非常清苦的。我的兩位姊姊都只念到高中畢業，便進入職場工作，大姊在合作金庫，二姊在台北郵局。由於她們無私的奉獻，同心協力，分擔家計，我才能夠順利完成大學學業，這是我終身感念而難以回報的。

在我成長的過程裡，經由家人口中所獲得的父親形象，是破碎而殘缺不全的。在白色恐怖時代，在「偽滿洲國」任職的官吏一律被國民政府打成「漢奸」，僅有少數親友知道家父是溥儀的御醫，我們對這件事也不敢多加張揚。直到一九七二年，我考取「教育部與美國東西文化中心」合設獎學金，到夏威夷大學攻讀博士學位，才從夏大存藏的圖書檔案裡，慢慢拼湊出父親的故事。

回顧這一頁歷史，我深刻感受到台灣人作為「亞細亞孤兒」的悲哀，然而，由於我是以研究社會科學作為專業，偏好以一種全球性的宏觀角度來看社會問題。在知道父親跟溥儀的故事之後，我並沒有成為一個狹隘的民族主義者。相反的，我卻成為主張以「歐盟經驗」解決兩岸問題的和平主義者。在我的深層潛意識裡，有一種根深蒂固的「反帝國主義」情結：不僅反對日本帝國主義，而且反對美國帝國主義。我在學術研究的領域裡，以三十年的時間，提倡並發展「本土心理學」；在政治運動方面，於一九九五年出版《民粹亡台論》；二〇〇三年，出版《教改錯在哪裡？》，發起「反思教改」運動；二〇〇四年組織「民主行動聯盟」，發起「反六一〇八億軍購」、「反修憲」，以及去年的「秋鬥阿扁」，都是出自同樣的「反帝情結」。這是後話，在本書各章將會作進一步的交代。這裡要從我的家世背景再作進一步自我的心理分析。

第三節　認同危機與自我塑造

在二〇〇七年元月下旬，我就讀台北市建國中學初中部時代的同學會舉辦了一次同學會。暌違了三、四十年再度見面，許多同學都已經退休了。作爲東道主的張義正看到我，大聲笑說：「以前黃光國在班上總是靜悄悄的，現在看到他經常上電視高談闊論，簡直是變了一個人啦！」

這話說得一點不錯。我記得初中時代的導師季彬文，在我的成績單上，曾經寫過這樣的「導師評語」：「好學深思，惜沉默寡言。」這句話很能夠概括我中學時代的性格特質。這種性格的形成和我的家世背景有相當密切的關連。我是到大學時代，才下定決心，重新塑造自我的性格。

我的認同危機

在夏大求學期間，我最大的轉變是重新反省人生目標，決心走向學術之路。夏大有兩所圖書館，漢米爾頓圖書館（Hamilton Library）主要是收藏西方國家出版的圖書，辛克力圖書館（Sinclaire

Library）則關有亞洲庋藏部（Asian Collection），收藏有豐富的中文書籍。我在夏大求學時，要借閱社會科學的書籍，便上漢米爾頓圖書館；要閱讀有關中國問題的書籍，則上辛克力圖書館。

從辛克力圖書館的藏書中，我不僅對父親的遭遇有較爲清楚的瞭解，同時也開始思考台灣人的認同問題。我的祖籍是福建泉州，有阿拉伯血統。我的祖先在乾隆年間渡海來台，從我的族譜來看，我應當算是第七代的河洛人，卻出生在中國東北。不到三歲就回到台灣，對出生地吉林省長春市沒有絲毫印象。父親在滿洲國任職，擔任皇帝的御醫，以當時國民政府的角度來看，那是「僞滿洲國」，我則是「漢奸之後」。我在抗戰勝利之年出生，家人爲我取名「光國」，爲我取名的長輩，當時顯然是認同「中國」或「中華民國」。然而，我的名字也反映出當時台灣人的認同矛盾。對於當時的台灣而言，抗戰勝利等於是「國土重光」；可是，對於家父所服務的「滿洲國」而言，第二次世界大戰的結束，卻等於是「亡國」。在我成長的歷程，親友長輩交談不僅使用國語、台語，甚至許多人還能講流利的日語。我到底應當以哪一種國家符號作爲我的認同對象？

Erikson 的故事

在思索這個問題的時候，心理學家 Erik H. Erikson（1902-1994）所提出的「社會心理發展階段理論」對我有相當大的幫助。Erikson 本人也曾經遭到相當大的認同困擾：他出生於德國法蘭克福，生父是丹麥人，母親是猶太人。在他出生之前，生父即棄家出走，母親又嫁給一位名叫 Theodor Homburger 的猶太裔兒科醫師。Erikson 在童年時期並不知道 Theodor 並不是他的親生父親，但他總是感覺到：他不屬於父母親，並幻想自己能成爲「更好父母」的兒子。

進入學校之後，這種感覺更爲強烈：他的母親和繼父都是猶太人，但他自己卻因爲有北歐斯堪地那維亞的血統，而長得碧眼金髮，身材高大。在學校裡，他認爲自己是猶太人，但在繼父的祖廟裡，人們卻稱他爲異教徒。他一直沿用繼父的姓，第一次發表論文時，還用 Erikson Homburger 的名字，直到一九三九年，他獲得美國公民身分，才改姓爲 Erikson。

大學預科畢業後，他違背繼父期望他成爲一名醫師的心願，而從事藝術工作，並周遊歐洲大陸。一九二七年，他受聘到維也納的一所小學校擔任藝術教師，認識了佛洛依德的女兒 Anna Freud，並開始接受她精神分析訓練，希望成爲一名兒童精神分析師。這段經歷對他產生了深刻的影響。Erikson 並沒有獲得高級學位，但他卻成爲舉世知名的精神分析家。

一九二九年，他與加拿大籍的 Joan Serson 結婚。婚後，爲了逃避納粹勢力日益增長的威脅，於一九三三年全家遷居丹麥，後來又遷往美國波士頓，私人開業擔任精神分析師。

認同危機的心理分析

Erikson 的理論是以「認同危機」（identity crisis）作爲核心，他認爲：人格發展是持續一生的過程，並將個人的社會心理發展分爲八個階段，每一個階段都有一個主要的發展任務，發展的結果可能是正向的，也可能是負向的。在童年時期的發展危機爲「信任或不信任」（trust vs. mistrust），「自主或羞愧」（autonomy vs. shame and doubt），「主動或罪惡」（initiative vs. guilt）。

從我個人早年的生命經歷來看，我的家世在我的性格上烙下了一種相當矛盾的傾向：在瞭解我們家世的親友面前，我會因爲父親是皇帝「御醫」而感到一絲驕傲；在外人面前，我又不敢主動提起自己的家世。整體而言，我又會因爲家中物質條件的困苦，而自慚形愧，結果便養成我「沉默寡言」的性格。

從中學時代開始，我以努力閱讀的「勤勉」（industry）企圖克服潛意識中的「自卑」（inferiority），逐漸培養出「好學深思」的個性。大學時代，我曾經很嚴肅地思考自己未來的前途。我很清楚地意識到：像我這樣出身的人，家中既無恆產，又沒有父母扶持，將來要想在社會上出人頭地，唯一的辦法就是藉由「說」和「寫」的本事，把自己的理念傳銷出去。因此，從大學時代晚期開始，我便刻意培養這兩方面的能力，不僅努力寫作投稿，而且不斷磨練自己演說和辯論的技巧，自己「沉默寡言」的性格弱點，也逐漸變得「能說善道」。

往者已矣，來者可追，在青年時期，最重要的任務就是找尋「自我認同」（ego identity），以免陷入「角色混淆」（role confusion）的危機。從我的身世來看，我是最典型的「亞細亞的孤兒」，有多重角色的困擾。在這種情況下，一個人應當如何找出他的「自我認同」？

自我的兩種角色

從社會心理學的角度來看，人們對於自我角色的認同，可以分作兩大類，一類是「賦予的角色」（ascribed role）；另一類是「獲取的角色」（achieved role）。前者像是一個人的性別、種族、出生地、家世背景……等等，是一個人出生時便已經被決定的，個人並無選擇的餘地。後者則是個人經由自己的努力所獲致的，在任何一種行業中獲得傑出的成就，都能提昇個人的自我認同。在一個欣欣向榮的社會裡，人們會努力獲取各種不同的專業成就，以「獲取的角色」來豐富他們對其「賦予的角色」的認同，譬如：在傳統社會中，一個人藉由獲取「功名」，以「榮宗耀祖」；在現代社會中，變成一個傑出的「女」科學家，或成爲「台灣」第一面奧運金牌得主等等，都是此中之例。相反的，如果一個社會不斷強調人們對某種「賦予角色」的認同；甚或故意製造不同「賦予角色」之間的對立，譬如說「中國人糟蹋台灣人」、「穿裙子的不能當總統」、「外省豬滾回去」等等，這個社會必定是紛紛擾擾，永無寧日。在全球化的時代，任何一個文明社會都會譴責任何形式的種族歧視，其道理即在於此。

我既有心於以「獲取角色」的認同，來豐富我的「賦予角色」，以解決個人的認同危機，如何扮演一個現代知識分子的角色，便成爲在規劃個人生涯時必須回答的首要問題。

東亞之心

我到夏大的第二學期，選了一門「文化比較心理學」的課。爲了準備這門課的學期報告，我讀了一些有關中國人思考方式的書。其中有一位人類學家 L. Abegg 在一九五二年出版的一本著作《東亞之心》（*The Mind of East Asia*）一書中提到：中國人的思考方式是圓周式的，他們往往從四面八方來逼近一個問題，所以中國文化中儘多語錄、隨筆之作，卻不容易產生完整、精密的思想體系。西方人的思考是直箭式的，他們講究邏輯分析，往往從單一方向有系統地逼近一個問題，所以他們的著作層次分明，條理井然，比較可能產生嚴密的思想體系。

看了這段文字，心中雖然頗不服氣，可是卻不能不承認：他的說法確實有幾分道理。然而，中國人的思考方式爲什麼傾向於「圓周式」的呢？談到這個問題，又不能不從中國人的性格談起。當時我翻閱的文獻中，有一篇 LaBarre 發表在一九四六年《精神病學刊》（*Psychiatry*）上的文章。他以心理分析學派的觀點，從對子女教養方式剖析中國人的性格結構，認爲「中國人超我（superego）內化的程度很弱，內心中沒有像基督新教倫理那種強有力的行爲準則，也幾乎沒有原罪的意念。他們本我（id）的需求很容易獲得滿足，其自我（ego）卻相當強韌，而傾向於『現實取向』（reality-oriented），跟隨著外在世界的方向而反應。」

LaBarre 這段話講得學術氣味十足，其實他所描繪的乃是一種沒有中心思想，隨外在情境搖擺的性格。這種看法又使我想起許烺光對中國人「社會取向」的描述。他說：中國人重視個人在群體中的適當地位，「他對順從沒有厭惡之感，對於在不同情境下表現不同行爲，也不以爲意。其行爲的指引準則是他自己的地位、他所屬的初級團體在人們心目中的地位，以及改善這種地位的方法。他並不在意團體內的關係是否公正，也不想加以改變。」

用常識性的話來說，所謂「社會取向」可以說是一種「只顧現實，不講是非」、見風轉舵、沒有原則的性格。這種性格基本上是在一元化的政治體系和講究「人和」的文化背景下形成的。按理說，一個眞正的知識分子應該在自己的專業領域內，努力經營自己的知識體系，以之作爲判斷是非的準則。一個社會裡眞正的知識分子愈多，這個社會愈可能產生出博大縝密的思想體系，這個社會也愈講究公是公非。

反過來說，如果連知識分子也具有這種見風轉舵式的搖擺性格，成天忙著追名逐利，寫詩作文，與人「唱和」，則我們在這個社會裡大概只能看到小品、筆記、語錄、隨筆等零散的作品，難得見到構思嚴謹的思想創作。然而，我們的知識分子爲什麼會具有這種見風轉舵的搖擺性格？我們的知識分子爲什麼不能像西方思想家那樣開創出博大嚴謹的思想體系？這些問題，幾乎變成爲我日後一生學術實踐的主要關懷所在。

第二章　我的學術生涯

我於一九七六年暑假獲得博士學位，旋即返國，在台灣大學心理學系擔任教職。在那時代，心理學家在從事研究工作的時候，大多是承襲國外流行的研究典範，沿用外國學者發展出來的研究工具，再以本國受試者爲對象，從事所謂的「實徵研究」。至於外國理論和研究典範在華人社會中是否適用，卻很少人加以過問。

第一節　中華文化傳統的研究

一九七〇年代末期，我在國科會的資助之下，開始從事組織中工作壓力與員工士氣的研究，並因此而注意到：西方的社會心理學理論，根本不足以解釋台灣家族企業中常見的組織型態，諸如：缺乏規章制度、引用私人、集權式領導……等等。爲了說明家族企業中人際關係的基本型態，我開始注意到流傳於中國社會中的人情、關係、面子、報答等概念，後來又回顧過去有關這些概念的文獻，並整合當時社會心理學中流行的「社會交換理論」（social exchange theory）、「正義理論」（justice theory）和「印象整飾理論」（impression management theory），寫成一篇論文，題爲〈人情與面子：中國人的權力遊戲〉。

儒家的文化傳統

這篇題爲〈人情與面子：中國人的權力遊戲〉的論文文章經過數度修改之後，刊登在一九八七年元月份出版的《美國社會學刊》（*American Journal of Sociology*）之上。後來，我又以這個理論模式爲基礎，寫了一系列論文，集結成一本名爲《中國人的權力遊戲》的專書，一九八八年由巨流圖書公司出版。到了二〇〇四年，中國人民大學出版社將這本書所收錄的論文略作調整後，改名爲《面子：中國人的權力遊戲》，在大陸出版簡體字版，銷路十分暢旺。

〈人情與面子〉這篇論文可以說是我學術生涯中的「扛鼎之作」。根據 Jiatao Li 和 Anne Tsai（2002）的統計，這篇論文自一九八四到一九九九的十五年間，在國際學術期刊上刊登有關華人組織與領導的論文中，它的引用率是全世界排名第五。然而，華人爲什麼會特別重視人情與面子呢？爲了回答這個問題，我又向國科會申請出國進修補助，從一九八五年九月起，到美國密西根大學中國研究中心，閉門苦讀。

密西根大學中國研究中心是第二次世界大戰期間，美國政府爲了協助中國對日抗戰，所成立的少數幾個中國研究中心之一，圖書館內有關中國研究的庋藏十分豐富，我一面利用密大的館藏資料，閱讀相關文獻；一面參與密大人類發展中心教授 H. Steveson 主持的中、日、美三國兒童學習行爲的比較研究，開始撰寫《儒家思想與東亞現代化》一書。

一九八八年，《儒家思想與東亞現代化》一書出版。寫完這本書的時候，我知道：我已經掌握了中華文化的核心。在撰寫這本書的同時，我先後完成了一系列有關華人價值觀、正義觀、道德判斷、社會行爲、家族企業等方面的論文，陸續在國內外學術刊物上發表，並開始構思一本有關韓非子組織理論的專書。

法家的組織理論

我開始注意到法家思想，淵源甚早。在夏威夷大學求學期間，我曾經做過「馬基唯利主義」的實徵研究，寫過一篇論文，題爲〈馬基唯利主義對中、美大學生的意義與測量〉（The meaning and measurement of Machiavellianism in Chinese and American College students），登在一九七六年的《社會心理學刊》（*Journal of Social Psychology*）之上。當時讀到許多西方學者研究「馬基唯利主義」的作品，很爲韓非子這位「東方馬基唯利」在台灣學術界所遭受到的冷漠，感到抱屈。回國任教，我曾在台大心理系講授「組織心理學」，要求學生們閱讀韓非作品，撰寫心得報告。一九九一年出版《王者之道》，討論法家理論在現代華人企業組織中的應用。這本書後來並由一位華僑翻譯成泰國文字，在曼谷出版。

根據我在這本書中的分析，儒、法兩家思想各有不同的適用範疇，儒家的「仁、義、禮」倫理體系適用於情感性和混合性關係的範疇；法家以「法、術、勢」作爲核心的組織理論，則適用於工具性人際關係的範疇。更清楚地說，對於個人生命的安頓而言，儒、法兩家思想有互補的作用；儒家倫理適用於家庭之中，法家思想則適用於工作場合。甚至是在工作導向的企業組織之中，儒、法兩家思想也應當具有互補的作用：跟工作有關之事，應強調法家思想；跟工作無關的人際關係安排，則不妨輔之以儒家思想。

火車的比喻

儒家文化傳統中爲家庭而努力打拚的成就動機，和法家思想中所蘊涵的形式理性，構成所謂「華人資本主義精神」（Spirit of Chinese Capitalism）的主要內容。我因此寫了一篇英文論文，〈道及儒家思想的轉化力量〉，主張：自從東亞社會和西方文明接觸之後，東亞人民以其強旺的成就動機，用傳統「好學、力行、知恥」的方法，學習源自西方的近代科技；政府能夠針對國家發展的趨勢，制訂有利於工商發展的形式性法律，讓企業家有獲利的機會，雄心的企業家則可以利用源自西方的科技，生產各種產品，銷售到市場上獲取利益；當企業成長到一定程度之後，企業家又能夠制訂蘊涵有「形式理性」的管理制度，依員工對企業的貢獻比例，給予一定的補償，滿足員工的成就動機。這幾個因素結合在一起，才造成東亞國家快速的經濟發展。

在這篇論文中，我提出了一個「火車」的比喻：源自西方的科技像是「火車頭」；源自儒家文化傳統的工作動機，像是推動火車前進的「蒸汽機」；在政府及企業層次制訂蘊涵有高度「形式理性」的管理制度，則像是火車的「軌道」，三個因素的結合，讓東亞國家的經濟能夠快速而且平穩地往前發展。

東方化：學術關懷的主軸

從一九八〇年代末期，到一九九〇年代初期，台灣一方面正在享受「東亞經濟奇蹟」的甜美果實，一方面也因此而經歷了快速的政治和社會變遷。當時東南亞許多國家都對「東亞四條小龍」的經濟奇蹟充滿了好奇心，亟欲起而效法，我受到中國生產力組織總經理石滋宜兄的推介，在亞洲生產力組織的安排之下，到香港、東京、馬尼拉、可倫坡，以及孟加拉的達卡，四處演講，宣揚我對台灣經濟發展經驗的解釋。

一九九三年八月三十一日至九月二日亞洲生產力組織的大西克邦先生特地來台，邀我主持，在台北召開一項國際研討會，題爲「社會文化因素對生產力的影響」，邀請來自台灣、香港、印度、日本、韓國、馬來西亞、蒙古、菲律賓、新加坡、泰國等地的社會科學家宣讀論文，我寫的論文題爲〈華人社會中的儒法鬥爭與生產力〉，文中分析人情因素對社會公正的負面影響。這個研討會的論文後來由我編集成書，我刻意取名爲《東方化》（*Easternization:Socio-cultural Impact on Productivity*），一九九五年由亞洲生產力組織在東京出版。後來大西先生告訴我：這是他們銷路最好的出版品之一。

學術關懷的三大主軸

在世界各國對東亞經濟奇蹟充滿好奇的那個時代，新加坡總理李光耀還刻意設了一個「東亞哲學研究所」，邀請杜維明教授主持。一九八七年，杜教授在新加坡召開了一項「儒家倫理與工業東亞的現代化」研討會，邀請了許多國際知名學者宣讀論文，包括美國社會學家傅高義、麥法夸，Max Weber 的嫡傳弟子 Wolfgong Schluchter，漢學家狄白瑞，以及海外華人學者金耀基、劉述先、張灝、傅偉勛等人。我所宣讀的論文，即爲〈道及儒家思想的轉化力量〉，後來也收錄在杜教授所編的論文集《三重奏：儒家倫理、工業東亞與韋伯》（*Confucian Ethics, Industrial East Asian and Max Weber*）之中。

今日思之，這個火車頭的比喻，儒家倫理所代表的華人心理，工業東亞代表科學發展，以及韋伯代表的理性科層組織，構成了我終身學術關懷的三大主軸。我既然以學術研究作爲終身志業，如何以西方的科學方法來研究儒家文化傳統對華人社會及組織行爲的影響，便成爲我必須面對的重大課題。

一九九三年是我學術生涯出現最大轉折的一年，我的專業是社會心理學，不是科學哲學。在國外修習博士課程的時候，對科學哲學只有十分浮泛的瞭解。從一九八〇年代初期參與楊國樞教授所領導的「社會科學本土化運動」，發現遵循西方各種不同學術研究典範的學者之間，不斷發生強烈的學術爭議，我才開始思考科學哲學與學術研究之間的關連，並正式對此一領域有所涉獵。然而，隔行如隔山，在無師自學的情況下，對於西方科學哲學發展的脈絡，我仍然是無法瞭然於心。

《知識與行動》

一九九三年夏天，我獲得行政院國家科學委員會的資助，再度前往夏威夷東西文化中心從事爲期一年的研究。在這段期間，我一面閱讀相關書籍，摸清楚西方科學哲學發展的來龍去脈，一面撰寫《知識與行動》，企圖回答兩個關鍵性的學術性問題：⑴西方的社會科學，尤其是社會心理學，傳入華人社會之後，爲什麼會長期處於低度發展的狀態？我們應當如何擺脫這種狀態？⑵如何從社會心理學的角度，發展出一個整全式的概念架構，來詮釋中華文化傳統，將華人的社會科學，尤其是社會心理學，奠立在一個堅實的基礎之上。

對中西哲學稍有涉獵的人大多明瞭：西洋哲學關切的主要問題是「知識」，他們據此而發展出近代的科學；中國哲學在本質上是一種「實踐哲學」，它的主要關懷是「行動」。因此，本書的內容分爲兩部分，前四章旨在說明：當西方科學哲學的主流思想由邏輯實證論演變成爲進化認識論之後，西方心理學的研究典範也隨著發生重大的變化。倘若非西方社會中的科學研究工作者不瞭解此種思潮的轉變，對科學研究所具有的含意，盲目套用西方社會科學的研究典範，終將面臨「學術實踐主體性喪失」的問題，不僅學者本人的學術作品喪失「內在可理解性」，連他研究的題目，也喪失了「社會可理解性」。第五章說明作者如何以後實證主義的觀點建構〈人情與面子〉的理論模式；其後四章說明他如何以此一理論模式爲基礎，用「結構主義」的方法，從社會心理學的角度，分析「道、儒、法、兵」的文化傳統，希望爲未來的本土社會科學研究提供一個堅實的基礎。

第二節　科學哲學的提倡

一九九四年回台灣之後，我一面在台大心理系研究所講授「社會科學方法論」，一方面從事本土心理學的研究工作，同時也不斷思考我在「社會科學本土化運動」中所看到的各種光怪陸離的現象。將近二十年的學術生涯，讓我深深體會到：今天台灣學術研究水準的低落，在本質上是Huntington所謂「文明的衝突」所造成的；是東亞社會中的學者對於西方的科學哲學缺乏「相應的理解」，無法眞正掌握西方文明那種獨特的「理論理性」。我們可以從文化變遷的宏觀角度，來說明這個問題。

邊陲國家的文化發展

社會學家Henry（1986）在以依賴理論說明第三世界的文化變遷時，指出：十六世紀資本主義世界經濟體系出現之前，核心與邊陲國家文化變遷的型態大致是相似的。由宗教菁英所提供的宗教象徵滿足了一般民眾的認同需求，宗教成爲文化體系中的主要部門，藝術、哲學以及其他工具性知識，都附屬在此一部門的認知宣稱之下。隨著資本主義世界體系的出現，核心與邊陲的文化遂朝著不同的方向發展。核心國家在建立其資本主義生產模式的過程中，新興的菁英逐漸控制國家機關，有系統地將科學與生產活動連接起來，並建立全球貿易體系。傳統的前資本主義文化形構也遭到瓦解：資本主義以「市場理性」以及科學性生產活動的「工具理性／技術理性」，取代了神話、儀式的理性，以及宗教形而上學的世界觀；以「形式／工具理性」和以「價値理性」爲原理所組成的兩種生活領域之間的平衡關係因而遭到破壞，目的理性行動（purposive-rational action）所構成的各個次領域，逐漸凌駕在宗教理性之上，成爲文化變遷的主導型態。

在核心社會中，文化變遷的主導型態是「形式性與科學性的理性化過程」（processes of formal

and scientific rationalization）。然而，邊陲社會中文化變遷的主要型態則是一種「結構性與象徵性的過程」（structural and symbolic processes），其主要目的是要面對使該社會淪爲邊陲化的外來文化霸權（hegemony），並加以正當化。

加工生產體制

Henry 以邊陲資本主義社會的兩個特徵來說明這一點。由於邊陲資本主義社會接受了它在全球經濟體系中的特定角色，其生產基礎往往極爲狹窄。它通常是根據國外的需求，以「原裝設備加工」（original equipment manufacturing, OEM）的方式，生產單一產品；而不是根據國內的需求，或技術的創新。結果，邊陲經濟體系以極少變化的方式，生產同樣的產品，這些產品，大多屬於初級產業性質，它們對科學新知的需求極小，科學在國內扎根與制度化的可能性隨之降低，結果以形式科學合理化爲主導的文化型態也無法獲得成長。

由於邊陲社會的生產過程是由外部的核心社會移植過來的，其技術資訊並不是由邊陲文化體系所提供，因此，邊陲文化體系並沒有將其知識生產部門科學化的必要。大多數邊陲國家雖然也有所謂的「大學」，然而，大學的主要任務並不是在推動文化體系的合理化，而是在訓練其「加工生產體系」的維修人員。嚴格說來，這樣的大學並不能說是西方意義的大學，充其量只能算是訓練技術人才或維修工程師的技術學校而已。

OEM 的學術研究

由於邊陲國家的知識生產部門的主要任務，是在訓練其「加工生產體系」的維修人員，其知識生產部門所從事的研究也充滿了「加工生產」的性格。在一篇題爲〈多元典範的研究取向：論社會心理學本土化〉的論文中，我曾經指出：在西方國家中，科學哲學和各門學科之發展，存有一種互爲體用的關係。各門學科的發展，變成科學哲學反思的題材；科學哲學的發展又能回過頭來，促進各門學科的發展。然而，台灣留學生到國外留學的時候，往往是以「完成學業」或「獲取學位」作爲首要目的。他們找到一位指導教授之後，通常都會依循教授的研究典範，跟著教授，在特定的領域內，作類似的研究。大家最關心的是：學一套有效的研究方法，找一個相關的研究題目，趕快把論文完成。在這種「實用取向」的心態影響之下，大家所關心的是一套「研究方法」，而不是鑽研其背後的「方法論」（methodology）；他們只想學各種不同的「科學」，卻不想深究作爲「科學」之基礎的「科學哲學」。

作者說過：科學的哲學可以說是西方文化的精華，是它們建構知識的基礎，是從西方文化內部產生出來的。在西方文化中成長的學者，對於西方科學哲學中許多常見的概念諸如：邏輯實證論（logical positivism）、邏輯經驗論（logical empiricism）、實在論（realism）、實用主義（pragmatism）、結構主義（structuralism）、現象學（phenomenology）、詮釋學（hermeneutics）、批判理論（critical theory）等等，若不是耳熟能詳，最起碼也會有一定程度的掌握。然而，對於在台灣教育體系中成長的學者而言，諸如此類的概念，卻是一種異質文化的產品。他們在受教育的過程中，對於這些概念如果沒有系統性的認識，他們在閱讀西文書籍的時候，看到諸如此類的相關字眼，也可能去查閱字典。遺憾的是：大多數人對這些概念通常也僅止於「字典式的理解」或「望文生義式的理解」。

盲目的科學發展

儘管對科學的哲學只有「字典式的理解」或「望文生義式的理解」，大多數留學生只要跟從指導教授的研究典範，「依樣畫葫蘆」地刻意模仿，也能夠完成學位論文。可是，這種只講究「方法」而不注意「方法論」的研究方式，卻很可能使學者在從事研究工作的時候，喪失掉創造的原動力。

許多學者在完成學業、回國服務之後，通常都是承續他在國外學的研究典範，在相關的領域中找題目，繼續從事研究。由於對科學哲學只有片面的瞭解，他很難改弦易轍，採用其他的研究典範。在這樣的條件限制下，少數人仍然能夠保有研究的熱情，繼續在學術研究上有所創發。但大多數人卻把做學術研究當作是謀求職位或升等的工具，一旦達成目的，便喪失了作研究的「內在動機」，而是在「外在動機」的牽引之下，勉強作研究。

在模仿西方「先進國家」從事科學研究的過程中，很少人注意到：西方科學哲學的主流已經由「實證主義」轉向「實在論」，進而發展成爲「建構實在論」，也很少有人嚴肅地思考：這樣的轉向和發展對於社會科學研究中的理論建構工作具有什麼含意。大家看到西方學者建構出一個又一個的理論，發展出一套又一套的學說，上焉者還會努力地從國外最新的期刊上找尋研究題目，作出來的論文只要能夠在國外期刊上刊登，不管其實質內容爲何，都可以算是有「重大突破」。

一般人大多是沿用外國的理論模式，將外國的測量工具譯成本國文字，以本國受試者爲對象，從事「複製型」的學術研究。有些人不管外國理論，憑自己的常識，「大膽假設、小心求證」，隨意編出幾條假設，便大作其「實徵研究」。還有些人乾脆連假設都不要了，他們用「撒網捕魚」或「機關槍打鳥」的辦法，同時測量一大堆變項，列出幾十個交叉分析表，希望呈現「事實」，「讓數字自己說話」。電腦發達之後，有些人則是高度依賴統計技術，以爲只要用複雜的統計來處理資料，便可以從其中浮現出「理論模式」。

科學哲學家 Lakatos（1978）在其名著《科學史及其合理重建》一文的篇首寫道：「沒有科學史的科學哲學是空洞的；沒有科學哲學的科學史是盲目的。」半世紀來，台灣的心理學乃至於整個社會科學的發展正應驗了這句話的預言。長期盲目移植西方學術研究典範的結果，造成了科學研究的低度發展。我們沒有發展任何夠分量的科學哲學，在社會科學的各個不同領域裡，也還無法建立具有文化主體性的科學史，許多學科領域的發展只能說是「摸著石頭過河」，走一步，算一步。

出版《社會科學的理路》

要突破非西方國家科學發展的這種困境，唯一方法便是「從根做起」，撰寫一本書，對西方科學哲學的主流發展作有系統的介紹，以之作爲研究生養成教育的教材，讓他們能掌握住西方人從事學術研究的那種精神意索，能夠對西方理論進行批判，同時又能夠建構適用於本土社會的理論，以之作爲實徵研究的指引，這是我決心撰寫《社會科學的理路》的主要理由。

這本書雖然名爲《社會科學的理路》，可是，本書所謂的「科學」，並不僅是指「社會科學」，而且還包括「自然科學」。本書的內容可以分爲兩大部分：由實證主義到後實證主義各章所介紹的思想家在談「科學哲學」（philosophy of science）的時候，他們心目中所想到的「科學」，主要是指「自然科學」，而不是「社會科學」。可是，有許多社會科學家也偏好以此種哲學作爲基礎，追求「客觀的知識」。事實上，本書後半部的內容，包括結構主義、詮釋學和批判理論的各章，才是「社會科學」獨有的哲學。基於此一理由，如果有人認爲：本書應當命名爲《自然與社會科學的理路》，或是《科學的理路》，其實亦無不妥。

在撰寫本書的時候，我對於自己學術生涯的安排，也做了新的定位。我雖然繼續從事「本土心理學」的研究，在這段期間的研究工作，成爲我說明東亞學術社群該如何走出學術水準低落之困境的實例。在這段期間，我除了持續撰寫《社會科學的理路》一書之外，同時也從科學哲學的角度對國內學術界中常見的現象提出批判，並將相關論文集結成《科學哲學與創作力》一書，在二〇〇二年出版。

科學研究的意索

在構思《社會科學的理路》這本書的時候，心中所設定的讀者群，是中文世界中有志於以科學研究作爲終身志業的研究生。希望讀者對於二十世紀以來西方科學哲學思潮的發展，能夠獲致一種「相應的理解」，作爲他以後從事學術研究工作的「背景視域」。在我看來：對於非西方國家中的研究生而言，這種「相應的理解」可以說是他進入學術這一行的必要條件，而非充分條件。更清楚地說，一個有志於以科學研究作爲終身志業的研究生，瞭解西方科學哲學的發展，並不一定能夠成爲一位傑出的科學家；可是，如果他不瞭解西方科學哲學的發展，無法掌握住西方人在從事科學研究時的那種精神意索（ethos），他大概就很難成為一個有創造力的科學家。

我自一九九四年起，在台灣大學心理學研究所開設「社會科學方法論」，每年修課人數大多在十人左右。二〇〇一年初，《社會科學的理路》出版，我用它做為教科書，並將課名改為「知識論與方法論」，選課及旁聽生人數驟增至百餘人。

成功大學、中山大學、政治大學、清華大學、交通大學、醒吾技術學院，都邀請我前往演講；國科會區域學門和教育學門也特別安排我作專題演講。二〇〇五年十一月，我應邀到北京大學、中國人民大學和中國農業大學演講，聽眾反應也十分熱烈。翌年，中國人民大學出版社便在大陸出版該書的簡體字版。

第三節　心理學本土化運動

《知識與行動》和《社會科學的理路》兩本書的先後出版，彷彿讓我打通了學術研究的任督二脈，我的學術生涯也進入了盛產期。一九九七年八月，我應邀到日本京都參加「第二屆亞洲社會心理學會議」。我雖然經常參加國際性學術會議，然而，參加「亞洲社會心理學會」所舉辦的這次會議，卻對我有極大的影響。

文化心理學的第三波

「亞洲社會心理學會」（Asian Association of Social Psychology）是由日本、韓國和香港的社會心理學者發起組成的一個學術團體，其主要領導人物爲日本東京大學的山口勸（Susumu Yamaguchi），澳洲 La Trobe University 的 Yoshihisa Kashima，韓國中央大學的金義哲（Uichol Kim），和香港大學的梁覺教授。這些人的共同特點是他們都在美國受過完整的心理學教育，英語流暢，並且有強烈的使命感，要將亞洲的社會心理學的研究成果帶上國際學術舞台。他們將學會所出版的《亞洲社會心理學刊》（*Asian Journal of Social Psychology*）交由美國的 Blackwell Publisher 出版，其目的亦是希望能擴大該學刊的出版網，以增加其國際普及性。

參與亞洲社會心理學會的經驗使我注意到：心理學本土化是個世界性的問題，從一九八〇年代開始，菲律賓、印度、加拿大、韓國、日本、波蘭等各地都有人在從事本土心理學的研究。

最近，我曾經寫過一篇論文，題爲〈文化心理學的第三波〉（Hwang, 2005），在英國心理學會所辦的官方刊物 *The Psychologists* 上發表。在這篇論文中，我指出：第二次世界大戰結束之後，世界心理學社群曾經有三次較大規模的學術運動，企圖將非西方文化的因素納入心理學的研究之中，他們分別是現代化理論，個人主義／集體主義研究，以及心理學本土化運動。

化約主義的謬誤

不論是「現代化理論」，或是「個人主義／集體主義」研究，在方法論上都犯了一個嚴重的錯誤，他們都是採用特質論（Trait theory）的觀點，以歐裔美國人的心理特徵做爲中心，用化約主義的方法，在建構他們對於其他文化族群的圖像。

這種研究取向假設：歐裔美國人居於「個人主義／集體主義」之向度上的一端，他們的文化及心理特徵是全世界其他族群的參考座標，後者的文化特徵則被去脈絡化，並化約成「個人主義／集體主義」向度上的某一點，在該一向度上分別佔據不同位置，他們的文化面貌模糊，必須藉由和美國人的對比，才能夠看清楚自己的心理特徵。Fiske（2002）因此批評這種研究取向：

> 對美國人和某些西歐人而言，個人主義之所以深具直覺上的意義，可能是因爲：它雖然是盤大雜燴，它卻是我們的雜燴。在我們的意識型態和大眾社會學中，個人主義是美國人界定自身文化之特徵的總和，集體主義則是我們從對照他人（antithetical other）之意識型態的表徵中抽象並形構出來的，世界其他文化的特徵，是我們依照「我們不是那樣的人」而想像出來的。

針對這樣的研究取向，Miller（2002）認爲：以集體主義作爲基礎的研究取向尚有待發展，Kitayama（2002）則呼籲文化心理學者採取一種系統性的文化觀（system view of culture）來從事研究工作。這樣的呼籲和本土心理學的觀點是互相呼應的。

「反帝」的學術研究

從科學哲學的角度來看，所謂「系統性的文化觀」，便是把握文化心理學者「一種心智，多種心態」（one mind, many mentalities）的主張，用符合科學哲學的嚴格學術標準，來建構理論的微世界，並以之作爲概念的指引，來從事實徵研究。這樣建構出來的理論，一方面要具有普世性，一方面又具有特殊性，能夠說明某一特定文化中人們獨有的心態。這樣才能提升本土心理學的研究水準，使其不僅能夠被主流心理學者所接受，而且能彌補主流心理學者的不足，甚至還能夠取而代之，成爲心理學研究的主流。

在提倡本土心理學的時候，我也有很強的「反帝」色彩。〈文化心理學的第三波〉刊出之後，英國著名的文化心理學者 Gustav Jahoda 隨即寫了一篇評論，他引經據典，指證歷歷地說，在他看來，第二次世界大戰結束後，文化心理學在考量非西方文化時，只有經過「集體主義／個人主義」和「本土心理學」兩個階段，並沒有「現代化／傳統化」這個階段。

我看到這個評論後，立即寫了一篇回應，指出：這完全是「西方中心主義」的論點。「現代化」的議題是非西方國家最爲關注的議題，二次大戰後，許多非西方國家都有心理學者在從事這方面的研究。這種研究在西方學者看來雖然是次要或不重要的，而且這種研究方向在學理上有重大缺失，但它在文化心理學史上曾經一度出現過。唯有正視史實，人類才能從歷史中汲取教訓，如果只有西方心理學者的努力才值得寫入心理學史，這豈不是一種「西方中心主義」的嚴重偏見？

本土心理學研究的突破

然而，我的學術「反帝」，並不是「義和團」式的反帝，而是主張「師夷之長技以制夷」。我反對盲目套用西方的學術研究典範，可是，我也很清楚地看到，儘管許多非西方國家都有人在從事本土心理學研究，然而，不論在哪一個地方，本土心理學的發展其實都已經遭到相當多的困難和挑戰。大體而言，我們可以說：世界上各個不同國家的本土心理學，都是由少數幾位心理學者，帶著他們的學生在作，並不受到主流心理學家的認可。等到這幾位學者不再繼續從事本土研究，該一地區的「本土心理學」便逐漸宣告沉寂。爲什麼呢？

我曾經以〈從「反殖民主義」到「後殖民主義」〉爲主題，寫一系列的論文，指出：今天作爲科學研究之基礎的科學哲學，根本是近代西方文明的產品，是西方文藝復興運動發生之後，從西方文明中逐步發展出來的。分析非西方的心理學者，要讓心理學本土化運動有所進展，必須作三個層次的突破：哲學的反思、理論的建構，以及實徵研究。

非西方國家的本土心理學者應將其心態由「反殖民主義」調整成「後殖民主義」（Hwang, 2005），確立本土心理學的知識論目標，是先對西方的科學哲學有相對應的理解，再以之作爲基礎，建構具有競爭力的理論（Hwang, 2005），從事實徵研究。

追求卓越計畫

在理論建構方面，我以〈人情與面子〉的理論模型作爲核心，分析〈儒家思想的深層結構〉發表在《亞洲哲學》（*Hwang*, 2001），與先前出版的〈華人關係主義〉（Hwang, 2000）及華人社會中的衝突模式（Hwang, 1977-8），成爲「儒家關係主義」的理論系列。同時又從跨文化的觀點，提出一個概念架構，析論華人社會中罪感與恥感的不同（Bedford and Hwang, 2003）。

在執行「華人本土心理學研究追求卓越計畫」期間，我以自己對儒家文化傳統的分析爲例，寫了一系列數十篇的論文，陸續在國際學術刊物上發表。這些論文的中文版本，彙集成《儒家關係主義：文化反思與典範重建》一書，後由台大出版中心於二〇〇五年出版。翌年，北京大學出版社並出版該書的簡體字版。

回顧過去三十多年的學術生涯，我基本的學術主張是：徹底吸納西方文明的精華，以科學哲學作爲基礎，研究華人的文化傳統，建構社會科學理論，以之作爲指引，從事實徵研究。這是一種融會中、西文化的過程，是促進華人社會現代化必須下的基本功夫。在我看來，台灣有最優越的條件，可以在這方面引領未來的走向。如今，教育部不僅不懂得如何在舊有的文化傳統上開創新文化，反倒努力地想要「去中國化」，實在是愚不可及！

長年累積下來的學術成就，使我經常應邀參加國際會議，還在二〇〇三至二〇〇六年間，一度擔任過亞洲社會心理學會主席。我在思索如何解決一項學術問題時，從來沒有想到要藉此獲得任何獎酬。然而，一步一腳印的學術成就，卻使我獲得許多學術獎項，包括：

- 國家科學委員會優良研究獎（一九七七—一九八七）
- 美國東西文化中心校友駐訪研究獎金（一九八六）
- 國家科學委員會傑出研究獎（一九八五；一九八七；一九九二）
- 國家科學委員會特約研究員主持人獎（一九九六）
- 美國東西文化中心傑出校友獎（一九九九）
- 教育部國家講座（一九九七；二〇〇〇）
- 傑出特約研究員獎（二〇〇二）
- 行政院表揚傑出科學及技術人才獎（二〇〇三）

在二〇〇六年間，同時獲得台大終身特聘教授、台大講座、傑出人才講座以及英國「劍橋傳記中心」授與的「二十一世紀傑出科學家」（21st century outstanding scientist）等榮銜。用 Erikson (1959)的「心理社會發展理論」來看，我在壯盛之年的學術工作，具有「創發性生產」（generativity）的特色，而沒有陷入「停滯」（stagnation）的危機。當年立志以「獲致的成就」彰顯個人出生時被「賦予的角色」，心願大致已經完成。

在我退休之前，我所要完成的學術工作，是寫一本《儒家關係主義與建構實在論》的著作，綜合醫生的學術成果，以中、英文兩本書同步出版。屆時回顧自己的學術生涯，應該會有「整合良好」（integration）的欣慰，而不至於有「他生未卜此生休」的「絕望」（despair）之憾。既然如此，我又爲什麼會在六旬待退之年，積極投入台灣的社會運動呢？

第三章 民粹亡台論

在我所建構的「儒家關係主義」系列理論裡，其核心即爲〈人情與面子〉的理論模型。自從〈人情與面子：中國人的權力遊戲〉在一九八七年的《美國社會學刊》出版之後，我經常思考這個理論模型的適用範圍。一九九四年夏天，我自夏威夷返回台灣，當時李登輝已經登上權力顛峰，開始在台灣搞「黑金政治」。用〈人情與面子〉的理論模型來看，所謂「黑金政治」其實就是政商跟黑道的勾結，用「拉關係」「搞人情」的方式，牟取私人利益。李登輝之所以敢肆無忌憚地大搞「黑金政治」，主要是因爲他是第一個「台灣人總統」，讓他有恃無恐，爲所欲爲。從政治學的角度來看，李登輝根本不是什麼「民主之父」，而是不折不扣的「民粹教父」。

第一節 民粹主義

在政治學上，民粹主義是指：以實踐某一特定群體之人民的意見及利益爲優先的政治理念，其訴求對象是平民大眾，而不是社會菁英。現在「民粹主義」一詞，通常是指動員民意、煽動民意的心態和行動。此一概念使用在政治事物上時，經常帶有濃厚的「反智」（anti-intellectual）色彩，並指涉群眾與菁英分子之間的緊張關係。如果一個國家或政黨的領袖經常以直接訴諸民意的方法，利用群眾的偏見，並煽動群眾的情緒，達到動員及裹脅的目的，作爲其政權或政策合法性的基礎，便可以稱之爲民粹主義的政治。

民粹主義者經常使用一種世俗化的語言，刻意塑造出某種形象，來顯示他站在大多數人民這一邊，並要求民眾在某項議題上爲他背書。他們常常宣稱：自己的作爲是爲了「人民的利益」，其實他們所考慮的是自己的政治利益，可是卻用「人民」這個堂皇的字眼，將其眞正的動機包裝起來。結果民粹主義的展現反倒變成了一種由上而下的「菁英主義」，由少數政治人物帶領，強調社會問題的嚴重性，激發人民的危機意識，以引發民眾的扈從。

民粹主義的類型

民粹主義者並沒有一定的意識型態，他們可能是社會主義者，也可能是保守主義者、自由主義者，或甚至是法西斯主義者。民粹主義的現象也可能在任何國家中出現，像發動第二次大戰前德國納粹黨領袖希特勒、在中國大陸鼓起文化大革命風潮的毛澤東，都是著名的民粹主義者。在民主政治尚未穩固的國家，固然可能出現民粹主義的政治領袖，譬如：阿根廷總統貝隆（Peron, 1946-1955, 1973-1974），印尼總統蘇卡諾（Sukarno, 1945-1967），菲律賓總統馬可仕（Marcos, 1965-1986）；即使是像美國那樣的民主國家，人民雖然已經習慣於民主政治制度的運作，也可能出現擅長玩弄民粹手法的政治人物，譬如：路易斯安那州長 Huey Long（1928-1935）和阿拉巴馬州長 George Wallace（1962-1968）都是著名的例子。

民粹主義者經常強調「主權在民」的字面意義，認爲「唯有人民才是歷史的動力」。因爲民意機構的制衡機制會使行政首長或國家元首無法貫徹其意志，以「爲人民謀求最大的利益」。所以由人民直接選出的行政首長，只要大家相信他是在爲人民謀求幸福，他的權力便不應該受到任何限制或制衡。許多民眾也相信：爲了要獲取更多的福利，譬如：改善現實的經濟生活，或維持社會秩序的穩定，不妨犧牲掉個人某些政治權利。結果民粹主義者往往在「一切爲人民」的口號之下，一步步走上獨裁專制的道路。

「中國意識」的宰制

在台灣政治民主化的過程之中，也出現了民粹思潮勃興的現象。許多政治人物經常用俗俚的語言來討好群眾，塑造個人的政治魅力。他們對代議式民主抱持不信任態度，而主張用「全民公投」決定某些公共事務，因此，台灣的民粹主義可以說是一種「政治民粹主義」。就其意識型態的特色而言，支撐台灣「政治民粹主義」的意識型態，主要是和「中國意識」相對抗的「台灣意識」。

台灣光復之後，由於前來接收的國民政府人員貪污腐化，引起台灣人民的強烈不滿，終於在一九四七年爆發了「二二八事件」。在台灣人民和國民黨軍警對抗的過程中，「台灣意識」主要的抗爭對象是代表國民黨統治者的「外省人」，「反中國」的意識並不明顯。

「二二八事變」結束之後，在隨之而來的白色恐怖時代裡，國民黨採取了高壓統治手段，許多反對國民黨人士紛紛潛逃到海外，其中有些人在海外發起台灣獨立運動，他們認爲：台獨的鬥爭是「台灣人對中國人的民族鬥爭」，把「台灣意識」和「中國意識」對立起來，主張台灣要脫離中國，成立「新而獨立的國家」。如果有人認爲台灣人也是中國人，便可能受到抨擊，並斥之爲「大漢沙文主義」。然而，在國民黨的高壓統治之下，這樣的思想只能在海外流傳，不能在台灣社會中公開傳播。

高雄事件

一九七〇年代初期，美國尼克森政府開始改變其亞洲政策，準備改善它與中共的關係，以與蘇俄抗衡。一九七一年十月，國民政府被排出聯合國；次年，尼克森訪問大陸，並與中共發表《上海公報》。接著，日本以及許多原先與國民政府有邦交的國家，都紛紛宣布與國民政府斷交。

在一連串外交挫敗的打擊之下，國民黨爲了維繫其統治的正當性，不得不對內尋求更大的社會支持。一九七二年，蔣經國出任行政院長，即開始推行一系列的「台灣化」措施：他不但起用台籍「青年才俊」擔任黨及政府的重要職位，更積極吸收台籍人士加入國民黨，並擴大舉辦「增額中央民意代表選舉」，增加中央民意機構中台籍代表的人數。一九七三年，第一次石油危機爆發，國民政府爲了解決經濟危機，宣布推動「十大建設計畫」，開啓了一九七〇年代台灣「經濟奇蹟」的契機，也暫時消除民間的反對聲浪。

國民黨在開放部分權力給本地菁英時，也同時讓反對人士找到了若干政治活動的空間。許多反對人士利用選舉期間的「民主假期」，提出戒嚴時期不被允許的政治言論，同時跨越不同地區，彼此串連，逐步走上組織化的道路。一九七七年的省議員與縣市長選舉，爆發了「中壢事件」。一九七八年，黨外人士利用中央民意代表改選的機會，成立類似政黨的「聯誼會」；翌年五月，黨外人士成立「美麗島雜誌社」，作爲反對運動的決策中心，並在全島各地設立十三個分處，形成黨內、外政黨對抗的新情勢。該年十二月，由於黨外人士在高雄舉辦「世界人權日遊行」，而轉變成爲「高雄事件」，國民黨藉機逮捕了當時反對運動大部分的領導人物，黨外運動也因此而暫告沉寂。

「台灣意識」的崛起

爲了合理化它對黨外運動的鎮壓，國民黨政府在「高雄事件」發生後的第二年，恢復舉辦全國性的大選，黨外人士則在「高雄事件」之後的歷屆選舉中，開始推出「台灣自決」的政見，跟國民黨籍的候選人互相抗衡；而「台灣文化主體性」的概念也在「高雄事件」前後一系列的政治案件的激盪中逐漸成形。在這個階段，所謂的「台灣意識」是：「台灣人的政治文化意識」，是台灣人覺醒到自己與大陸來的人不一樣，因而主張「台灣人要自己作主的意識」。爲了要反抗國民黨外來政權的統治，由台灣的主體性出發，在政治上必須追求獨立建國；在文化方面，則應當發展「台灣的文化主體性」，也就是發展獨立於中國文化的台灣文化。

一九八六年九月，民主進步黨以迅雷不及掩耳之勢宣布成立，隨後並將「台灣前途由台灣全體住民自決」的所謂「台獨條款」列入黨綱，旋即投入該年年底的增額中央民意代表選舉。翌年二月，五十一個民間團體衝破了四十年來的最大禁忌，發起「二二八和平紀念運動」，並且宣稱：這個運動不僅是一種「心靈反省運動」，而且是建立「台灣人自主意識的文化運動」，當年，國民黨政府宣布解嚴，「台灣文化主體性」的概念也開始在社會中廣為傳播。

第二節　李登輝的崛起

然而，台灣政壇上第一個利用「台灣意識」大肆操作民粹主義的政治人物，並不是出自民進黨，而是國民黨主席李登輝。李登輝是台北縣三芝鄉人，一九二三年一月生。當時，台灣處在日本殖民統治之下。李登輝說自己「二十二歲以前是日本人」，「自幼接受正統的日本教育，當然也深受日本傳統的影響」。其父李金龍畢業於警察官練習所，在日本殖民者手下充當刑警十餘年，他至今為此感到驕傲，說他是當時的「菁英人物」。其兄李登欽曾在日軍中服役，二戰期間在菲律賓戰場戰死，其靈位至今仍擺在日本靖國神社。李登輝本人也在日軍中接受過軍國主義教育，一九四五年上半年，在「千葉高射炮學校」接受軍訓，出任炮兵中尉。

皇民化意識

李登輝曾經就讀於淡水公學校、淡水中學、台北高等學校文科，培養出強烈的「皇民化意識」。他說，在日本思想的影響之下，他才完成了「徹底的自我覺醒」，並因此而取了「岩里政男」的日本名字。一九四三年，在台北高等學校畢業後，他就跑到日本京都帝國大學進修，直到日本戰敗投降後，才回到台灣。青年時期的日本教育，使他講日文比講中文還流利，在說中文時不由自主地夾雜著大量日文語法、日文單詞，他的言行也深受日本傳統文化的影響。他十分喜歡日本的劍道和武士道精神，從淡水公學校時代開始學習劍道，將忍、準、狠等奉作座右銘。爲了達到長遠的既定目的，他每天清早自動努力去做打掃廁所這類別人不願做的事，以鍛鍊克己的功夫。

李登輝自稱他最崇拜的人物是德川家康和宮本武藏。德川家康是德川幕府的開創者，父親是岡崎城主松平廣忠。當時因爲廣忠必須依賴駿河守護今川氏的保護，遂將六歲的長子家康（當時名叫竹千代）送到今川氏當人質，在外漂泊了十四年，養成他善「忍」的性格。十九歲時回國繼任岡崎城主。四十三歲時和豐臣秀吉在小牧山作戰，擊敗秀吉，但秀吉卻用「挾天子以令諸侯」的策略，被朝廷延命爲「關白」，家康反倒成爲他的屬下。家康自臣服之後，便拿出「忍人所不能忍」的本事，對秀吉百依百順，秀吉要求他放棄自己的遠江、三河、駿河等領地，而遠走關東，他都毫無怨言地接受。慶長三年（1597），位居太閤的秀吉發兵攻打朝鮮，自己也想渡海前往，德川很誠懇地加以勸阻，終於贏得了秀吉的信賴，而晉昇爲「五大老」之首。

豐臣秀吉臨終託孤，家康也信誓旦旦要輔佐秀吉之子六歲的秀賴。秀吉死後，家康卻不斷擴充自己實力，一面收編豐臣部下，一面剿滅反對勢力，再對豐臣秀賴步步進逼，最後甚至斬草除根，殺戮豐臣氏一族，不留子遺。

李登輝鬥垮國民黨的過程和德川家康的作爲十分地類似。李登輝從美國康奈爾大學獲得農經博士學位回到台灣後，成爲一名農業專家和大學教授，經友人推薦，被當時正積極延攬「台籍菁英」的國民黨吸收，於一九七一年八月加入國民黨。

虛心求教、謙恭有禮

李登輝加入國民黨後，地位迅速竄升。第二年他即出任行政院政務委員，一九七八年起任台北市長，一九八一年起任省政府主席，一九八四年被蔣經國選中當副總統；在黨內，一九七六年十一月起任中央委員，一九七九年十二月起任中常委。蔣經國病逝後，李登輝於一九八八年接任總統、國民黨主席，一舉躍上了國民黨當局黨政最高職位，為期長達十二年。

初任不管部會之政務委員時，深諳韜光養晦之道的李登輝，姿態擺得相當低調謙恭。他在參加行政院院會簽名的時候，總習慣性地把自己的名字簽在最低的角落，而且簽名的字跡都比別的閣員寫得小許多。

李登輝在黨國元老及當時政壇權貴面前，都表現得特別謙虛篤實，隨時表現出向人虛心求教的態度。當時，許多外省籍大老對這位年輕有禮的本省籍學者留下十分良好的印象。

蔣經國用人，一貫是先經過審愼的調查，歷經多方評估後才起用。曾經因為涉入台共案而飽受白色恐怖驚嚇的李登輝，對蔣經國用人有十分深刻的體認。日後他在《台灣的主張》一書中說，從政務委員一路走來，他是在所謂的「蔣經國學校」進修。這段時期他把所有的工夫用在觀察蔣經國、分析蔣經國，確實也體會出個中三昧，歸納出寶貴的心得。

為了進一步瞭解基層農業問題，李登輝跑遍了中南部農村地區。在院會或是重大政策會議召開之前，積極提出政策方案，並在各種互動中，不斷揣摩蔣經國的好惡，熟悉蔣經國的行事風格和思維法則，其目的是要博取蔣經國的歡心與信任，作為他日後的晉身階。

沉潛忍耐，一舉擊倒

蔣經國過世後，李登輝在宋楚瑜的扶持下，在詭譎多變的政局中，登上了國民黨主席的位置。

在戒嚴時期，國民黨用「大中國」的意識型態，維持住一個代表全中國的政府體制，以及四十年不用改選的「萬年國會」，並由此而衍生出許多附屬的情治及外圍機構，例如：國家安全局、警備總部、救國團等等。當政治反對運動不斷提出國會改選、軍隊國家化、黨政分離等議題的時候，和這些機構有密切關連的人，立即感到自身利益受到威脅，而成爲國民黨內保守力量的社會基礎。

圍繞在李登輝身邊的國民黨改革派，主要成員是本省籍的黨工、官僚，以及經由選舉所產生出的民意代表。他們大多來自民間基層，比較能夠覺察到台灣民間的社會脈動。他們一方面希望推動改革，揚棄由「大中國意識」所支持起來的舊體制；一方面又因爲自身的利益和資本家階級以及地方派系有著千絲萬縷的關連，不希望改革太過快速，而危及自身的利益。因此，他們以李登輝爲核心，集結而成爲李總統的「陣營」。

李登輝初任總統後，翌年十二月二日，台灣舉行立法委員、縣市長及省議員等三項公職人員選舉。這是解嚴之後，國民黨、民進黨及其他政黨，以政黨競爭的形式，第一次有組織地做全島連線式的對抗。在競選過程中，民進黨並針對國家認同問題，提出「國會全面改選」、「人民自決」的主張，因此可說是光復後台灣歷史上意義最爲重大的一次選舉。

新威權體制

在這次選舉中，民進黨拿到七個縣市長的席次，以及二十一席的立法委員，這樣的選舉結果雖然不足以動搖國民黨的統治基礎，但卻是民進黨的「空前勝利」。在反對黨的威脅之下，一九九〇年二月初，國民黨召開臨中全會，李登輝提名李元簇爲副總統候選人，引發激烈的「二月政爭」，國民黨內自此分裂爲「主流／非主流」。在政爭期間，非主流派要求票選黨主席，並推舉林洋港、蔣緯國出來競選正副總統，經黨內「八大老」出面勸退後，李登輝與李元簇在國民大會第八次會議上分別當選正、副總統。

然而，當時由於國大代表藉機要求擴大職權，又引發了「三月學運」，大專院校學生齊集中正紀念堂靜坐抗議，李登輝立刻順勢接見學生代表，答應召開國是會議，並在兩年內完成國會全面改選。爲了化解國民黨內的派系對立，是年五月，李登輝突然出人意料之外地提名軍事強人郝柏村出任行政院長，引起反對黨及社會運動界的強烈抗議，認爲：任命軍事強人擔任行政院長，是台灣民主化的倒退，因而引起一波又一波的「反軍人干政」運動。

郝柏村上台後，一方面以果決態度執行國民黨的政治改革計畫，在一九九一年內辦理完成「終身職」中央民意代表的全面退職；一方面召開「治安會報」，全力取締地下投資公司，遏止當時風行一時的「金錢遊戲」，並數度發動「掃黑」，將許多流氓、黑道移送管訓，同時更以鐵腕作風，取締「不合法」的社會運動，要求治安單位依據「檢肅流氓條例」，將「社運流氓」提報管訓，因而贏得「治安內閣」的稱號。

在經濟方面，他親自推動中油在後勁的五輕廠動工，協助台塑在雲林麥寮擴建六輕，又促使立法院表決通過台電核四預算解凍。更重要的是：他積極推動「六年國家建設計畫」，希望投入八兆多新台幣的預算，以公共投資的方式，來促進經濟景氣復甦。這些作爲的主要目的是在維護社會秩序，塑造有利的投資環境，吸引國內外資本家到台灣進行投資，並刺激經濟景氣的復甦。李總統和郝院長更經常跟資本家「餐敘」、打高爾夫球，李總統甚至公開宣示：「政府的責任就是要幫資本家賺錢」。在這個時期，國民黨官方是利用軍事強人的力量，來鞏固資本家的利益，這種「官／軍／商」的結合，因此被學者稱爲國民黨的「新威權體制」。

「主流／非主流」的對立

然而，以郝柏村內閣作爲核心的國民黨「新威權體制」，卻是建立在一個極不穩固的基礎之上。在意識型態方面，郝柏村是「大中國主義」者，有非常鮮明的「中國意識」。在立法院中，經常堅持反台獨立場，而與民進黨立委發生激辯。一九九一年五月，情治單位偵辦「獨台會案件」，進入清華大學逮捕學生，引起教授、學生的強烈不滿，發動「五月學運」；十月，「一〇〇行動聯盟」又發動「反閱兵」行動，在台大醫學院靜坐示威，軍警進入校園，驅散群眾，郝柏村在立法院對台大校長孫震表示不滿，引起孫校長辭職的風波。

郝柏村的強悍作風跟李登輝對「台獨問題」刻意不清楚表態的習慣當然極不相容。「三月學運」後，李總統爲回應學生要求，在六月底召開「國是會議」，當時與會人士即爲「修憲／制憲」、「內閣制／總統制」、「總統直選／委選」等問題爭議不休。會後，國民黨成立「憲政改革策畫小組」，並朝向由國大代表「委任直選」的方向規畫。翌年三月，在國民黨三中全會開會之前不久，李總統突然表示他贊成民進黨的觀點，支持「總統直選」。三中全會開幕後，國民黨內的「主流派／非主流派」立刻展開激烈的辯論，結果由郝柏村擔任主席，作出「總統選舉方式不作決定」的折衷方案。

國民黨台灣化

除了意識型態的差異之外，李、郝兩人的社會基礎也極不相同。李登輝就任總統之後，爲了應付民進黨的挑戰，也爲了排除國民黨內「非主流」的反李勢力，於是致力於推動國民黨的「台灣化」、「本土化」，希望藉此改變國民黨的體質，並厚植「主流派」的權力基礎。在由中央到地方的歷次選舉中，國民黨不惜提名大批由地方派系及企業財團所支持的人士出任候選人。這些人平常跟地方上的黑道、角頭便有往來，在選舉期間，往往透過地方上的「樁腳」系統，耗用鉅額金錢買票，出任公職之後，再利用包攬工程、特權貸款、炒作土地、關說採購等等方法，來「撈回老本」，造成政治風氣的急遽惡化。

郝柏村上台之後，對國民黨的提名政策即頗不以爲然。他屢屢發動「掃黑」，更使得財團和地方派系對他不滿。郝柏村任命王建煊出任財政部長。他上台之後，即全力追緝逃漏稅，尤其是加強遺產稅、贈與稅及土地增值稅的稽徵，一方面使國家稅收有大幅度的成長，一方面卻得罪了許多財團巨賈。

一九九二年八月，財政部主張按照實際交易價格來課土地增值稅，五位國民黨中常委在中常會上率先反對，認爲這樣做會「侵害人民權益，使年底選舉大大失敗」；台灣省議會、高雄市議會、和台北市議會則發動「倒王風潮」，批評王建煊有「反商情結」，許多媒體更是興風作浪，說這是「共產黨搞土地改革」、「外省部長要搶本省老百姓的土地」。十月四日，李登輝公開表示：「土地增值稅問題不宜泛道德化」，王建煊只好含淚提出辭呈。兩個月後，由郝柏村任命的環保署長趙少康亦宣布辭職參選立委，李、郝兩人緊張關係達到最高點。

在該年十二月的立法委員選舉中，國民黨只佔有九十二席，民進黨則贏取五十一席，獲得空前勝利。國民黨提名的許多「金牛」和屬於主流派的集思會均遭到挫敗，屬於非主流派的「新國民黨連線」以及辭官參選的王建煊和趙少康分別在台北市北區、台北縣高票當選。在黨內派系對立日趨尖銳的情勢下，翌年二月，郝柏村終於辭去行政院長職位。

第三節　李登輝的民粹主義

郝柏村的去職，象徵著國民黨由「官／軍／商」所構成之「新威權主義」的崩潰。然而，郝氏雖然失勢，他所代表的「大中國主義」仍然留在國民黨內。爲了要剷除這股反李勢力，主流派更加強聯結地方派系與企業財團，國民黨統治下的台灣也由「新威權主義」過渡到所謂「金權政治」或「黑金政治」的時代。是年二月，「新國民黨連線」在台北、台中、高雄等地舉辦說明會，提出「驅逐獨台、推翻獨裁、打倒金權、平均地權」的口號，並且嚴詞批評李總統。

登上權力顛峰

三月十四日，新連線在高雄中學辦說明會時，民進黨立委朱星羽等人邀集將近兩萬群眾，罵他們「賣台集團」、「勾結中共」、「欺負台灣人總統」、「外省豬滾回去」，最後並發生暴力衝突，幾名新連線立委被毆，一部箱型車也被砸毀。

「雄中事件」一方面反映出國民黨內「台灣意識」和「中國意識」的強烈矛盾，同時也凸顯出民進黨內因「台灣意識」所產生出的「李登輝情結」。李登輝十分明瞭：這樣的「台灣意識」正是他擊敗黨內政敵的最有利武器。五月，國民黨十四全會籌備小組決議擴大黨代表的「民意基礎」，將中央民意代表、省市議員及縣市黨部主委七百名都納入作爲「當然黨代表」，使大陸族群的黨代表人數降爲三分之一。

這種國民黨「台灣化」的作法當然又引起非主流派的強烈反彈，他們指責這種作法違反「人民團體組織法」，但主流派卻認爲政治團體並不在「人團法」的規範範疇內，而不予理睬。一九九三年，國民黨正式分裂，新國民黨連線宣布組織新黨，國民黨內殘餘的「非主流派」已經不足以對他構成挑戰，李登輝才逐步登上權力的顛峰。

以上所述，可以說是作者初次撰寫《民粹亡台論》的歷史背景。瞭解這樣的背景，我們便可以進一步分析李登輝時代台灣政壇上所展現出的民粹主義特色。

黑金政治

我對國民黨「一黨獨大」的威權體制素無好感。在一九九〇年的「反軍人干政」運動中，「中國論壇社」的自由派學者對郝柏村出任閣揆有相當激烈的批評，因而集體退出「中國論壇編委會」，另組「澄社」，秉持「論政而不參政」的原則，繼續批評時政。

我之所以決定撰寫《民粹亡台論》，一方面是出自我對時局的憂心，一方面則是基於我對儒家文化傳統和現代理性組織的興趣。在這本書的第一章中，我介紹了〈人情與面子〉的理論模式，以及我對儒家「庶人倫理」的分析，企圖說明李登輝「黑金政治」的社會心理基礎。

儒家文化傳統中的「庶人倫理」講究「尊尊法則」，認爲在社會交往的過程中，應當由居高位的人來做出決策；法家的文化傳統又強調「生法者君也」，認爲掌握權力的統治者可以運用法律來操縱人民，自己卻可以置身於法律之外。

在台灣社會民主化的過程中，這樣的文化傳統和民主選舉互相結合，許多政治人物經常以自己在選舉過程中所得選票的多少，來評估個人權力的「大小」，得到選票愈多的人就愈「大」，就可以爲所欲爲。在各級公職人員選舉中當選的人，往往以爲：獲得了選民的支持，便成爲人民的「精粹」，便可以不受法律的束縛。他們經常用「人情法則」來擴大自己的人際關係網，來向行政機構進行「人情關說」，而其終極目的，則是在攫取各種社會資源，來鞏固自己家族的利益。結果在台灣的民主政治也一步步地異化成爲「金權治國、黑道治縣」的民粹政治。

台灣社會中有一個流傳甚廣的故事，可以說明當時政治人物普遍存在的「民粹」心態：有一個民意代表向某一行政機構的承辦人員進行「人情關說」。承辦人員很委婉地告訴他：這種要求是不合法的。

這位民意代表理直氣壯地說：「就是因爲不合法，才要找你幫忙；如果合法的話，我還找你幹嘛？」

一人修憲

然而，促使我提筆撰寫《民粹亡台論》的直接因素，卻是一九九四年第二屆國民大會第四次修憲會議中，李登輝的「一人修憲」。在該書第二章「民粹式民主」中，我很清楚地指出，那次會議中，李登輝以「決鬥者」的意志，推行「民主改革」的過程，最能夠用來說明什麼是李登輝式的「民粹式民主」。

在那次修憲會議中，國民黨掌控國民大會四分之三以上的席位，可以貫徹黨中央的任何意志。開會之前，國民黨中央已經提出「黨八條」，作爲修憲的最高指示。開會三個月期間，大多數時間都消耗在爭論、對罵、打架之上；眞正用在討論修憲的時間，可謂少之又少。包括民進黨等在野黨派及無黨籍國代的所有提案，均在一讀會時遭到封殺；國民黨籍國代自行連署的提案，雖有少數擠進二讀，但凡是與「黨八條」不合者，也一率遭到封殺。最後朝野國代大打出手，民進黨宣布集體退出修憲，而國民黨主導的「國民大會」，竟然在一天之內，強行通過二、三讀程序！

結果那次修憲會議因此被人譏爲「一人修憲」。在那次修憲會議中，除了「黨八條」之外，只有國大擴權與建設性倒閣案，被國民黨中央所採納。換言之，這部憲法貫徹了國民黨中央的「意志」，從這部憲法的內容，我們可以看到李登輝「民主改革」的構想。然則，這部憲法具有什麼特色？

「臨時條款」合法化

首先，這部憲法擴大了國民大會的職權，也確立了「雙國會」的怪異體制。依照增修條文第一條第三項規定：國民大會職權包括對總統提名任命之人員行使同意權。第四項、第五項規定：國民大會每年集會，集會時得聽取總統國情報告，並檢討國是，提供建言。第八項規定：國民大會自第三屆起，設議長、副議長各一人，由國民大會代表互選產生。此外，國民大會又通過「國大行使職權之程序，由國民大會訂之，不必由立法院制定」的條文！

在國內民眾要求「單一國會」及「廢除國大」的呼聲與日俱增之際，國民黨主導下的國會竟然反其道而行，弄出了這種「反潮流」的「雙國會體制」，為中央政府埋下難以運作的惡因，這是什麼「民主改革」呢？

新憲法最大的特色是規定：「總統、副總統由中華民國自由地區全體人民直接選舉之」。經由「直選」而當選的總統本身已具備堅強的民意基礎，享有崇高的威望；怪異的是：依照「動員戡亂時期臨時條款」所設立的國家安全會議及國家安全局，本來是戒嚴時期的「違憲產物」，理應隨戒嚴時期的中止而予以廢除，但在此次修憲中竟然被納入憲法！這到底是在搞「民主改革」還是在開民主的倒車？

憲法明明規定：「行政院是國家最高行政機關」。然而，國安會組織法卻又規定：該會有權掌理「關於國家安全之國防、外交及國家統一等重大政策之研議事項」，及「總統核交研議之其他有關國家安全之重大事項」。換句話說，新憲用沿自戒嚴時期的「國安局組織法」瓜分掉行政院長在國防、外交及大陸事務方面的最高事權，授予總統碩大無朋的權力；可是，行政院長必須對立法院負責，而總統卻不必擔負類似的責任。這又是什麼性質的「民主改革」呢？

有權無責

當今世界上先進的民主國家，莫不採行「代議民主」，認爲「主權在國會」，而將「主權在民」的理念落實在「議會民主」之上。英國自由主義思想家洛克在提出「三權分立」之主張時，即明白宣示：在立法、司法、行政三權中，應當以「立法權」爲首。美國立國之初，他們的開國元勛如漢彌頓、麥迪遜等人，亦在「聯邦論文」中極力主張：應當使美國成爲「以代議制爲基礎的聯邦共和國」，以「代議民主」取代「直接民主」，不應讓「直接民主」或「民粹式民主」戕害民主的品質，甚至演變成爲「多數暴力」。

然而，由國民黨主導的「一人修憲」，卻已經使我國政府在制度設計上走上「民粹式民主」的道路：由「直接民選」產生的總統，一方面具有堅強的「民意基礎」，一方面又掌握有沿自「動員戡亂時期臨時條款」的碩大權力，可是，他卻不必對立法院負責。這一點，是李登輝式「民主改革」的主要性格，也是「李登輝時代」的主要特色。

「閹割罷免權」

李登輝的「民粹式民主」觀，使他在處理許多事情的時候，將「民主」的位階置於「法治」之上；而他「人民」二分的思考方式，又常常使他不惜犧牲最講究「普遍精神」的「法治主義」，來保障「支持他」的「人民」。在「核四廠預算案」中，他為了保護「擁核立委」，不惜發動立法院國民黨團，強行提高「選罷法」罷免門檻，來保護支持他的「擁核立委」，就是一個例子。

依照憲法的規定，總統除了提名行政院長，交立法院行使同意權，以及公布經立法院三讀通過的法律案等職權之外，並沒有必要和立法院直接溝通。然而，身兼國民黨主席的李登輝，卻經常以黨主席的身分，召集國民黨籍立委，運作黨籍立委，來支持「黨的決策」。一九九四年七月十四日當立法院的核四預算攻防戰進入高峰之際，國民黨政策會在聯勤俱樂部舉行立院黨團動員大會，李登輝在餐敘前便指示：「我直截了當地說，請大家支持核四預算，雖然有很多朋友希望我發表反核的談話，但我要說，我支持核四興建。」

李登輝的強力支持，配合經濟部及台電的全力運作，核四預算終於順利過關。此一行動引起了環保團體的強烈不滿，他們決議發起一項罷免「擁核立委」的運動。消息傳開後，李主席立即出面安撫被指名罷免的「擁核立委」，並由國民黨立委在立法院提案修改「選罷法」，提高罷免民意代表所需各項門檻人數。

球員兼裁判

這項提議案立刻受到輿論的強烈抨擊。論者以爲：現行罷免制度固然有不周全之處，但是人民要依照原訂的遊戲規則來進行罷免時，國民黨以其在國會的多數優勢，硬生生地要修改遊戲規則，這完全是一種「球員兼裁判」的做法，破壞了法律的公平性和正當性；如果這種做法可以允許，未來只要國民黨的利益受到任何威脅，即可隨時修改憲法或法律來「避免違法」。這種搞法，可以說是傳統法家「依法統治」的現代版，縱然「程序合法」，於情、於理上都是說不通的。

但國民黨卻不管這一套。一九九四年十月二十日，選罷法修正案在進行二讀之前，反對黨立委集中火力砲轟國民黨「因人修法」、「閹割罷免權」；投票時，反對黨立委並集體退席，抗議國民黨以多數暴力「一黨修法」。

然而，國民黨仍然不顧一切，「橫柴舉入灶」，強行通過大幅提高罷免民意代表所需各項門檻人數：提議人增加十倍；連署人增加十五倍；在罷免投票的人數上，現行條文規定，民意代表需有選舉區內三分之一選舉人投票，同意票多於不同意票時，即爲通過罷免；修正條文則規定，需有選舉區中過半數選舉人投票，及投票人數中一半以上同意罷免，才能通過罷免案。從此之後，罷免立委已經變成爲幾乎是「不可能」之事。

憲法是國家的根本大法，李登輝憑個人的意志「一人修憲」把憲法修成「大總統制」或「準皇帝制」，已經爲台灣日後的政治亂象埋下禍根。我考慮再三，再回想李登輝當政後政壇上種種荒誕不經的現象，終於提筆，寫成《民粹亡台論》。

亡徵

《民粹亡台論》出版於一九九五年，正是李登輝政治聲勢如日中天的時候。這本書出版後銷路十分暢旺，每月都要重刷一次，連續達十二個月。當時我有一位朋友在國民黨中央黨部工作，他告訴我：國民黨內部曾針對這本書討論對策，李登輝的決定是：「不理他！」

聽到這樁故事，我不禁廢然長嘆：在《民粹亡台論》中，我曾引述韓非子〈亡徵篇〉中，列舉可能導致國家滅亡的徵象，包括：

「好宮室台榭陂池，事車服器玩，好罷露百姓，煎靡貨財者，可亡也。」

「饕貪而無饜，近利而好得者，可亡也。」

「狠剛而不和，愎諫而好勝，不顧社稷而輕爲自信者，可亡也。」

「大心而無悔，國亂而自多，不料境內之資而易其鄰敵者，可亡也。」

「國小而不處卑，力少而不畏強，無禮而侮大鄰，貪愎而拙交者，可亡也。」

「簡侮大臣，無禮父兄，勞苦百姓，殺戮不辜者，可亡也。」

「好以智矯法，時以私雜公，法禁變易，號令數下者，可亡也。」

「主多怒而好用兵，簡本教而輕戰攻者，可亡也」。

「辭辯而不法，心智而無術，主多能而不以法度從事者，可亡也。」

我在《民粹亡台論》中所記錄李登輝時代種種光怪陸離的現象，可以說是國民黨甚至整個台灣的「亡徵」。當然，領導者沒有危機意識，組織中出現「亡徵」，組織也不一定立刻就瓦解。用韓非子的話來說：「亡徵者，非曰必亡，言其可亡也。……木之折也必通蠹，牆之壞也必通隙，然木雖蠹，無疾風不折；牆雖隙，無大雨不壞。」一旦遇上狂風驟雨，危機一來，便可能如摧枯拉朽，木折牆倒，土崩瓦解！我話已說得這麼清楚，李登輝竟然忠言逆耳，相應不理，那就只有走著瞧，等歷史來作裁判了。

第四章 民粹式教改

我既以學術研究作爲身生志業，又無意於仕進，在《民粹亡台論》出版之後，即集中心力從事學術研究，在學術成就逐步登上顚峰的六旬之年，爲什麼又會突然介入社會運動？

我投身於社會運動，始自對教改的批判。我的專業是社會心理學。二十多年來，致力於發展本土心理學。雖然畢生從事教育工作，可是對於教育學專業，只能說是「一知半解的門外漢」。我之所以會發起台灣的「教育重建運動」，純粹是歷史的偶然。

誰敢批評李遠哲

二〇〇二年十一月三十日，在《思與言》雜誌社舉辦的「大學教育的本質與危機」研討會上，幾位學術界的朋友談起教改所造成的諸般亂象，有人痛心疾首，有人憂心忡忡。當時有人提到教改運動中的一個怪現象：整個教改運動幾乎都是由一些對教育一知半解的門外漢在主導，眞正的教育專家反倒被排擠在外，無法發聲。結果整個教改運動形成「黃鐘毀棄，瓦釜雷鳴」的奇特局面。當時，周祝瑛博士也在座，我知道她是美國加州大學洛杉磯校區的教育學博士，便問她：「既然教改出了這麼多問題，研究教育的學者爲什麼不從教育專業的角度，對教改問題提出批評？」

她的回答頗令我感到奇怪：「誰敢批評李遠哲？人家是諾貝爾獎得主，我們人微言輕，而且大家都要升等，萬一得罪了人，將來不管是升等，或是申請國科會計畫，都可能有人找你麻煩。誰敢批評李遠哲？」

「誰敢批評李遠哲？」這個說法實在令我感到訝異不置。我告訴她：「怕什麼呢？一九九五年，李登輝聲勢如日中天，我出版了一本《民粹亡台論》，批評他的民粹主義作風，會把台灣搞垮。這本書非常暢銷，一個月重印一次，連續印了十二次。那時候，我一天到晚接到恐嚇信、恐嚇電話，有人寄冥紙給我，有人從報上剪下鉛字，貼成短信，辱罵我。後來這本書的預言果然一一應驗了。作爲知識分子，只要寫的文章是出自於良心，我們就應當寫，有什麼好怕的呢？李遠哲總不會比李登輝可怕吧？」

當時，我一再鼓勵她寫一本書，對教改問題作徹底的檢討。以後在媒體上便經常看到她針對教改亂象所寫的評論文章，我也開始注意教改的問題。

第一節　知識虛無主義

錯誤的教改前提

有一次，在《新新聞》上讀到南方朔所寫的一篇文章，他以十分嚴厲的筆調批評：「教改的前提，沒有一個是正確的。」這個提法立刻吸引了我的注意。多年來，我一直致力於「社會科學本土化」的工作，而且深刻體會到：國內社會科學研究之所以長期處於落後狀態，主要原因之一，是國內的社會科學工作者對西方的科學哲學缺乏相應的理解。從科學哲學的角度來看，錯誤的前提絕不可能導出正確結論。然則，教改的前提爲什麼是錯誤的？它到底錯在哪裡？這種錯誤可能造成什麼樣的後果？

在思考這些問題的時候，我注意到：許多推動教改的人士都喜歡拿「建構主義」（constructivism）作爲自己立論的基礎。在我來看，這就是問題的根源所在。二十年來，我在推動本土心理學運動時候，深刻體會到科學哲學對科學發展重要性，因此下了相當大的工夫，研究西方科學哲學的發展。二〇〇一年，我出版過一本書，題爲《社會科學的理路》，介紹二十世紀間西方十七位主要哲學家對於知識論和方法論的觀點，該書包含兩部分，前半部的「實證主義」和「後實證主義」，通常被視爲自然科學的哲學；後半部的「結構主義」、「詮釋學」和「批判理論」，通常被當做是社會科學的哲學。最後一章則綜合這兩條路線的發展，介紹「建構實在論」（constructive realism）。

建構實在論

「建構實在論」是維也納大學教授 Dr. Fritz Wallner 近年來所推廣的一種科學哲學。在一九三〇年代，維也納大學是歐洲學術的重鎮，當時在石里克（Schlick）的召集下，許多維也納大學的教授，組成了維也納學圈（Vienna circle），致力於推廣邏輯實證論的科學哲學。第二次世界大戰爆發前，納粹勢力崛起，維也納學圈的主要人物紛紛流亡海外，並將邏輯實證論的思想帶向世界各地。其後數十年間，科學哲學有相當多樣化的發展；近年來，Dr. Wallner 提出「建構實在論」的科學哲學，企圖整合這些年來科學哲學的發展，並在歐洲組成了新的「維也納學派」（Vienna school），推廣此種科學哲學。

Dr. Wallner 曾經數度來台。二〇〇一年，台大心理系與中央研究院民族學研究所合作舉辦了一次題爲「本土心理學的科學發展」的研討會，他也曾經前來參加。我當時提了一篇論文，題爲〈建構實在論與儒家關係主義〉，他看了之後，十分欣賞，又於二〇〇二年六月邀請我到維也納大學，參加一次題爲「科學、醫藥與文化」的研討會，並爲他的研究生主持了四小時的工作坊，介紹我對建構實在論的觀點。

在我看來，建構實在論應當可以作爲非西方國家發展本土社會科學的基礎。值得強調的是：「建構實在論」的科學哲學跟教改學者所主張的「建構主義」，是完全不一樣的。「建構主義」的流派雖然很多，其共同點卻是認爲：知識是人們在社會互動的過程中所建構出來的。藉由教育的過程，人們可以建構出任何的知識。

然而，「建構實在論」對知識卻有完全不同的看法。建構實在論雖然也同意：知識是人類所建構出來的，可是知識的建構必須以「實在」（reality）作爲基礎，必須要能夠禁得起科學方法的檢驗，不是一群學者關起門來，就可以憑空「建構」的。

實證主義的教育觀

「建構實在論」的知識論和十九世紀以來盛行於西方社會中的「實證主義」（positivism）有極大的不同，和維也納學圈在二十世紀初期所提倡的「邏輯實證論」（logical positivism）也很不一樣。「實證主義」和「邏輯實證論」都認爲：世界中的宇宙秩序，遵循著既定不變的自然法則。科學家用科學方法將這些法則找出來之後，它們構成了知識的內容。教育的主要目的，就是把這些「眞理」傳授給下一代。學生還沒有創造知識的能力，他們的主要任務就是學會這些知識。

作爲西方學術殖民地的台灣，在解嚴之前，學術界所流行的主要是一種「素樸的實證主義」（naive positivism），在教育的過程中特別強調知識的傳授，這種「知識取向」的教育重視背誦，重視考試；和台灣社會中鼓勵子弟追求縱向成就的「家族主義」傳統相互結合，演變到最後，就形成一般人所詬病的「讀死書，死讀書，讀書死」。

教改的歧路

解嚴之後，教改集團爲了「顛覆」傳統的教育方式，非常反對這種「知識導向」的教育，而提倡一種「能力導向」的教育。然而，反對國民黨的政治人物所要顚覆的，不僅只是傳統的教育而已，而且還有傳統的文化。爲了配合「建構」新國家的需要，他們在林林總總的近代西方哲學中，選擇了「建構主義」，作爲他們的哲學基礎，強調教育的目的不是要讀死書，而是要培養「帶得走的能力」，或提高「創造力」。教改人士不瞭解的是：由於「建構主義」否定「客觀知識」的存在，一味堅持「建構主義」，最後很可能走上「知識虛無主義」的道路。我們在教改過程中所產生的許多亂象，其實都是由此而衍生出來的。

相反的，如果教改走的是「建構實在主義」的方向，在教育的過程中，必須一方面重視主觀能力的培養，一方面重視「客觀知識」的傳授，整個教育改革的過程將會呈現出完全不一樣的面貌。更清楚地說，從哲學的角度來看，目前教改集團所推行的「教育改革」，其實是要顚覆傳統教育所進行的一場「文化大革命」，我們要對教改所造成的種種亂象進行「撥亂反正」的工作，必須抽絲剝繭，很細緻地告訴大家，爲什麼教改的大方向是錯的，然後在一個嶄新的哲學基礎之上，推動台灣的教育重建工作。

第二節 〈重建教育宣言〉

儘管李遠哲所推行的教改大方向是錯的，可是我們社會中絕大多數的民眾都不懂哲學，大家對哲學也沒什麼興趣。我即使到街上敲鑼打鼓，聲嘶力竭地告訴大家：「教育改革的哲學是錯誤的」，別人大概會以爲我腦筋有問題，蚍蜉撼大樹，鐵定沒有人會理我。因此，這個念頭便擺在心裡，沒有再作進一步的思考。

二〇〇二年五月，我突然接到周祝瑛教授的電話，她說：她在我的鼓勵之下，寫了一本檢討教育改革的書，希望我能幫她寫一篇序。這本書的因緣既然是由我而起，我當然是義不容辭。答應之後，在構思這篇序言時，突然想到一個點子：明年總統大選將屆，現在社會上又有一些教改團體蠢蠢欲動。要對教改的後遺症進行「撥亂反正」的工作，應當趁這個機會，在台灣社會中發表一項以「終結教改亂象，追求優質教育」作爲主題的宣言，對各政黨進行施壓，要求政府對這十年來的教改進行徹底的反省，並提出具體的解決方案。五月十五日，我把這個構想告訴周博士，她立刻劍及履及，擬出一份行動計畫。我再根據這份計畫中的綱要，寫了一份長達一萬三千字的宣言。

李遠哲的寒蟬效應

以「終結教改亂象，追求優質教育」爲題的批判教改文章（也就是後來的〈重建教育宣言〉，或通稱〈教改萬言書〉）撰成之後，我原本想找十位學者一起連署發表。然而，在找人連署時，我立刻遭到了困難。幾位學術界的朋友都表示：十分贊同文章中的論點，現在非常需要有人出來登高一呼，喚醒社會，注意教改所造成的嚴重後果。而且大家都認爲：總統大選前，正是發表這篇文章的最好時機。

可是，當我邀請他們參加連署的時候，大多數人都委婉拒絕了。有些在國民黨時代勇於批判時政的朋友，一聽說要批判教改，也是面有難色。他們拒絕的理由包括：他參加過教改的某項活動，他認識李遠哲，他認識某位教改的要角，對某某人不好意思，不方便得罪人等等。

這林林總總的理由使我警覺到：十幾年來李遠哲挾其卓越的學術成就，在台灣政治和學術界所布下的綿密人際關係網絡，及其對整個台灣社會所造成的「寒蟬效應」。

「國師」的人脈

李遠哲於四十九歲時獲得諾貝爾化學獎，在化學動態學、分子束及光化學領域的研究中，表現十分卓著，曾經獲得美國、英國等國家科學獎章。而且曾經獲得各國學術團體、大學授與榮譽博士、榮譽教授、講座教授等等數十項獎項。一九八九年，李遠哲在國內提出「教授治校」的理念，這個形同校園解嚴的議題，當時曾引起廣泛的討論；國內自由派學者甚至尊稱他爲「台灣校園民主的啓蒙者」。一九九二年十二月，李遠哲接受推薦，成爲中央研究院院長，一九九四年元月八日返國任職。同年九月，擔任行政院教改會召集人，並在李登輝總統的強力支持下，創辦「遠哲科學基金會」以及「財團法人傑出人才基金會」，延攬國際級學者，回國從事長期研究。

李遠哲回國後，即積極參與各項社會事務，對台灣的科學與教育發展有非常大的影響。舉凡與教育和科學有關的政策、人事一級主管，包括教育部長、國科會主委等重要職務的聘任，李遠哲都是最高當局的主要諮詢對象。從吳京、林清江、曾志朗到黃榮村等人的任免，當局都曾徵詢過李遠哲的意見。此外，國內的各種科學大事，包括國家級的科學研究計畫等等，政府都會徵詢並尊重李遠哲的看法。十幾年來，教改的實施過程出現過若干轉折，但整個大方向還是依循「教改諮議報告書」的架構在進行，可見李遠哲對台灣的教育改革有非常深遠的影響。

在二〇〇二年總統大選中，李遠哲不顧學術中立的原則，以中央研究院院長及民間清流領袖的身分挺身而出，表態支持特定候選人，成爲民進黨勝選的重要決定因素。新政府成立之後，李遠哲更被奉爲「國師」，領導社會菁英，組成「國政顧問團」，成爲支持陳水扁政府的一股重要力量。長久以來，李遠哲在台灣的學術界及政治界的「關係」，交織成一張極爲綿密的人脈，對整個台灣社會造成無遠弗屆的影響。在這種態勢之下，「誰敢得罪李遠哲」？

在無知的領域中維護權威

在思考這個問題的時候，我想到了科學哲學史上一則著名的故事。一九七五年，一百八十六位著名的科學家發表聲明反對占星術，其中包括十八位諾貝爾獎得主。當時，主張「科學無政府主義」的科學哲學家費耶本德卻挺身而出，在他的著作《自由社會中的科學》（1978）中，爲占星術辯護。他認爲：該項聲明是腐朽的宗教濫調，獨斷地提出錯誤的論證。這些科學家判定的依據，根本跟不上當代的人類學。這些科學家甚至要在他們沒有任何知識的領域中，維護自己的權威。他很明確地指責這些專家：「你們是在反對一項你們一無所知的東西，這種行動本身就是不理性的。」他對這些專家的駁斥，變成了近代科學哲學史上的一個著名案例。

從我對教改的分析來看，台灣的教改專家其實也是在提倡一種他們一知半解的理念。孟子說得好：「雖千萬人吾往矣！」只要觀念正確，費耶本德都敢向包括十八位諾貝爾獎得主的一群科學家挑戰，一個諾貝爾獎得主算得了什麼呢？

六月四日，黨外圓桌論壇執行長朱高正邀請我、李幸長和樂學連的幹部聚餐，商討彼此合作推動「二次教改」的可能。在交換彼此對教改的意見之後，樂學連執行長何宗勳問我：「你想如何推展這樣的理念?」

「我準備找十位教授連署，向社會公開發表。」

「這年頭十位教授算什麼?最起碼你要找三十位，還要有知名度，這樣才夠看啦!」

三十位有知名度的教授?在李遠哲的「寒蟬效應」影響之下，許多學術界的朋友雖然對教改不滿，一聽說要連署批判教改，都表現出敬謝不敏的態度。我費了九牛二虎之力，都還找不到十個人肯連署，大家素昧平生，哪來三十位有知名度的教授肯跟我蹚這趟渾水?

說來也是福至心靈，在教改問題鬧得風風雨雨的時候，有一天，在報上看到薛承泰教授所寫的一篇批評教改的文章。我靈機一動，立刻打電話給他，告訴他我的構想，問他願不願參加連署?他看了〈萬言書〉之後，很爽快地答應了。不久，我就決定採用「老鼠會」的辦法，請大家將〈萬言書〉e-mail給自己的朋友，願意參加連署的，再跟我聯絡。沒想到這樣一來，立刻發生了「滾雪球」的效應，一週之內，願意連署發起的人，便超過三十人。

理性的連署

要搞「全民連署」，我們這幾個窮教授，既無人力，又無財力，當然不能雇一大批工讀生，在各地火車站擺攤位，找人連署。我想到的唯一辦法，就是找人設計一個網站，將〈萬言書〉掛在網站上，徵求社會大眾連署。

許多人聽到這個構想後，都笑我迂腐：「現在是什麼時代了?誰會上網看你的長篇大論?你看執政黨和在野黨的網站，都是以活潑鮮明的動畫作爲主要內容;連『台聯』的網站，也有許多嘻哈動作，這樣才能迎合e世代的口味。你要人家上網讀〈萬言書〉，要連署還得寫下身分證號碼，誰會相信你啊？」

對於這一點，我倒是相當地堅持。我認爲：台灣的各個政黨用動畫或嘻哈動作來吸引民眾，基本上都是在弱化群眾的智慧和判斷力。今天我們要讓民眾深入反省教改帶給台灣的災難，一定要訴諸理性，而不能訴諸情緒。連署時登記身分證字號，代表個人經過理性判斷後，所作出的一種決定和承諾。我寧可看到少數幾個人經過理性判斷，再同意我的論點，也不願意看到有一大群人跟著我，在街頭吆喝吶喊。終結台灣教改亂象的希望在於知識分子。我要推動的是一種「理性的連署」，如果我無法說服足夠的知識分子，同意我的論點並參加連署，我就是失敗的；我也願意承認我的失敗。

然而，在七月份連續的三個星期四，「阿扁總統電子報」三次提到有關高學費的問題，每一次都引起軒然大波。七月三日，「阿扁總統電子報」說：「台灣公立大學學雜費算是相當的低廉」，七月十日，「電子報」又說：「從教育改革的目標來看，教改是非常成功的」，「學費從來沒有阻礙過社會階層的流動……大學生必須事先做好財務規畫」。這兩次談話，都引起了社運團體的強烈反彈。七月十七日，陳水扁竟然又在電子報上回應「教育是權利、是機會，也是最有價值的投資」。

「反高學費聯盟」和「新世代青年團」，在十五日臨時決定：隔日要前進總統府，向陳水扁下戰帖，要求和總統辯論高學費政策。我們也認爲：這是推出〈教改萬言書〉的最佳時機。

第三節 李遠哲的「責任倫理」

七月十二日，在台大校友聯誼社召開第一次發起人會議，正式確定組織的名稱叫「重建教育連線」，英文名爲Education Reconstruction Front，將發表〈重建教育宣言〉，發起「終結教改亂象，追求優質教育」全民連署行動，提出四項主要訴求，並於一週後的七月二十日，在同一地點的台大校友聯誼社舉行記者會，正式對外。

七月二十日，「重建教育連線」在台大校友聯誼社召開記者會，發表〈重建教育宣言〉。參與記者會的發起人有十八位，此外，還有一百三十位共同發起人，我們指出：十年教改已經造成了「政府不負責、老師不支持、家長不放心、學生不快樂、畢業沒有頭路」的「四不一沒有」，甚至加速貧富差距，造成「兩個台灣」的現象。然後，宣布「終結教改亂象，追求優質教育」的主要內容。鑑於教改所造成的各種亂象，連線提出了四大訴求，一，檢討十年教改，終結政策亂象。二，透明教育決策，尊重專業智慧。三，照顧弱勢學生，維護社會正義。四，追求優質教育，提振學習樂趣。

我們除了邀請民間著名社會學者南方朔講述第三項訴求：「照顧弱勢學生，維護社會正義」之外，並安排三位教育學者，彰師大教育研究所所長黃德祥、吳武典和周祝瑛分別講述其他三項跟教育有關的訴求。

肯定李遠哲的貢獻

〈重建教育宣言〉只談教改的社會效果，刻意不談教改理念，也不涉及任何特定個人。可是，在宣言發表後的答問時間裡，有記者問我：「黃教授，李遠哲該不該為教改亂象負責？」

我很肯定地回答：「他當然要負責。」接著記者又緊盯著這個問題，向在座的連線發起人分別發問。結果李遠哲對教改的責任問題，也成為翌日各大媒體報導的焦點。

第二天，台灣各大媒體均以十分顯著的標題，全版報導「重建教育連線」發起的這項活動，造成了社會的轟動。對於眾多學者連署提出的〈重建教育宣言〉，總統府與行政院均柔性回應，強調願意傾聽各方意見，承認教改確有改進空間；不過他們也指出，教改是國民黨執政時代就開始推動；而主導教改的中研院院長李遠哲的貢獻，不應被抹殺。

這三點，可以說是民進黨政府對〈重建教育宣言〉反應的基調。七月二十日早上，在教育部舉行的記者會上，教育部長黃榮村以「抽刀斷水水更流」形容我國推動教改十年來的亂象。他說，他完全「虛心接受」重建教育連線提出的教改萬言書，並誠心邀請這百餘位學者，今年九月前和教育部官員好好談談，將建言重點納入今年九月召開的「全國教育發展會議」中討論。

黃榮村雖說完全接受教改萬言書，但卻強力為中央研究院院長李遠哲辯護。他說，以教授治校為例，早在李遠哲回國服務前，民國八十年教授治校的聲浪即已在國內「自主」發展出來，發源地就是他號召成立的「台大教授聯誼會」。當時大學校園之所以出現教授治校聲浪，主要是反威權，有其時代意義。

黃榮村說，如果說倡言「教授治校」是一項「功勞」，大家要將這項功勞送給李遠哲，他不願意接受；如果說是「責任」，要李遠哲負起這個責任，也不公平。論斷是非，脈絡一定要先弄清楚。

針對「重建教育連線」的批評，李遠哲回應說，「教改諮議報告書」是三十位委員，花費兩年時間，做出的總結建議，「有些人沒有看過內容，就任意批評，是非常不幸的。」

李遠哲表示，當年教改會每週下鄉，到各縣市學校去和基層老師、家長座談，總結這些人的意見，才寫成《教改總諮議報告書》，「這裡面很多人是非常富有理想的」，「要怪罪某某人的意見是不對的」；他強調，大家應好好看一看報告書，任意批評對教改會辛苦工作的委員，很不公平。

李遠哲也表示，國內教改做得不理想，不能說是誰的責任，「沒有誰該負責的問題」，教改結果不該是教育部長一個人承擔，也不是他能掌握。李遠哲認爲他參與教改過程，對得起自己的良心；他希望外界能以「大格局」看待教改這件事。

李遠哲同意，經過十年教改，教育還是有很大的問題，但這是一千年累積下來的，是「升學主義」、「文憑主義」掛帥的結果。有問題必須進行改革，「但改革不是口號」，而是政府必須徹底執行，若是提不出新主張，沒有想好怎麼做，「只是想用喊口號方式來談教育，教育仍不會有大方向的改變。」

不懂「責任倫理」

李遠哲的這些論點充分顯示出：他完全沒有「責任倫理」的概念。民主國家的政府施政，一定爲自己所做的決策負責，這是最基本的政治學原理。「重建教育連線」所揭發出來的十年教改亂象，既然受到社會的公認，就有人應該對教改所造成的後果負責，為什麼說「沒有誰該負責」呢？

我們當然十分清楚：當年教改諮議委員會確實是集社會一時之菁英，他們耗費兩年時間，動用六千萬經費，才寫出《教改總諮議報告書》，「這裡面很多人非常富有理想」，今天你要問他們，他們大多數人也會像李遠哲那樣，覺得「他對得起自己的良心」。然而，這種說詞顯然是不懂倫理學中「意圖倫理」與「責任倫理」的區別。從事教改的工作和寫論文不同：「文章千古事，得失寸心知」寫論文確實是只要講究「意圖倫理」，「對得起自己的良心」就可以了，論文寫得不好，別人不看就是。可是，推行教改，拿全國數百萬兒童當白老鼠，怎麼能不考慮它的社會後果？怎麼能不講究「責任倫理」？又怎麼能用「對得起自己良心」之類的語詞，蒙混過關？

至於將教改造成的問題，推給「千年累積下來的升學主義、文憑主義」，這種論調更是奇怪。如果「千年累積下來的升學主義、文憑主義」是無法改變的，那就乾脆不要推動改革；如果它是可以改變的，教改集團就要拿出改革的時間表。我們當然知道「改革不是口號」，可是改革總要有個目標、有個計畫、有個時間表；哪有搞了十年，花了一千五百億的預算，搞出一大堆社會亂象，還要叫人閉上嘴巴的道理？

第四節 《教改錯在哪裡？》

二〇〇三年九月，《教改錯在哪裡？》出版，書中我很明確指出：李遠哲召集成立「教育改革審議委員會」時，將師範體系的教育學者視為「舊體制的支持者」刻意排除在外，並邀請許多對教育一知半解的「社會名流」充當委員，教改政策形成過程中，雖然到處辦座談會，基層教師的意見根本難以改變教改委員的決議。

《教改總諮議報告書》既然是凝聚社會菁英之智慧所形成的「共識」，在形成的過程中，又曾經廣泛徵詢各界意見，一旦炮製完成後，便獲得了至高無上的正當性，因而變成台灣教改的「聖經」。《教改總諮議報告書》中，有一項十分重要的建議：「成立國家教育研究院」，由專業人員對各項教改計畫先做深入的研究，並做客觀的評估。在我看來，事先周詳的研究和實驗，是達成教育改革目標的必要條件，也是教育改革工程得以理性進行的唯一保證。

遺憾的是：這本《教改總諮議報告書》炮製完成之後，我們的教改龍頭再也不管什麼「國家教育研究院」或「理性的研究和實驗」，反倒是一手拿著「教改聖經」，一手拉著「政治高層」，要求教育部實踐他的「教改理念」。若有哪位部長基於教育專業的考量而不肯配合，他便很可能被戴上「保守派」、「親中派」、「不夠本土」的帽子，「拉下馬、靠邊站」。部長們瞭解到「教育部」之上還有個「教改部」，在「嚴重干預」教育部的施政，他們當然得小心翼翼、兢兢業業地實踐「部長以上那個人」的「教改理念」。即使如此，我們的教育部長仍然是更換頻繁，從一九九四年教改會成立之後，九年之間，換了六位部長。

在「教改部」的指導之下，在「教育部」的強烈推動之下，我們的社會中也出現了一批「教改專家」，他們舉著「教改聖經」，在諾貝爾獎得主的光環照射之下，推出一波又一波的教改行動。儘管老師、學生和家長對這些教改措施都普遍感到不滿，他們仍然是我行我素，蠻幹到底。若是有人質疑他們的作為，教改龍頭馬上發聲，要他們好好看「教改聖經」，說「沒有看那本書就批評是不對的」。若是有基層教師表示不滿，他們馬上祭出「反改革」、「不肯努力學習」、「同情保守勢力」之類的大帽子，弄得人人噤若寒蟬，莫敢出聲。當社會大眾普遍質疑某種教改措施，他們立刻動員附從的社會菁英，大聲疾呼：「教改不能走回頭路！」

教育界的「文革」

這種「霸王硬上弓」的作法，使得台灣的教改出現了一種十分弔詭的現象：在教改推行之初，許多自由派的學者口口聲聲說，教改的基本精神是一種「由下而上」的「自由」、「鬆綁」、「多元」、「國家退出，市場介入」；可是，教改實踐的結果，只在有利可圖的教科書、補習班、各級私立學校的設立等方面「國家退出，市場介入」；至於在「教改理念」方面，則從教改龍頭主掌教改會開始，仍然是「九年一貫」地「由上而下」，一點都不「多元」，也看不出有什麼「鬆綁」、「自由」的跡象。

從社會心理學的角度來看，這種民粹主義式的手法跟當年的紅衛兵在大陸上搞「文化大革命」其實沒什麼兩樣：文革有「老毛」（毛澤東）領導，台灣也有個「老李」（李登輝）；文革一本「小紅書」作爲最高指導原則，台灣教改也有一本「聖經」（教改諮議報告書）。「偉大的領袖」爲了要推翻舊體制，由「紅衛兵」在體制外成立「革委會」，再製造出一些神聖的政治符碼，動員群眾，高舉「小紅書」來鬧革命。至於「小紅書」的內容在說些什麼，根本很少有人加以理會。「權、權、權，命相連」，紅衛兵們所關心的，只是如何利用「一片大好」的情勢，緊緊抓住權力。「改革」到最後，倒楣的仍然是被挾持動員的群眾。等到社會上亂象叢生，群眾哀嚎不已的時候，「紅衛兵」驚慌失措，「四人幫」把手一攤，表示要負責的只有「千年科舉制度的累積」！這話倒是說得不錯，「革委會」本來就是體制外的組織，其目的就是要衝撞「千年封建制度的累積」，用「大格局」來看他的「革命行動」，你能要他負什麼責任？

良心責任與道義責任

七月二十二日早上，「重建教育連線」代表劉廣定、曾孝明、高明士、黃藿和我共五人，拜訪立法院各政黨黨團，邀請各政黨立法委員，上網參加連署。在記者會上，又有記者問我李遠哲對於教改亂象的責任問題。我很清楚地告訴他們：十年前的「教育改革審議委員會」根本是一個體制外組織。李遠哲以體制外組織召集人的身分領導教改，造成教改的結果沒有人負責。該爲教改負責的是「執政的黨」，李遠哲沒有必要、也沒有辦法爲教改擔負政治責任，但他應當思考自己在教改中所扮演的角色，擔負「良心責任」與「道德責任」。

當時，我又指出：今年七月四日，教育部成立「高等教育審議委員會」，由李遠哲出任召集人，這也是一個「體制外的組織」，出了事也不必擔負任何政治責任。

當天在野黨立委許淵國、劉文雄及卓伯源等人也同聲批評：「高等教育審議委員會」的法源「大學法」，根本還未經立法院修正通過；依教育部修訂大學法的構想，「高等教育審議委員會」將負責「審議高等教育政策、高等教育資源分配」，其職權與教育部高教司嚴重重疊，地位甚至凌駕教育部之上，無異成爲教育部的「太上組織」。教育部這種自我矮化爲執行機關的修法尚未通過，就急於成立高教審議委員會，動機令人質疑。

許淵國和劉文雄抨擊，教育部高教司還對外宣稱：爲免政治干預，「高等教育審議委員會」不受立法院監督，此一說法非常不合理。爲何教育部堅持成立體制外的黑機關，主持教育資源分配？又是誰交代由李遠哲出任委員會召集人？

永遠的反對者

重建教育連線發表萬言書之後，教改集團立刻祭出「反改革」的大帽子，公開質疑萬言書是情緒多於論理、「政治多於教育」，是「菁英主義」的科舉思想，借屍還魂。他們指責萬言書發表迄今，已在基層產生效應，原先對教改冷眼看待的教師們公開質疑教改的做法，他們擔心〈教改萬言書〉會讓台灣的教改走上回頭路。當時「澄社」有一位金姓執行長，在報上寫文質疑我們的政治動機，並說〈教改萬言書〉的連署人都是學術界的「二軍」，沒有資格批評「社會菁英」所推動的教改。

七月二十二日，我上「文茜小妹大」節目時，指出：這位姓金的老弟可能不知道：當年我也是澄社的創始社員之一。一九八九年十二月，澄社在三項公職人員競選期間公布十九位社員對縣市長及立委候選人的評鑑分數，受到了社會各界的猛烈抨擊：有的罵澄社「不道德」，有的指澄社是民進黨的「外圍組織」，有些人指責澄社已經失去了「中立客觀的立場」。十二月六日，在國民黨中常會檢討選舉挫敗原因的會議上，中央委員會副秘書長關中指出：國民黨和教授聯繫不夠，在選舉緊要關頭，澄社提出候選人評鑑結果，對國民黨惡意批評，也對選民發生誤導作用，對選舉結果產生相當大的影響。

爲了回應關副秘書長的指責，十二月十日我在當時的《自立晚報》上，以「論澄社的道德」爲題，發表了一篇文章。文中指出：

澄社在成立之初，便自我定位爲「論政而不參政」的團體，任何社員出任公職，便應當自動退社。目前澄社雖然有一位社員加入民進黨，卻有更多擁有國民黨黨籍的社員。在澄社成立之前，多年來，準社員們便一直站在「道尊於勢」的立場，秉持著個人對知識之誠篤，獨立論政。澄社成立之初，亦是根據這樣一個判準，決定是否要邀某人入社。在誠篤的知識之前，澄社同仁沒有永遠的朋友，也沒有永遠的敵人，只有永遠的是非。「是之則受，非之則辭」，澄社同仁對現實的政治權勢不忮不求，如何可能成爲某一個政黨的「外圍組織」？

由於澄社同仁論政的基本立場是「道尊於勢」，在論政時，難免會「樂其道而忘人之勢」，對當政者有較多的批評。然而，這樣的批評絕非出自惡意，也不是針對國民黨而發。任何人執政，都可能遭受澄社社員較多的監督和批評。今天國民黨執政，所以澄社對國民黨有較多的批評。有朝一日，如果民進黨變成執政黨，澄社作風，亦復如是。對於任何的執政黨，澄社是永遠的反對者。這是澄社的基本性格。如果澄社喪失這點性格，澄社便不再是澄社，澄社也沒有任何再繼續存在的價值。

不瞭解澄社之基本性格者，沒有資格論斷澄社的道德。在澄社同仁的心目裡，沒有永恆的權力，只有永恆的眞理。我們明白：走在任何一個時代，擁抱眞理的人永遠是寂寞的，可是澄社同仁卻自信還有一份淡然處之的能耐。這番肺腑之言，關副秘書長不知是信也不信？

十二月二十七日，關中辭去國民黨中央委員會副秘書長之職。後來澄社成員因統獨立場不同，而對修憲問題發生爭議，我跟大多數創社元老，一起離開了澄社。政黨輪替之後，主張「論政而不參政」的澄社反倒成了「政務官先修班」，澄社也異化成爲特定政黨的啦啦隊。

推動台灣的教育重建

從〈教改萬言書〉發表之後，教改集團的反應來看，他們是絕不會認錯的，他們依附在當權者的周圍，「人還在，心不死」，堅持「教改沒有失敗，只是尚未成功」，還要延續以往的教改政策，推出「新五年教改計畫」，包括十二年國教。

在我看來，解嚴之後，台灣的政黨因爲統獨立場的不同，而劃分成「泛藍」與「泛綠」，是台灣民主政治最不幸的發展。在這樣的政治結構之下，人們很難對各種公共政策作理性的辯論，搞到最後是「立場決定是非」，政客們爲了鞏固自己的權力，不惜拿國家長遠的利益做爲代價，競相提出諸如「多元」、「鬆綁」、「自由」之類的「媚俗」口號，來討好選民。民主政治異化成爲「民粹主義」，整個台灣社會也日趨沉淪。

在我來看，台灣的中間選民如果沒有培養出理性判斷的能力，無法以專業知識來判斷公共政策的得失，台灣民主的未來是不會有希望的。十年教改的經驗，就是一個非常慘痛的經驗。從「重建教育連線」的立場來看，台灣的教育目前所需要的不是再推出更多的教改計畫，而是徹底檢討過去十年教改的問題，跟過去的十年教改劃清界限，並鼓勵教師們站出來，在新的哲學基礎之上，以自己的專業，一起推動教育重建的工作。

第五章 反六一〇八億軍購

我推動「反思教改」的過程，和二〇〇四年總統大選的競選過程有相當長的一段時間彼此重疊。在這段時間裡，我深刻體會到「民粹政治」對台灣社會的危害。更清楚地說，我在寫《民粹亡台論》的時候，是抱持著一種「書生報國」的心態，認爲只要憑著專業知識的判斷，將自己的所見所思寫成文字，印行出版，便已經盡到知識分子的言責。

然而，我在推動「反思教改」時的切身感受，以及二〇〇四年總統大選時發生的槍擊案件，卻使我對台灣即將面臨的危機產生了「切身感」。在總統大選過後的四月十六日下午，中央研究院中國文哲所的李明輝、中正大學中文系謝大寧和東吳大學物理系的郭中一等人，約我在中正紀念堂樓下的咖啡廳見面，商討籌組一個論政團體，我立刻毫不猶豫地一口答應，並針對台灣「民粹政治」的特色，根據我推動「反思教改」的經驗，設計出「行動」取向的「民主行動聯盟」。

二〇〇四年五月四日，以「反民粹主義、反族群撕裂、反愚民操弄」作爲宗旨的「民主行動聯盟」，在台北市青島東路的「非政府組織會館」（NGO 會館）宣告成立。「民粹政治」的主要特色之一，就是「反智」。因此，要破除「民粹主義」對於台灣社會的危害，一定要建立「道尊於勢」的傳統，讓民眾普遍認定知識應當是權力的基礎，知識比權力重要。我們經常看到：台灣的政客經常以一些簡化的美麗詞彙，包裝很複雜的政治概念，再用激情的語言，來挑激群眾的情緒，其實根本是在愚弄群眾。要破解「民粹政治」的迷障，一定要建立理性論政的傳統，民盟所推出的訴求，不求其多，但一定要禁得起反覆的檢驗。我們深信：要說服別人，一定要先說服自己。因此，對於我們所推動的「反六一〇八億軍購」、「反修憲」、「一中兩憲」，以及反貪腐倒扁，皆以出版專書或小冊子的方式，清楚說明我們的理念。這裡首先要談的是「反六一〇八億軍購」行動。

第一節　凱子軍購

二〇〇四年六月二日上午，行政院通過「中央政府重大軍事採購特別預算」以及「重大軍事採購條例草案」。根據特別預算內容，國防部由陸軍編列一千四百四十九億餘元，購買愛國者三型飛彈，海軍編列四千一百二十一億元，購置柴電潛艦，和五百三十億元買長程定翼反潛機。若包括土地處理作業費七億元，全案預算需求數爲六千一百零八億一百七十八萬元。至於重大預算的收入來源，行政院發言人陳其邁表示，包括釋股收入九百四十億元，出售國有土地一千億元，另外不足額部分將由舉債支應四千二百億元。

遮羞費

此案通過後，舉國譁然。軍方以特別預算採購武器，只有兩次，上一次，是花三千餘億，採購F16與幻象戰機。兩次都很「緊急」，所以才編特別預算，但兩次軍購案的背景卻大不相同。

上次戰機軍購案，是因爲我空軍飛機老舊，而且經常摔，想買好飛機，美國硬是不賣，總共拒絕了十二次，最後我們只好自己做IDF。當法國突然決定賣最好的幻象戰機給台灣，美國非常不高興，在老布希總統競選連任的前幾個月，也同意售我F16。由於「機不可失」，加上當時政府財政寬裕，隨即編列三千餘億特別預算下單，不到二個月時間，便與美法簽約，公文走得超快，至於軍購案所需的一切手續，都是形式。

這次軍購案，嚴格說來，只有潛艦一項，是台灣眞正想要的裝備。至於反潛機與愛國者飛彈，倒不成問題。反潛機是美方已列爲「除役」的二手貨，可以說是「一要就有」，只是我方根本不想買。愛國者飛彈美方已經售我三個連的裝備，是以陸軍的軍事投資預算編列，並不是用特別預算買的。依照以往的軍售運作模式，現在要買的愛國者三型，只能算是「持續案」，並無任何「特別」可言。

美方是在二○○一年同意軍售潛艦。按常理，軍方應以最快速度與美國簽約，以免時機「稍縱即逝」。問題是台灣沒錢，美國也得找尋貨源，雙方始終談不攏。二○○二年八月，行政院長游錫堃訪問巴拿馬期間曾指出：未來十年，國軍將花七千億台幣採購十項武器。當年五月國防部向立法院國防委員會提報的「十年兵力整建計畫」，其中明載潛艦預算是一千五百億元，反潛機四百億元，愛國者飛彈部分約九百億元。兩年之後，美扁關係經過台灣總統大選的波折，美方針對這三項武器報價已分別暴增為四千一百億、五百三十億、一千五百億。

本來是七千億買十項武器，現在六千億特別預算只能買三項武器。如果依照十年建軍計畫，採購十項重要武器，未來十年的軍購投資，將從原本的七千億增加到一兆三千億，這還不包括後續美方可能售給台灣四艘神盾艦的一千兩百億。換句話說，在台灣「以武求獨」的政策下，美國已經把台灣當做是美國軍火商的「凱子」。

面對美國這種形同勒索的做法，扁政府不僅不敢表達絲毫不滿，反倒一再強調：「我們沒有什麼討價還價的空間」，是「我們對不起美國」，這不是很奇怪的事嗎？難怪有人說：這軍購預算不是台灣付給美國的「保護費」，而是陳水扁為「兩顆子彈」案付出的「遮羞費」！

特別預算的惡例

特別預算是國家遇有特殊情況，按照特定條件而在年度總預算之外所編列的預算。我國預算法第八十三條明文規定：「有左列情事之一時，行政院得於年度總預算外，提出特別預算：一、國防緊急設施或戰爭。二、國家經濟重大變故。三、重大災變。四、不定期或數年一次之重大政事。」目前國家並未發生預算法第八十三條中所列之情況，為什麼要編列特別預算買武器呢？

前國防部長湯曜明說過，如果國防預算每年可以給三千億元，連續給十年，潛艦等軍購案，就不必編特別預算。民進黨執政這四年，國防預算平均值每年約二千六百餘億元，等於每年得增加四百億元，十年能多四千億元，才有辦法納入國防一般預算編列。既然預算的餅無法做大，人員維持費又不能降低，想買潛艦，除了編列特別預算，別無途徑可走。

軍購案以特別預算方式編列，不會佔用國防預算的軍事投資額度，軍方自然樂於支持。但是，軍方經常強調，建軍是長期而且有規畫的，國軍的建軍工作，有所謂的軍事投資預算。以「特別預算建軍」，惡例一開，將來軍方一旦養成以「特別預算」購買武器的習慣，豈非後患無窮？

二〇〇三年下半年，國防部官員初聞八艘潛艦價格四千多億，直呼太貴。政府希望國防部能於二〇〇四年三月，完成三項軍購案的建案程序，但前國防部長湯曜明在立法院多次宣示，在總統大選前，三項軍購案「絕對不可能完成」建案程序，因爲「時間上來不及」，還說「不管是三二〇，還是五二〇之前，都不可能」。直到五二〇離職前，湯曜明始終未在軍購案簽字。新任國防部長李傑在上班首日，五月廿一日，即刻簽核，決定接受美方的「最高報價」，並送行政院。

美國的算盤

美國共和黨一向以政策保守著稱，小布希外交班子的領導人物大多是冷戰時期的政府官員，「冷戰思維」根深蒂固。他們認爲，俄羅斯國勢江河日下，只有綜合國力不斷提升的中國，才是美國獨霸全球的最大障礙。雷根時代用軍備競賽拖垮了前蘇聯，小布希政府中的鷹派人物也企圖重施故技，通過提高對台軍售，加速美台軍事一體化，增強台灣當局「以武求獨」的信心，使海峽兩岸「不統、不獨、不戰」的局面長期化，一方面牢牢地控制台灣，使台灣成爲美國對付中國的「馬前卒」，不敢不爲美國效命；一方面挑起兩岸軍備競賽，最後拖垮中國，確保美國唯一超強的世界霸權地位。

由於經濟不景氣，美國政府急於替軍火商找出路，他們看準了台灣當局「以武求獨」的心態，對美國不敢不百依百順，而拿台灣當「冤大頭」，猛賺一把。結果連續幾年下來，台灣都是世界上數一數二的軍火買主，更成爲美國軍火商的大主顧。

陸軍出身的湯曜明，或有其專業考量，不願於選前簽字，也不願意爲這個案子背書。李傑出身海軍潛部隊，潛艦與反潛機是海軍所要採購的裝備，也是李傑於海軍總司令、參謀總長任內主導的建軍案。潛艦等三項重大軍購案，不僅由李傑簽署完成所有建案程序，而且放話：軍購特別預算不通過，他就辭職！

政客的考量

二〇〇三年下半年，陳水扁總統不顧一切，辦防禦性公投，並與總統大選一起投票，美國深表疑慮，連布希總統也說了重話，扁政府爲尋求美國「諒解」，能用的主要籌碼，就是採購美國武器。之後，便不斷傳出：扁政府已向美方承諾，選前或連任後，將編列特別預算買武器。

二〇〇三年元月十六日，陳總統宣布公投題目，第一題便是「增置反飛彈戰力」，用意就是希望人民一起爲他背書，讓美國人相信，台灣一定會買武器。大選結果，陳總統連任，公投卻沒有超過半數。

軍購案送交立法院後，陳水扁總統隨即表示，希望朝野政黨支持軍購案，否則，一旦小布希總統不能連任，相關軍購案也恐怕生變。陳總統的「憂心」，反映政府編列這筆六千餘億的軍購「特別預算」，並不完全是出自軍事考量。

整體而言，行政院提出這筆軍購特別預算案，滿足了許多人的需求。陳總統當然是最大贏家，不僅連任，而且又能夠對美國人有所交代。軍方也沒吃虧，李傑一上任，立刻買了三項重要武器，其中二項大幅度擴充潛艦部隊的實力，「功在海軍」。美方更是大贏家，賣了許多即將淘汰的二手武器，潛艦還可以「賣在最高點」。唯一倒楣的就是台灣老百姓。

一九九三年，我國向美國採購F16戰機，當時包括現任總統陳水扁在內的許多位民進黨立委都曾經提案反對政府編列「特別預算」採購高性能戰機，認爲這種作法「不符預算體制」，「將引發財政危機，導致政府破產」，並聲請大法官釋憲。如今陳水扁居然「換了屁股就換了腦袋」，出爾反爾，口口聲聲說「爲了國防安全」，「特別預算不會排擠其他預算」！

債務累累

長期以來，台灣是世界購買軍火量名列前茅的國家，此次以特別預算方式通過六一〇八億軍購，卻創下了新的紀錄。從國家財政的角度來看，預算不以正常稅收爲財源，而是以「變賣國產」以及「借貸」方式籌措，極爲不妥。所謂借貸，就是要由子孫來償還。在一九九一年度至一九九九年度間，中央政府債務餘額由二千一百六十九億元增至一兆二千一百四十九億元，平均每年債務餘額增加一千二百四十八億元。截至二〇〇四年度爲止，中央政府債務餘額將達三兆四千二百九十億元，較二〇〇〇年度擴增一兆七百一十五億元，民進黨執政四年來，平均每年增加二千六百七十八億元。

二〇〇四年八月，財政部長林全指出，今年各級政府未償餘額逼近三點九兆元，比去年增加三千億元，更較四年前增加近一點二兆元。林全表示，早期還可以賣地、賣股票，近期則因發行公債，「債上加債」使得累積債務快速增加。過去四年的政府整體負債增加一點二兆元，其中，光是利息部分，就支出高達六千億元。

不斷累積的財務赤字，將嚴重影響政府債信和政府償債能力。以台灣目前的財政現狀而言，中央政府未償債務餘額已逼近三點九兆元，加上地方債務及隱藏性債務，包括向金融機構的借款，政府債務總額已超過十二兆元。我們子孫一生下來，平均每人已經要負擔五十三萬的債務。在這樣的狀況下，政府還要提出「軍購特別預算」，大幅增加債務，眞是毫無心肝！

軍備古董

正因爲如此，此次軍購項目並不是台灣所需要的適用武器，而是美國把他們許多即將淘汰的軍備「布置」在台灣。目前國防部準備購買的八艘潛艦，是美國在一九五〇年設計的「青花魚級」潛艦。現在已經沒有人在製造這種「古董級」的潛艦，爲了重開生產線，所有設廠、籌購機具等所需費用都必須由台灣負擔。更誇張的是，這八艘柴油潛艦從設廠生產到眞正可以服役，需要十五年的時間，八艘潛艦做完後，即關閉工廠，不再生產此種類型的潛艦。

美國準備賣給台灣的 P-3C 長程反潛機，目前也不再生產。美國現役的 P-3C 反潛機計有二百架，已規劃陸續除役五十架。目前美國批准售台的 P-3C 反潛機，屬於陸續除役中的十二架。P-3C 反潛機需要哪些配套裝備？機齡已逾十五年的反潛機翻修後可再使用幾年？這種「古董級」的軍備要如何維修？需要多少後續維修成本？這些令人頭痛的問題，全部丟給台灣去承擔。

二〇〇四年九月廿二日，國防部長李傑在立法院宣稱：如果通過這筆軍購預算，可使兩岸的軍力平衡三十年。如果不買這些重大軍購，中國大陸兩、三年內，就有能力攻打台灣。這種說法，根本是胡扯。中共會不會攻打台灣，跟政府要不要踐行「台獨」政策有關，跟我們買多少武器有什麼關連？試問：即將除役的十二架反潛機，第一批七架要二〇〇九年後才開始交貨，第二批五架要二〇一一年才交貨；八艘艦艇也要十五年之後才能交貨，即使這些武器眞的有非常神奇的威力，在交貨之前的這段空窗期，如何保障「三十年的軍事平衡」？

九月廿五日上午，行政院長游錫堃高分貝向反軍購人士喊話，要維持台灣安全，就要像過去冷戰時期的恐怖平衡一樣，「你有能力毀滅我，台灣也有能力毀滅你，這樣就不會打仗；你打我一百顆飛彈，我至少也要打你五十顆反擊，你打我台北和高雄，我打你上海，只要有反制能力，台灣就安全了。」

這種論調會不會讓扁政府被人冠上「台獨恐怖主義」的帽子，而列入「全球反恐」的對象，已經値得深思。撇開其政治意涵不談，光從軍事的角度來看，這次我們所要購買的愛國者三型飛彈，是一種防禦型飛彈，根本打不到上海。游院長爲了遂行其「恐怖平衡」的主張，是不是要編更多的預算，買攻擊型的飛彈，保障台灣的安全？在目前的國際情勢下，又有誰肯賣這樣的武器給台灣？

第二節　美國人的看門狗

台灣要找出理性的安全政策，當前兩岸必須先找出一個雙方都可接受的政治關係，降低雙方的緊張與對抗，台灣才能和對岸維持一種和平穩定的關係，我們才能視自身的需要，建立自主的國防。反之，如果台灣和大陸的關係長期處於緊張狀態，美國人看準台灣「以武求獨」的心態，就可以拿台灣當做是美國防衛體系的一環，把即將淘汰的武器賣給台灣，布置美國的「亞太防線」。

更清楚地說，台灣可以用很低的代價，去和北京維持一種相對寬鬆的關係，譬如一九九二年至一九九五年之間的兩岸關係；但也可以用非常高昂的代價去和北京維持高度緊張的關係，就像目前花六千億搞軍購那樣。用第一種政治或政策方式，降低兩岸緊張程度，並將之保持在一個可控制的範圍內，再依這種關係，衡量本身的軍事需求，再配合計算出相關軍事預算，這才是理性的作法。

假如我們的當政者既沒有「戰」的勇氣，又沒有「和」的智慧，只是想拿兩岸關係做選舉的工具，平常時候不理不睬；選舉一到，就拿它出來肆意操作，擺弄選民，那我們就必須花很龐大的預算，買一些不適用的武器，把大把的銀子奉送給美國人當保護費，冀望得到「美日同盟」的保護，甚至爲了配合美國國防的需要，花費鉅額的預算，向美國購買武器，來保護美國。

由於美國看準了台灣的「罩門」，賣給台灣的武器特別貴，而且毫無商量的餘地。譬如：在國際軍火市場上，和美國準備賣給台灣的同級潛艦，每艘價格三億到四億美元。而美國賣給台灣的價格是每艘十五億美元！這樣的價錢，已經可以買到俄亥俄級（Ohio class）核能動力潛艦！美國因爲不敢得罪中共，有攻擊力的核子動力潛艦不願賣給台灣，卻要台灣付核能潛艦的價格去購買已經停止生產的柴油潛艦！更麻煩的是：柴電潛艦適合在太平洋深海中使用，在台灣海峽根本潛不下去！

更令人擔心的是：P-3C反潛機續航力長達十七小時，是專爲洋面的反潛作戰而設計的。P-3C反潛機必須依靠長跑道與固定基地的補給。機場通常距離海岸線甚遠，一般陸基短程飛彈很難接近。台灣海峽寬度不過百餘公里，海峽一旦開戰，各機場的跑道一定是遭受攻擊的重點，中共陸基長程防空飛彈可以輕而易舉地將 P-3C 反潛機擊落。這時候到底還有多少架反潛機可以發揮功能？

愛國者飛彈是美國「戰區導彈防禦系統」的一部分，該系統的偵測、操控與訊息整合系統，完全由美方控制。美國希望在台灣購買這些武器，其實是要在台灣布建，幫美國人在西太平洋防守第一島鏈。這一點從台灣購買長程預警雷達的案例中，可以看得最爲清楚。

長程預警雷達

二〇〇五年六月三日，美國國防部宣布，將提供預警偵測雷達給台灣，美國空軍這項總價高達七億五千二百萬美元（約台幣二百三十五億四千萬元）的合約，已經由美國國防部工業承包商雷神公司取得，預計二〇〇九年九月前可交貨。

這種雷達是雷神公司根據老式的鋪爪（Pave Paws）雷達所發展出來的，美國現在已經不再製造。它是屬於超大型的相列雷達系統，主體建築高三十二公尺，約莫爲十層樓高，最大偵測範圍五千五百公里，有效偵測範圍三千公里，基地若部署在台灣，除了新疆向台灣發射的傳統彈道飛彈，也可以針對巡弋飛彈提供早期預警功能，同時也具備追蹤中國衛星的功能。依據彈道飛彈的射程，這兩種雷達系統可以提供台灣四至七分鐘的預警時間。

由於這套雷達系統體積十分龐大，目標過於明顯，加以其爲固定式的設計，無法機動性隨時移動，因此有防護上的極大困難。在軍方內部討論時，曾有人戲稱，這套長程雷達系統很可能只有一次的使用率，因爲一旦運作後，只要雷達位置被對岸所鎖定，極可能立即被摧毀，失去第二次再使用的機會，其成本效益確實有檢討的必要。

長程預警雷達係屬於 TMD 飛彈防禦系統中之一環，在 TMD 計畫中，設置這種長程預警雷達的目的，是取代 DPS 預警衛星的功能，將發現的飛彈目標，交由愛國者飛彈系統進行攔截。但截至目前爲止，我國尚未加入美國的 TMD 區域飛彈防禦系統。在一個攔截系統中的主體系統尚未決定建案前，就先行購置配套性裝備，其目的不過提供目標情報與爭取四至七分鐘的預警時間，如果不能配合武器系統，到底能產生什麼效能呢？

美國人的看門狗

依據國軍的建軍理念，購買武器裝備，必須根據其作戰需求及使用目的決定。可是，美方要求台灣購買長程預警雷達，部署愛國者三型反飛彈系統，及包括購買因應大洋長程反潛作戰需要的 P-3C 反潛機，並不是出自台灣的防衛需要，而是把台灣當做是美國亞太防線的一環。

美國爲了建立戰區飛彈防禦系統，必須在海外部署早期預警雷達，而台灣正是美國在亞太地區最佳的布建地點，只要在台灣南北各部署一座，即可完全涵蓋中國大陸華中、華南，其縱深甚至可達新疆地區。平時可以完全掌控中共飛彈的測試活動，更重要的是，一旦戰事發生，可以爲美國提供足夠的預警時間，說穿了，美國人就是把台灣定位成亞太地區情報、資訊來源，拿台灣的錢，買美國的裝備，來替美國守住「最前線」，出錢出力出基地，當美國人的「看門狗」。

有些人認爲：六千多億的軍購預算是在向美國交「保護費」。問題是：美國早在一九九八年柯林頓訪問上海的時候，已經清楚表明「三不政策」，即不支持台灣獨立、不支持「一中一台與兩個中國」、不支持台灣參加以國家爲主體的國際組織。換言之，若台灣因爲宣布台獨而發生戰爭，他們

「恕不奉陪」。二〇〇四年六月廿一日，立委訪問團在美國華盛頓與美國副助理國務卿薛瑞福面談時，立委詢問美國是否願意協防台灣？薛瑞福表示，台灣應建立自信心，美國不會捲入兩岸戰爭。薛瑞福甚至反問立委：「如果美國答應，你們相信嗎？」更清楚地說，「看門狗」就是「看門狗」，這筆六千多億的預算連「保護費」的功能都沒有！

待宰肥羊

這次三項裝備的六一〇八億軍購預算只是另一波軍購的開端。依照國防部的規畫，未來十年的軍購項目分成四類十項，包括「資電先導、制空、制海、地面防衛」四類，十項分別爲已經編列預算的博勝案、長程預警雷達、紀德艦、兩棲登陸車和掃雷直升機五項，以及還未通過預算的潛艦、定翼反潛機、愛國者三型飛彈、阿帕契攻擊直升機和 M109A6 自走砲五項。

這十項軍購中，潛艦、定翼反潛機、愛國者三型飛彈軍方列爲優先採購項目，阿帕契攻擊直升機和自走砲則列爲待執行優先項目，要採購攻擊直升機還需九百億台幣，一百三十輛 M109A6 自走砲則需二百八十億台幣。這還不包括美國已同意出售的掃雷運兵直升機二百二十億；除了購買武器，一般維修補給、彈藥零件通常是採購價格的二至三倍。最保守估計，未來五年之間，我們還要增加逾兩千億的軍購預算。

換句話說，在台灣獨特的政治生態環境下，美國已經把台灣當做是可以「予取予求」的「待宰肥羊」。本來是七千億買十項武器，現在六千億特別預算只能買三項武器。如果依照十年建軍計畫，採購十項重要武器，未來十年的軍購投資，將從原本的七千億增加到一兆台幣，這還不包括後續美方可能售給台灣四艘神盾艦的一千兩百億。

第三節　反軍購行動

民主行動聯盟決定推動「反軍購行動」之後，我們立刻秉承民盟成立時的一貫理念，邀請對軍購問題有深入研究的專家，撰寫〈反六一〇八億軍購萬言書〉，把我們反對六一〇八億軍購的理由說得清清楚楚，然後，開始推動一系列的反軍購行動。

省珍奶換武器

在三一九槍擊案件發生後，支持連宋的大規模群眾運動遭到挫敗，要以社會運動的方式喚起民眾的熱情，其實已經相當困難。民盟在八月七日和九月四日兩個星期六下午，在大安森林公園連續辦了兩次「反軍購演唱會」，到場參與者的情緒相當熱烈，但媒體卻幾乎完全不予報導。

「六一〇八億軍購案」是陳水扁連任後主導的年度重大預算，國防部長李傑早就簽下軍令狀，說如果預算無法過關，他將辭職以明志。爲了達到宣傳效果，國防部先提出「愛台灣，保家園」說帖，向立院、媒體、民眾展開強力遊說，連「將軍族」都穿軍裝上電視政論節目，從事「政令宣導」，成爲眾所矚目的「官場現形記」，媒體也嘲諷這是「廿年目睹之怪現狀」！接著，國防部又推出「珍珠奶茶換軍購」說帖，聲稱「每人每週少喝一杯珍珠奶茶，就可以買頂尖的裝備來保家園」！

經過總統大選的衝擊以後，執政黨只要拿出「愛台灣，愛本土」的擋箭牌，就可以收到「無堅不摧」的效果。國防部的軍購說帖正是老套新用，迫使在野黨立委不敢公然反對。國防部「珍珠奶茶換軍購」的文宣，原本是想以新新人類的語言來爭取民眾支持，不料竟引起輿論和立委的強力抨擊，有人說：「省珍奶，不如省十八％優惠利率」，也有人說：「省珍奶，不如省大官名牌魚翅」，甚至國際媒體「路透社」也視之為「奇聞軼事」，以「省喝茶，換武器？」為題，發出專文，調侃台灣軍方。

十一位院士的宣言

民盟看到這種情況，認為機不可失，立刻邀請十一位中央研究院院士連署發表〈反六一〇八億軍購宣言〉，並獲得總數「百餘顆星星」的退役將領支持，而宣稱將在九月廿五日發起「反軍購大遊行」。

針對中研院院士的宣言，行政院長游錫堃公然指責：「我懷疑他們的意識型態、國家認同有問題！」民進黨的御用打手甚至用「外省院士」、「泛藍打手」、「沒常識、不懂國際局勢」予以抨擊。這類典型反應顯示出，台灣已無理性討論公共議題空間，查人動機、扣人帽子，已經成為民進黨政治人物的習慣性動作。

中研院院士勞思光接受媒體專訪時所說的一席話，發揮了理性中道的力量：「軍購花很多錢，但意義何在？大家可以討論，也必須有更多人民站出來，勇於表達意見，社會上需要的是獨立的言論；但近年來，這種言論和看法愈來愈少，使得民主政治的動力也愈變愈差，讓台灣落入族群爭議的泥沼。」

反軍購大遊行

九月廿五日下午，民主行動聯盟發起「反六一〇八軍購、和平愛台灣」大遊行。遊行隊伍下午在國父紀念館集結，並在「反軍購、愛台灣」、「和平、堅持、救台灣」的口號聲中出發，雖然細雨綿綿，數萬名民眾走上台北街頭，一路浩浩蕩蕩走到總統府前凱達格蘭大道，其間也有民眾不斷加入或聲援。遊行群眾中，有人頭綁「反軍購、愛台灣」的紅色布條；也有人高舉「要樂器、不要武器」、「要泡茶，不要砲火」的牌子；更有群眾扛出一面大國旗，或者發揮巧思，製做許多維妙維肖的武器模型，包括愛國者飛彈、反潛機及魚雷等，這些「武器」都清楚標寫著採購的龐大金額，反諷高額的軍購預算。

珍珠奶茶也成爲遊行裝扮的主要訴求。集合出發時，就有民眾提供免費珍奶，人手一杯珍奶。還有人以珍珠奶茶的塑膠杯，自行製造「珍奶項鍊」，掛在脖子上，好不風光。親民黨也製作超大杯珍奶模型，反諷珍奶換軍購的說法。

主辦單位也在凱達格蘭大道前發起珍奶義賣，呼籲「喝珍奶，反軍購」，許多走得又累又渴的民眾蜂擁而至，一杯廿元珍奶，馬上搶購一空。

「愛與和平」音樂會

群眾步行經過國民黨中央黨部旁，邁入凱達格蘭大道的舞台，兩邊的民眾高聲加油，台上樂隊也跟著搖滾，氣氛高昂。到了傍晚時分，上萬名參加反軍購大遊行的民眾齊聚凱達格蘭大道，在霏霏細雨中開了一場「愛與和平」音樂會。除了國民黨主席連戰之外，親民黨主席宋楚瑜、新黨主席郁慕明、無黨聯盟主席張博雅、前民進黨主席許信良都上台發表談話，輪番開火，抨擊民進黨政府的軍購政策。民眾更在總統府前高喊：「寧願喝珍奶，軍火不要買！」

這場晚會由立委陳文茜、高金素梅和媒體人陳鳳馨主持，阿峰和兩位年輕人組成的「砰砰樂團」以反諷執政者的嘻哈歌曲，貫穿全場，炒熱全場情緒。一群小朋友高唱反軍購版的〈我現在要出征〉：「我現在要出征，我現在要出征，你拚命買武器，我不能不出征」；「你花掉六千億，我沒錢上學去；我所以要出征，就因爲你阿扁」，更是掌聲不斷。這場重返凱達格蘭的聚會，訴求雖然嚴肅，氣氛卻頗爲輕鬆。

「反軍購」形勢逆轉

經過民主行動聯盟鍥而不捨的努力，反軍購的形勢開始逆轉，由量變而質變，反對軍購的比率由百分之二十幾逐步攀升到百分之六十幾，親民黨與無黨聯盟明白表示，對軍購案將採反對立場。十多個社團組成了「兩岸和平民間推動聯盟」，認爲台灣以武力解決將是雙輸局面，呼籲停止軍備競賽。立場一項偏綠的「非戰家園行動聯盟」，也主張「軍購案非藍綠或統獨問題，建議公投辯論找和平第三條路」。

十一月二日立法院程序委員會將第四度審查軍購條例付委，讓軍購特別預算獲得法源依據；民主行動聯盟為了擋下六一〇八億軍購案，由廿多位來自中研院、台大、政大、中正和東吳等大學的教授發動，自前一天起，在立法院前展開接力靜坐，至次日中午程序委員會，監督朝野立委不得將軍購特別條例排入議程，付委審查。

「反六一〇八億軍購聯盟」召集人張亞中表示，民盟將檢視所有表態的立委，公布贊成者的名單，呼籲民眾不要投票給「軍火立委」，並致贈「反軍購和平立委」綵帶給反對者，到場聲援的無黨聯盟立委高金素梅首先獲得了此綵帶。

國防部送錢疑雲

「民主行動聯盟」召集人謝大寧指出，根據民盟所獲得的消息，由於美國大選在即，為了履行暗盤勾串的利益交換，來自美國鷹派的保守勢力及軍火商的巨大壓力，迫使執政黨必須在十一月二日大選日強渡關山，讓六一〇八億軍購案直接付委。他說，消息來源透露，國防部有人在立法院裡賄賂個別立委，「我坦白講，就是拿錢。」

翌日，立法院程序委員會主席蔡煌瑯在宣布開會後不久，馬上痛批謝大寧指控立委收賄，他代表程委會，譴責這種不負責任、沒常識的說法，是「無的放矢、胡說八道」。

藍軍立委立刻反駁蔡煌瑯的說法，先轟蔡煌瑯，沒權力代表程委會發言，再批收錢的一定是民進黨立委，「此地無銀三百兩」。

親民黨立委李永萍表示，立委可以反對或支持軍購做爲競選主張，透過選舉結果，瞭解人民對軍購案的態度，所以應當在選後，再討論此案。尤其軍購案傳出有利益勾結疑雲之際，更無必要急於排入議程、付委審查。最後軍購條例就在綠軍立委退席，藍軍立委佔多數情況下，以十九比二的懸殊比數，在立法院程序委員會四度闖關失敗，確定在十日立院休會前，不可能付委審查。

反軍購聯盟也在歡呼聲中結束了三天兩夜的靜坐行動。然而，由於國防部向法院控告謝大寧「侮辱公署」，謝大寧被迫辭去民盟總召集人職務，由我暫代。同時，由於立法院只是「暫時擱置」，並未「封殺」軍購條例，此後每當程序委員會開會，反軍購聯盟即在立法院門口靜坐，展開長期抗爭。

第四節　軍備競賽

在「反六一〇八億軍購大遊行」之後，九月廿六日，陳水扁在板橋市民進黨的立委提名人造勢晚會上，強力替軍購案辯護。他說，要避戰就要「以戰止戰」，軍購案是爲了「顧台灣，拚中國，讓大家晚上好睡覺」。有人說打不贏，何必買武器？這是「投降主義」、「失敗主義」，就像參加奧運，不見得能拿金牌，但也要參加比賽。

這是最可怕的「軍備競賽」思想。買武器怎麼可以拿來跟「參加奧運」比？兩岸和平必須靠政府領導人的政略和智慧，政府領導人沒有維護和平的智慧，硬要和對岸搞軍備競賽，台灣到底有幾

（上）2005 年 9 月 9 日，立法院門前，反軍購示威。
（下）2004 年 9 月 25 日，凱達格蘭大道，「愛與和平」音樂會。

分勝算？

就以單項武器來看，中共目前在對岸布置有超過七百枚以上的M族彈導飛彈。根據美軍在伊拉克戰爭的經驗，至少需要發射三枚愛國者三型飛彈，才能攔截住一枚來襲飛彈。根據國防部的估計，目前我們準備購買的三百八十四枚愛國者三型飛彈，只夠抵擋共軍導彈對台首波飽和攻擊，接下來就無計可施！換言之，兩岸間絕不可以發生戰爭，一旦發生戰爭，後果不問可知。

從攻擊與防禦的成本來看，三百八十四枚愛國者三型飛彈，需一千四百四十九億二千萬元，平均一枚約三億七千萬新台幣，中共M族飛彈平均一枚約五十萬美元。攻擊與防守成本的比例爲一比廿四。這種懸殊的金額落差，台灣的財力怎麼可能跟大陸進行軍備競賽？

提高國防預算規模

在二〇〇四年底的立委選舉中，藍軍以一一四對一〇一的多數勝過綠軍，在立法院掌控多數。軍購案遲遲無法過關，美國布希政府眼見煮熟的鴨子不知何時可以上桌，因此頻頻向扁政府施壓。

馬英九當選中國國民黨主席之後，二〇〇五年八月一日，美國眾議院三位「台灣連線」聯合主席立刻共同署名，致函給他，促請他協助台灣軍購預算案在立法院儘快通過。「台灣連線」是台灣長久以來的支持者，他們希望馬英九能夠在台北領銜，確保立法院快速通過特別軍售案，或是增加年度國防預算。他們並邀請馬英九在九月訪問華府，增進雙方溝通，希望瞭解台灣在野黨反對台灣軍購預算的理由。

當初在野黨杯葛潛艦、反潛機和愛國者飛彈三大軍購特別預算，主要反對意見之一，是要求國防部全數改列年度國防預算。軍方的回應是，以目前國防預算占 GDP 比例低於百分之三，無法容納；如果能調高到百分之三以上，就可以將特別預算消化到年度預算裡。

二〇〇五年八月四日，行政院長謝長廷就任後，於四日首度向總統提出新年度的中央政府總預算時，陳總統裁示：「爲強化國防提升自我防衛能力，國防預算應逐年增加，並盡可能在三年內達到 GDP 的百分之三。」

消息傳出後，軍方高層指出，目前國防預算佔 GDP 百分之二點四，如果提高到百分之三，國防預算每年約增加七百億元，若依建軍五年計畫編列採購重大武器案的時程，三項軍購案中的愛國者飛彈和反潛機應可以順利用正常預算編列，這也符合在野黨的要求。

國防部表示，由於行政院核定國防預算有限，未來五年，募兵要增加支出，日常維持費用保守估計短缺近三百億元，採購的軍事投資更不足二千七百七十四億元，兩項合計三千多億，希望國防預算能夠提升到國內生產毛額（GDP）百分之三至三點五。

軍方這種說法，可能說是標準的「得寸進尺」。康德說過，當一個國家以舉債方式購買武器時，它已經走上了軍備競賽的道路。當我們不想以「特別預算」的舉債方式購買武器時，扁政府就想一步步地提高國防預算佔國內生產毛額的百分比。這樣做難道不會排擠其他的政府預算嗎？民進黨政府如此的窮兵黷武，到底是所爲何來？

在野黨缺乏中心理念

二〇〇五年十二月，民進黨在三合一選舉遭到慘敗之後，立即放出風聲，擬將國防預算佔國內生產毛額GDP的比率提高到百分之三，馬英九表示「原先反對特別預算的人可能會接受」，國民黨中央政策執行長曾永權隨即表示：陳總統若有決心，應立即將年度國防預算提高到百分之三。國民黨的反應，凸顯出藍軍對國家重大政策缺乏中心理念的弱點。藍軍領袖可能根本搞不清楚，將年度國防預算提高到GDP的百分之三到底有什麼意義。在亞洲的鄰近各國中，南韓的國防預算只佔其GDP的百分之二點零一，日本只有百分之一點二一，中國大陸只有百分之零點四三。台灣目前是百分之二點四，比南韓、日本都高。如果還要提升到百分之三，這等於是宣告「要武器不要麵包」，我們不惜排擠社福或教科文等預算，也要跟對岸進行軍備競賽。

然而，台灣提高國防預算和大陸進行軍備競賽，我們到底有什麼勝算呢？十年前，台灣的國內生產毛額大約是二千七百四十億美元，當時台灣的國防預算是二千五百億台幣，大陸的國防預算大約是我們的三倍。十年來，台灣的國內生產毛額緩步成長到二○○三年的二千七百五十億美元，而大陸則因爲其國內生產毛額穩定而快速成長，其國防預算已經暴增爲台灣的八點七倍！

根據世界銀行的資料，二○○四年大陸修訂前的GDP是一點六五兆美元，名列全球第七。該年中共官方派出上千萬人次工作人員，參考國際使用的統計方法，進行首次全國經濟普查，調查結果出爐。其中讓人吃驚的是GDP數字嚴重低估，多位學者專家認爲，大陸二○○四年的GDP至少要再增加百分之十五，甚至到百分之卅。大陸的GDP如果修正上調百分之廿，約爲二兆美元，則大陸二○○五年的經濟總量可望一舉超越英國，成爲全球第四經濟大國。如果大陸仍然是以GDP的百分之零點四三充作國防預算，加上可能存在的隱藏預算，請問：台灣必須將國防預算提升到GDP的幾個百分點才能和大陸一較短長？

軍備競賽的下場

台灣並不像一些先進國家，可以依靠生產武器賺取外匯，也不像以色列等國，可以透過購得武器的研發，再轉賣到國際軍火市場。我們購得的高科技武器，純粹是一種消耗品，無法發揮再生財的功能。如果台灣不顧自己的客觀條件，貿然走上軍備競賽的道路，長期而言，台灣只有兩種可能的發展，第一，是在軍事能力達到某一種程度後，藉由新的政治立場宣布而引發兩岸間的戰爭，在這種狀況下，不論我們擁有多少武器，這些武器均不足以保障台灣的安全。第二，是兩岸僵局持久不下，我們的軍購費用愈來愈高，當武器的時效過去，或者中共研發出更高科技的產品，我們所擁有的武器如果不報廢，恐怕也要成為博物館中的展示品。最後，我們的國家財政必然被昂貴的軍事費用拖垮。

二次大戰後，有兩個國家因為不自量力，和對手進行軍備競賽而導致亡國。在東西對峙的冷戰時期，美國發展「星戰計畫」，前蘇聯在不顧自身財務狀況之下，和美國展開軍備競賽，最後軍事支出造成的財政危機，導致經濟瓦解，整個國家也隨著四分五裂。一九九〇年代的東德，擁有東歐最佳的軍備，又有華沙公約的支持，但是，在經濟發展比不過西德的情況下，最後仍然是被西德「統一」掉。我們敢於斷言：如果台灣不能持續地發展經濟，反倒不顧一切和對岸進行軍備競賽，即使不亡於兩岸戰爭，也可能亡於經濟崩潰！

第六章 反修憲

二〇〇四年八月二十六日，立法院依照民國八十九年憲法增修條文第一條的規定，將立法院三讀通過的修憲提案正式公告。依據該增修條文的規定，應於修憲提案公告半年後的三個月內，選出三百名任務型國大代表，就立法院的修憲提案進行複決。換言之，二〇〇四年八月二十六日公布，於二〇〇五年二月二十六日即屆滿半年，隨後應於五月二十六日以前，依照政黨比例的選舉產生任務型國大代表。

第一節 法理台獨的目標

本次修憲案的主要內容有四：

（一）廢除任務型國代。爾後有關修憲案由立法院提出後，直接交由公民複決。

（二）立委席次減半。將現有二二五席立法委員減為一一三席，其中區域立委由一六八席減為七十三席。

（三）採用日本式「並立制」單一選區兩票制。

（四）有關彈劾正、副總統之權改隸司法院。

民盟研究這次修憲的主要內容，立刻洞悉：這個修憲案蘊藏了民進黨「二階段修憲」的陰謀：事實上，民進黨所要的只是第一項「公民複決修憲」，只要居住在台灣地區的公民可以公投決定修改憲法，在法理上，台灣便是一個獨立的共和國。他們擔心這樣的修憲案不容易通過，所以用「立委席次減半」的民粹式口號，設法予以夾帶過關。可是，日本式「分立制」的單一選區兩票制，卻包含了極多的問題。等到大家發現「立委名額減半」加「分立制」單一選區兩票制根本窒礙難行的時候，不得不再以「公民複決」的方式，進行第二次修憲。這一來，民進黨就可以宣稱：中華民國已經是「第二共和」，達到「法理台獨」的目的。

這裡，首先談民進黨如何利用「立委減半」的名義，鼓動「修憲」的民粹風潮。

「民粹修憲」

二〇〇〇年，陳水扁當選總統後，在十月，無預警地宣布停建核四，國民黨籍立委丁守中提案罷免正、副總統，引發立法院中的藍、綠對決，行政院長唐飛因而請辭。陳水扁為鞏固政權，並博取選民同情，開始主導污名化立法院，直指立法院為台灣政治的亂源。二〇〇一年底立委改選前，民進黨為打擊泛藍陣營，製播「在怎麼野蠻」電視競選廣告，深化選民對立法院議事亂象的反感。

到了二〇〇四年二月二十日，民進黨前主席林義雄和中央研究院院長李院哲發表聲明，聯合發起「掌握歷史時刻，完成改革使命」連署活動，要求立法院朝野政黨在三月二十日之前，通過立委減半的修憲案。對於這項呼籲，當時民進黨陳呂競選總部一方面肯定林、李是一貫「堅持改革的人」；一方面主張將立法委員名額減到一百五十席。

在總統大選壓力之下，連宋總部發言人蔡正元表示：國親聯盟希望朝野一同支持「眞正的國會減半」，將二二五席立委減至一一三席。民進黨提出：減到一百五十席，稱不上「減半」，是到選舉時爲「騙選票」，才推動假的國會改革，明顯「玩假的」。

在國親聯盟的「激將」之下，民進黨也「敬表同意」，結果沒有經過任何理性的討論，立委名額減至一一三席，居然就變成了朝野兩黨的「共識」！

配合演戲

八月十六日至八月十八日三天之間，立法院舉行三天六場修憲提案公聽會。公聽會中，學者所發表的專業見解，完全被置之不顧。在第一場公聽會討論「國會減半」議題時，十位應邀出席的學者專家中，九位法政學者反對立法院的修憲提案，只有一位土木系的教授贊同。

八月十六日，民進黨不分區立委林濁水在立法院修憲公聽會中公開反對國會席次減半，促進會立刻發函民進黨中央黨部，要求民進黨針對該黨立委林濁水委員發表不當言論，迅速處理。

民進黨籍沈富雄委員在公聽會前，即明白地告訴與會來賓說：「講白了，我們今天就是爲了符合某些人而演戲，否則沒有辦法過，各位（學者）如果應邀來了，就是配合演戲，如果覺得配合演戲很羞恥，可以回家。」直接拆穿了公聽會的假象。

八月二十三日，「核四促進會」發起「誠信立國、國會改革」包圍立法院行動。在龐大的民粹壓力下，當天下午，立法院利用「臨時會」開修憲院會，未經充分討論，便原封不動通過「國會席次減半」、「公民投票入憲」、「單一選區兩票制採日本式並立制」等攸關國會改革的重大法條。完全符合了沈委員的預言。

公投入憲

在此次修憲案中，「廢除任務型國民大會」與「公民投票入憲」的主要內容是：

修憲案第一條：「中華民國自由地區選舉人於立法院提出憲法修正案……，經公告半年，應於三個月內投票複決……。」

修憲案第四條：「中華民國領土，依其固有之疆域，非經全體立法委員四分之一之提議，全體立法委員四分之三之出席，及出席委員四分之三之決議，提出領土變更案，並於公告半年後，經中華民國自由地區選舉人投票複決，有效同意票過選舉人總額之半數，不得變更之。」

這兩個條文內容通過後，所帶來的兩個結果爲：

1. 此次任務型國民大會代表的選舉，是第一屆，也是最後一屆，這即是「廢除任務型國民大會」。

2. 下次立法院再度提出憲法修正案時，將由人民進行公民投票，來決定憲法修正案的通過與否，這是「公民投票」入憲。又根據修憲案第四條的規定，未來有關「（中華民國）領土變更」事項，亦將由「中華民國自由地區選舉人投票複決」，這就構成憲法學者所謂的「法理台獨入憲」。

「法理台獨入憲」

更清楚地說，將來「中華民國自由地區選舉人」有權決定「（中華民國）領土是否變更」，這在憲法法理上已經將「台獨」的可能性列入憲法之中，將來只要針對「（中華民國）領土變更」事項進行一次公民投票，不管通過與否，在理論上便已經進入「中華民國第二共和」，也可以解釋成爲「法理台獨」。

民主行動聯盟發表「給國民黨支持者的公開信」，指出此次修憲案如果通過，將造成「公投入憲」和「法理台獨」的後果。然而，國民黨卻反駁說：「公投入憲」和「法理台獨」兩者並沒有必然關連。由於領土變更之修憲門檻甚高，所以民眾不必擔心會走向法理台獨。

「公投入憲」和「法理台獨」誠然沒有必然的關連，民盟也不反對公共政策方面的「公投入憲」。然而。將領土變更案交由「自由地區選舉人複決」這在法律實體上已經構成「法理台獨入憲」。至於修憲門檻的高低，是否容易通過，則是程序問題，兩者係屬兩回事，不應混爲一談。民盟因此再發表〈拯救國民黨，拯救台灣〉的專文，指責國民黨企圖「用蒙混的方法欺騙選民」。

第二節　單一選區兩票制

在「立法委員總額減半」一案中同時包含了「任期延長爲四年」、「選舉制度改採（日本式並立制的）單一選區兩票制」等內容：

修憲案第二條：「立法院立法委員自第七屆起一百一十三人，任期四年，……

一、自由地區直轄市、縣市七十三人。每縣市至少一人。

二、自由地區平地原住民及山地原住民各三人。

三、全國不分區及僑居國外國民共三十四人。

前項第一款依各直轄市、縣市人口比例分配，並按應選名額劃分同額選舉區選出之。第三款依政黨名單投票選舉之，由獲得百分之五以上政黨選舉票之政黨依得票比率選出之，各政黨當選名單中，婦女不得低於二分之一。」

此一條文通過後，帶來的結果是：

1. 立法委員總額將由現行的二二五席，縮減至一一三席。
2. 立法委員的任期，如果不受總統解散立法院的因素影響的話，將由現行的三年延長爲四年。
3. 立法委員選舉採取「日本式並立制的單一選區兩票制」。

日本式並立制

其中最值得討論的是第3項。目前我國現行選舉方式是採「複數選區」制，即一個選區內可以產生多位立法委員。所謂「單一選區」則是每一個選區只產生一名立法委員，由該選區最高票者當選。所謂「兩票制」是指：在未來立法委員選舉時，選民擁有兩張選票。第一張投給以各縣市的「立法委員候選人」為對象的「區域立委」（包括「原住民立委」）；第二張選票則是投給以「政黨」為對象的「全國不分區（包含僑選）立委」。換句話說，立法委員是由兩種選舉制度產生，其中各縣市的「區域立委」是由「單一選區」產生；而「全國不分區（包含僑選）立委」，是由得票率超過百分之五的政黨，各依得票比例分配產生。

至於「日本式並立制」，則是指政黨在「單一選區」與「政黨比例代表制」這兩種選舉制度中，分別計算所當選的席次；而且「單一選區」名額佔立法委員總額的比例也較高。立法院通過的修憲案，就是採行這種選舉制度。

德國式聯立制

所謂「德國式聯立制」的「單一選區兩票制」，是「單一選區」與「政黨比例代表制」的名額各佔一半；先根據選民投給各政黨的「第二票」的得票比例，來計算各政黨在立法院中席次的「總額」，再扣掉各政黨於「單一選區」所當選的席次數，再來分配各政黨應該獲得「政黨比例代表制」

部分的名額。

德國在第一次世界大戰後的威瑪憲法，曾經是全世界法學界公認最完美的憲法，但是仍舊造成了後來的希特勒獨裁。二次大戰後，德國開始重新調整其憲政結構，檢討其中缺失，其中最重要的成就就是發明了以「比例代表制」爲基礎的「單一選區兩票制」。自一九四九年由德國聯邦議會選舉開始實施，因成效良好，又爲各個政黨所樂於接受，隨後才推廣至各邦議會選舉，近年歐洲議會及其他歐洲國家更群起仿效，其最大優點在於落實「一人一票、票票等值」。

在民主的發展進程中，早期歐洲民主國家的選舉制度，曾有相當長的時期，有一人多票或多數人沒有選舉權的現象。後來基於平等原則，只要達到一定年齡，不論性別、職業、財富和收入，沒有被褫奪公權的人都可以投票，這就是「一人一票」。

「票票等值」，就是除選票「計算價值」外，也要求每一張選票的「成效價值」也應相等。若以複數選舉區爲例，假設某候選人以十五萬張最高票當選，那投給他的每張選票相當十五萬分之一席次；另某候選人以三萬票當選，那投給他的每張選票相當於三萬分之一席次；前者爲低值票，後者爲高值票，至於投給落選者選票的成效價值則爲零值票。基於「票票等值」的觀念，就要將低值票與零值票反應在不分區席次的分配上。

票票等值

根據下面模擬的案例可知，相同的選舉結果，在這兩種選舉制度下，極可能出現不同的結果。簡單說，「日本式並立制」對大黨（如民進黨、國民黨）有利，並可能形成兩黨制；而「德國式聯

日本並立制

政黨＼選票	選黨：得票比率	選黨：可得的席位	選人：所得席位	總得席位（%）
甲黨	40%	40	54	40＋54＝94（47%）
乙黨	32%	32	40	32＋40＝72（36%）
丙黨	15%	15	5	15＋5＝20（10%）
丁黨	8%	8	1	8＋1＝9（4.5%）
戊黨	5%	5	0	5＋0＝5（2.5%）

德國聯立制

政黨＼選票	選黨：得票比率	選黨：可得的席位	選人：所得席位	總得席位（%）（依選黨之得票率決定）
甲黨	40%	80－54＝26	54	80（40%）
乙黨	32%	64－40＝24	40	64（32%）
丙黨	15%	30－5＝25	5	30（15%）
丁黨	8%	16－1＝15	1	16（8%）
戊黨	5%	10－0＝10	0	10（5%）

立制」因可避免「票票不等值」現象，相對而言較能反映社會多元的現況，避免政治被兩大黨所壟斷獨占，較符合比例公平的理念。

舉例來說明，假設總席位爲二百席。「單一選區」與「比例代表」名額各爲一百名。在得到相同的第一張選票產生的名額與第二張選票的比率情況下，兩種制度在未來的國會中卻產生不同的席位。

從以上分析可看出，立法委員產生方式採行「日本式並立制的單一選區兩票制」，將嚴重壓縮少數意見的生存空間，嚴重妨礙多元政黨的發展。國人對於國內各政黨的表現或許感到失望，但是如果台灣的政壇只剩下藍綠兩種色彩，政治容易操控在兩大政黨之爭，民間多元的聲音無法自主地存在，這哪裡是民主政治的常態？

立委減半

國家議會名額跟國家人口的比例究竟應該以多少的比例爲宜，每個國家各有其歷史與現實的考量，並沒有統一的計算標準。有些理論採用「議會規模的立方根法則」（the cube root law of assembly sizes），認爲「實際國會議員數目，應當傾向於接近該國人口數的立方根」，按照此一法則，我國立法委員總額應以二百餘名爲宜。跟我國人口相近的先進國家，大約是每十萬人口有一位國會代表。依這個標準，再考量其他配套因素，我國立法委員總額也是以二百席最爲適宜。

二○○五年憲法修正案將立法委員總額大幅縮減，其結果不僅會影響立法院專業分工運作，而且有可能妨礙民主政治的運作。具體而言，如果一百一十三席立委分配到目前立法院中的十二個委員會，每個委員會不過九至十席，只要三分之一，也就是三至四席便可成會；其中只要有二至三名立委，便可以「過半數」操控國家大事。這種現象根本違背了民主政治的原理。

基於以上見解，民主行動聯盟主張：「立法委員的總額爲二百名，產生方式應採德國式的單一選區兩票制」。由於單一選區所產生的委員容易著重地方性的利益，比例代表制所產生的委員則應代表全國性的事務。爲使全國與地方事務均衡並重，宜參照德國選舉制度的均衡分配方式，「單一選區」與「比例代表」所產生的代表均爲一百名。

「憲法法庭」

修憲案第四條：「立法院對於總統、副總統之彈劾案，須經全體立法委員二分之一以上之提議，全體立法委員三分之二以上之決議，聲請司法院大法官審理，……。」

修憲案第五條：「司法院大法官，除……外，並組成憲法法庭審理總統、副總統之彈劾……。」

我國司法院大法官的產生方式，係由總統提名、立法院同意。因此，要由總統提名的大法官所組成的憲法法庭行使總統（副總統）彈劾案的審理權。「要自己提名的人來彈劾自己」，根本是一件不合邏輯的事，完全牴觸「權力分立與制衡」的憲政理念。

全球民主國家對總統的失職、敗德等言行，若不是由人民行使的「罷免」程序，就是由法院或議會行使「彈劾」程序。我國憲法對立法院追究總統失職、敗德的言行，究竟應該提出「罷免案」

或「彈劾案」，並未有明文的區別，結果帶有政治意義的「罷免案」，與具備司法意義的「彈劾案」，已無所區隔。我國憲法既然已經有了「罷免」的規定，其實根本不再需要「彈劾」的約束。

因此，民盟主張在下次修憲案中廢除彈劾總統、副總統的制度，一方面是罷免權較彈劾權更能體現「人民當家作主」的意義，再者避免兩者夾纏不清、治絲益棼的糾葛。

第三節　借錢救民主

基於以上種種理由，民主行動聯盟決定參與這次任務型國代選舉，表達我們反對這次修憲的意願。然而，直到我們決定參選前，立法院尚未三讀通過「國民大會職權行使法」，其中對通過修憲案的門檻，有兩種不同規範的可能。

（一）如果是以「總額二分之一同意」作爲修憲門檻，要成功否決修憲案，就必須獲得過半數的得票率，也就是一五一席的國大代表。

（二）如果是以「總額三分之二出席，出席代表四分之三同意」作爲修憲門檻，那麼只要獲得七十五席國大代表，就可以成功地否決修憲案。

因此，民主行動聯盟必須以過半爲目標，而不能只提出四分之一的總額。不論立法院未來「國大職權行使法」中規定的通過修憲額數爲多少，民主行動聯盟「至少」得提名一五一名。

剝奪參政權

依照政府規定，每提名一位候選人就必須繳交新台幣十萬元的保證金，當選退還，未當選即沒收。這個規定不僅沒有道理，而且有違憲之虞。一般公職選舉設定保證金的目的，是爲了防止參選浮濫。因爲太多人參選公職，會使票源分散，導致某些未受到多數支持者，也可能僥倖當選。這次國代選舉只有「贊成」和「反對」兩種意見，怎麼可能發生這種情形？

大法官在第四六八號解釋中強調：「(這類限制)應隨社會變遷及政治發展之情形，適時檢討改進，以副憲法保障人民參政權之意旨。」經過立法院四分之三通過的修憲提案，必然已經得到主要大黨的共同支持。憲法讓人民選舉國代加以複決，其目的就在防止政黨基於共同利益，把持修憲，而要讓國家主人有制衡的機會。現在居然還要求人民，必須繳納十萬元保證金才能參選，當選退還，沒當選就沒收，也不比照其他選舉，提供選舉補助金。這根本就違反了憲法保障人民參與修憲的眞正意旨，眞正是台灣的民主之恥！

民主行動聯盟爲了提名一五一人參與這一次的任務型國代選舉，必須繳一千五百一十萬元保證金，而不得不提出，「借錢救民主」的計畫，由數位教授出面，向中央信託局分別貸款一百萬或兩百萬元，繳交這筆保證金，再分七年慢慢償還。

為「法理台獨」鋪路

二○○四年，立法院在各政黨一致同意的情況下，通過此次修憲案。經過民主行動聯盟鍥而不捨的努力，許多小黨才猛然驚醒：這次修憲案一旦通過，將危及自己的政黨生存，而改採「反對」態度。新黨反對「胡亂修憲」；親民黨承認當時是「懦弱、沒種」，「不敢阻擋」才「贊成」修憲案，「昨非今是」，向人民道歉；台聯和建國黨則以要「正名制憲」爲理由，改變原來「贊成」立場。

民進黨爲了消滅其他泛綠政黨，「一統泛綠」，同時採取由「量變到質變」策略，以多次「修憲」，達到「制憲」目的，堅持修憲。而國民黨則是爲了消滅其他泛藍政黨，「一統泛藍」，而跟著主張「領土變更公投入憲」，等於是在爲「法理台獨」鋪路！

然而，在民、國兩黨的聯手打壓下，任務型國代的選情卻是出奇的冷清，許多民眾對於什麼是「任務型國代」，修憲的內容是什麼，根本搞不清楚。民主行動聯盟不斷召開記者會，媒體卻幾乎不予報導；我們編了一本〈優質修憲答客問〉的小冊子，成效卻十分有限。

相反地，民進黨卻利用各種行政資源，爲任務型國代造勢。舉例而言，在民進黨舉行的「守護台灣，我家不缺席」記者會上，來自全台各地數個家庭齊聚一堂，總統府資政葉菊蘭和九十多歲的客家阿婆共同切下蛋糕，呼籲五月十四日全家站出來，參與任務型國代選舉，支持民進黨，許願祝福憲改成功。葉菊蘭表示：「憲改不成功，中國最高興」，大家要踴躍參與憲改，「支持民進黨，不要讓台灣哭泣」。

這是執政黨最典型的「民粹式」愚民口號：「憲改不成功，中國最高興」這是什麼道理？難道支持國民黨，支持親民黨，甚至支持台聯黨或民主行動聯盟，台灣會哭泣嗎？

民主罪人

五月十四日，任務型國代進行選舉，投票率不到選民的四分之一，許多選民把投票當作是對政黨支持度的調查，投完票後，對修憲內容依然一無所知。結果民進黨和國民黨在三百名國代名額中分別囊括了一二七及一一七席，民盟雖然是初次參與選舉，卻也獲得五席。

投票結果一揭曉，修憲案其實已經是大勢底定。然而，民盟為了表達立場，在任務型國代報到宣示當天，不僅在會場內拉起「國、民兩黨，民主罪人」的布條，而且在場外撕毀國代當選證書。

由於任務型國大代表的功能，是在代表國民行使對憲法修正案的「複決權」，在學理上係屬一種「委任代表」的性質，必須依照選民、而非個人或政黨的意思行使職權。依照規定，任務型國代雖然有一個月的集會時間，但是為了節省公帑支出，民盟堅決主張，任務型國代應該在三天之內完成複決憲法修正案的職權行使後立即散會，不得假借任何名目拖延開會時間，或企圖增加報酬，期望為民主政治建立榜樣。

修憲案通過之後，陳水扁立即宣稱：要在二〇〇六年啓動「二階段修憲」，許多媒體也開始以巨大篇幅，對此次修憲可能造成的嚴重後果，作「事後諸葛亮」式的剖析，令人懷疑：這些媒體的立場到底是什麼？如果是反對此次修憲，為什麼不提早講？如果贊成此次修憲，為麼又要放「馬後砲」？難道是要為陳水扁下一階段的修憲鳴鑼開道嗎？

第四節　催生台灣新憲法

在二〇〇六年的元旦談話中，陳水扁以「催生台灣新憲法」爲題，向在野黨陣營提出了一篇「戰書檄文」。他指出：「『第一階段憲改』（廢任務型國代等）已經依循現行憲法及增修條文之修憲程序順利完成」；接者，他又指出，他對「第二階段憲改」更有信心，期望「民間版台灣新憲法草案」在二〇〇六年誕生，並在二〇〇七年舉辦「新憲公投」。

出爾反爾

然而，依照二〇〇五年新修改過的憲法，「憲法修正案」必須「經全體立法委員四分之一之提議，全體立法委員四分之三出席，及出席委員四分之三決議」，並「公告半年」後，再由選舉人投票複決，「有效票超過選舉人總額之半數」，才算通過。陳水扁要透過立法委員提案的方式來推動修憲，一定要先對立委誘之以利。他看得很清楚：國、民兩黨的立委在斷絕親民黨及台聯黨的生路之後，發現自己的生存空間也受到嚴重擠壓；想要結合跨黨派立委連署修憲提高立委席次，又擔心受到人民抨擊，只好動員許多御用社團，假借調整中央政府體制的名義，推動所謂的「內閣制」，同時用「提高立委席次」的誘因，把「修憲案」夾帶過關。而各黨派推出林林總總的「民間修憲方案」，竟然跳脫不出「民主行動聯盟」二〇〇五年修憲主張的方向！

看到立法委員們這種「朝三暮四」的作風，我們實在不能不感到憤慨：主張修憲的立委們到底有沒有責任倫理的概念？他們在推動修憲案的時候，到底有沒有經過深思熟慮？能不能爲自己的行爲負責？

因此，民主行動聯盟在立法院程序委員會要將修憲案排入議程的前一日，在各大報刊「民粹修憲，出爾反爾」的廣告，痛責：「民主行動聯盟不惜舉債參與任務型國代選舉，我們當然明瞭，當前台灣的憲法潛藏有諸多問題。今天台灣憲政紊亂的癥結，是掌握大權的野心政客不僅沒有遵行憲法的決心，而且拿修憲當政治工具，配合選舉的需要，利用人性的弱點，翻雲覆雨，反覆操作。這種卑劣的手法，根本是在侮辱法政學者的專業智慧，嚴重損害人民的財產權！」「我們認爲當前『中華民國憲法』的版本，既然是國、民兩黨聯手修憲的最新成果，任何人要再倡議修憲，最少得等到二〇〇八年，讓這部憲法有施行一次的機會。在國政紊亂、國是日非的今日，本屆立委根本沒有資格再奢言修憲！」

五月十六日，由國民黨以外跨黨派立委提出的內閣制修憲案，首度在立院程序委員會闖關。由於親民黨團表明不阻擋，引起國民黨黨鞭高度緊張，在提出暫緩列案時，將憲法修正案和親民黨反對的十八個法案綁在一起，進行一次「包裹表決」，讓親民黨難以不反對。

此舉讓泛綠立委大爲不滿，痛批違反議事規則。此時現場氣氛火爆，泛綠立委不斷叫罵，主席洪秀杜在混亂中裁示進行表決，親民黨最後只好和國民黨一致行動，封殺修憲案。

憲改工程報告

儘管跨黨派立委提出的內閣制修憲案受到挫折，陳水扁仍然鍥而不捨，繼續推動其「憲改工程」，並由民進黨中央於十月四日提出黨版「憲改」方案，陳水扁也藉著宴請獨派大老辜寬敏的機會，明確宣示：他要推動「中華民國第二共和憲法」。

根據十月四日民進黨政策會暨「憲政改造研議委員會」向中執會作的《新契約運動：民主進步黨二〇〇六憲政改造工程黨版研擬報告》，「B版」的「憲改策略」是：一、以〈台灣前途決議文〉的精神爲基礎，採取務實折衷方式，進行對於台灣主權現況的陳述；二、國號不變；三、不直接觸及「兩國論入憲」；四、依據〈台灣前途決議文〉之基本主張爲敘述基礎；五、變更「國土」須符合〈台灣前途決議文〉中「住民自決」原則；六、在務實中，求取對界定台灣「主權現況」的主動權；七、讓台灣外部與國內的阻力盡可能降低。

廢除「憲法一中」

「B版」的第一條「國體」刪去了「三民主義」一詞，改以表述爲「台灣爲民有、民治、民享之民主共和國，國號爲中華民國」。第四條「國土」的第二項條文內容是：「自一九四五年十月蒙古共和國獨立，一九四九年十月中華人民共和國成立，其後並爲國際社會普遍承認，國家領土管轄權僅及於台澎金馬與其附屬島嶼，以及符合國際法規定之領海與鄰接水域。」第三項則聲稱：「中華民國與中華人民共和國建立任何形式政治關係，須經對等、和平協商後，交付本國公民投票。未實現前，台灣海峽兩岸人民權利義務關係及其他事項之處理，得以法律爲特別規定。」

這個「B版憲改方案」，並沒有改變台獨的基本理念和最終目標。它雖然沒有更改「中華民國」的「國號」，但卻將「中華民國」的「主權」領域界定爲「僅及於台澎金馬及其附屬島嶼」，這與現行中華民國憲法「及於中國大陸」的「主權」範圍界定，有很大的差別。

由於「B版」將會凍結現行憲法的「總綱」部分，並將會廢除「憲法增修條文」，故現行憲法及「憲法增修條文」中的「國家統一前」及「自由地區」等屬於「憲法一中」的詞句，都將遭到廢除，等於是將「新憲法」與現行憲法本文及「憲法增修條文」進行切割，並藉「新憲法完全由二千三百萬台灣人民制定」，使「憲改工程」變成「制憲」活動。

「以不變應萬變」？

國民黨對於陳水扁所要推動的「憲改工程」，可以說是「老神在在」，幾乎不作任何反應。對於民進黨可能提出的一系列政治挑戰，國民黨爲什麼表現得如此篤定？

按照二〇〇五年八月「修憲」後對修改憲法的新程序，在「公投」前，必須有半年的「憲法修正案」的公告期，在公告之前，還須由立法院表決通過「憲法修正案」。如果陳水扁設定在二〇〇七年十二月二十五日「公投新憲」，立法院必須在六月二十五日之前通過「憲法修正案」。即使是在二〇〇八年三月總統選舉時舉行「新憲公投」，也必須在二〇〇七年九月中旬之前公告「憲法修正案」。立法院目前的政治結構是藍軍大於綠軍，「憲法修正案」要獲得四分之三立委出席，及出席立委四分之三通過，並不容易。因此，國民黨儘可「以不變應萬變」，任憑民進黨出招，他自己「躺著選」，等二〇〇八年「政黨再輪替」。

在我看來，國民黨這種不積極求勝的應戰策略是非常不智的。在二〇〇四年總統大選前九個月，連宋成軍，宣布參選正、副總統，當時支持率高達百分之四十七，而陳水扁因爲執政成績乏善可陳，支持率只有百分之二十八。可是在總統選戰過程中，陳水扁不斷拋出「一邊一國」、「兩邊三國」、「催生新憲」、「全民公投」等「台灣主體性」議題，而連宋陣營卻招架乏力，提不出任何中心理念，結果陳水扁主導了整個選戰的議題爭論，從而扭轉了本來對他不利的政治氛圍，陳、呂的支持率一路攀升到投票前的百分之三十八，而連宋的支持率卻一路下滑到百分之四十一。及至「兩顆子彈」的槍擊案發生，綠營到處散布謠言，說「連宋和中共槍手暗殺台灣總統」，陳、呂終於以些微差距再度當選台灣的正、副總統。

炒作「兩岸議題」

更清楚地說：民進黨根本不在乎修憲案會不會通過，他們只是想藉此炒作選情而已。二〇〇六年十二月的北、高市長選舉中，陳水扁又故技重施，結果在台北市部分，國民黨候選人郝龍斌得票率是百分之五十三點八一，民進黨候選人謝長廷是百分之四十點八九，但謝長廷的得票數卻比上屆的李應元增加三萬七千多票；最令人感到意外的是：在高雄市，選前民調一直大幅領先的國民黨候選人黃俊英，卻以一一一四票的差距，敗給民進黨候選人陳菊！

這樣的結果，使大家清楚看出：不管陳水扁的家族和親信是如何腐敗、不管陳水扁的支持率跌到多低，民進黨還是有百分之四十以上的基本盤。只要在選舉過程中善於操作兩岸議題，並不難讓選情「翻盤」。

這一系列的現實使我們深刻地體會到：執政的民進黨之所以敢於胡作妄為，主要原因在於國民黨自李登輝時代所訂的兩岸政策「一中各表」，根本不足以維繫和平而且穩定的兩岸關係，讓他有肆意炒作的空間。在兩岸關係不確定的大前提下，我敢於斷言：在二〇〇八年總統選舉中，陳水扁必然會訓令民進黨的候選人重施其故技，在政治領域上緊緊抓住「正名制憲」的議題，以鞏固基本盤及主導選戰輿論。如果國民黨不徹底檢討「一中各表」的兩岸政策，抱著因循苟且的心態，不敢對兩岸關係提出具有突破性的主張，不管民進黨如何腐化，國民黨也很可能重蹈覆轍，再度嚐到敗北的滋味。

第七章 「一中各表」與政治操弄

我在撰寫《民粹亡台論》的時候，便已經很清楚地看出：台灣政治之所以會出現民粹主義勃興的現象，一方面在於李登輝的六次修憲把我們的憲法修成總統「有權無責」，而行政院長「有責無權」的「大總統制」；另一方面在於李登輝主政時期國民黨政府所採行的兩岸政策「一個中國，各自表述」，潛藏有極其嚴重的問題。對內它讓許多政治人物可以藉著操作兩岸關係來鞏固自己的權力地位，台灣的政壇上因此滋生出許多民粹主義的反智現象；對外也無法保障台灣的權益，甚至逼使台灣自絕於世界，而走上「鎖國主義」的道路。

本章將分為四部分，第一部分追溯「一中各表」政策的緣起與侷限，第二部分說明國民黨時代李登輝如何操弄「一中各表」政策，造成兩岸困局；第三部分說明民進黨如何利用在野黨對兩岸政策的無能，操弄兩岸關係，以獲取選舉利益。

第一節 「一中各表」的根本問題

「一中各表」的源起

一九八七年，國民政府開放人民返回大陸探親，開啓兩岸交流大門。一九九〇年九月十二日，政府核定國統會設置要點，成立國統會。該會並於一九九一年二月廿三日通過國統綱領，同年三月十四日並經行政院院會通過。一九九一年五月一日，政府宣布終止動員戡亂時期，承認中共是實際統治大陸地區的政治實體，但對於「一個中國」是中華民國的政策立場，則始終未曾改變。

爲解決兩岸人民交流以來所衍生的各項問題，政府於一九九一年二月核准成立海峽交流基金會，並多次授權，派代表赴北京，與大陸對台單位協商。在海基會成立十個月後，一九九一年十二月，大陸亦成立海峽兩岸關係協會，做爲海基會的對口單位。雙方在協商事務性議題時，中共一再要求在簽訂有關協議時，以「一個中國原則」爲前提，形成商談之障礙。一九九二年十月底，海基、海協兩會在香港展開協商。雙方均就「一個中國」之內涵，各自提出多個不同的表達方案，但因涉及雙方的基本原則與政策主軸，雙方均堅持立場不肯讓步，致香港會談功敗垂成。

香港會談後，兩會繼續函電往來。十一月三日，海基會致函海協會表示：「海協會在本次香港商談中，對『一個中國』原則一再堅持應當有所表述。本會經徵得主管機關同意，以口頭聲明方式各自表述，可以接受。」海協會當天致電海基會，表示尊重並接受海基會之建議。

隨後，海協會又於十一月十六日正式致函海基會表示：「在香港商談中，海基會代表建議，採用兩會各自口頭聲明的方式表述一個中國的原則，並提出具體表述內容。其中明確表達了兩岸均堅持一個中國的原則。……我會充分尊重並接受貴會的建議，……現將我會擬作口頭表述的要點函告貴會。『海峽兩岸都堅持一個中國的原則，努力謀求國家的統一，但在海峽兩岸事務性商談中，不涉及『一個中國』的政治涵義。本此精神，對公證書使用（或其他商談事務）加以妥善解決。』」這樣的基礎上，雙方展開「事務性商談」，開始處理涉及兩岸民眾權益的事務。

「一中各表」的侷限

由此可見，九二會談所達成的共識是雙方「以口頭聲明的方式各自表述」「一個中國的原則」。一九九五年八月，擔任海基會秘書長的焦仁和首度使用「一個中國，各自表述」這八個字，當時中共並沒有加以否認。其實中共也沒有否認的必要，因爲當時兩岸政府仍然處於「互不承認」的狀態，海基、海協兩會只是官方授權的「民間團體」，兩會之間的函電往來，並不是雙方政府共同簽署的條約或協議，對於兩會間所處理的「事務性議題」，不管台灣愛怎麼「口頭表述」，都不涉及「一個中國」的政治涵義。

然而，當台灣想要用「一中各表」的方式來拓展國際活動空間時，便遭遇到極大的難題。爲什麼呢？

所謂「一中各表」，是兩岸政府「互不承認」的時代，在「文書認證」之類的事務性協商中，中共強力要求台灣承認「一個中國原則」，台灣在不得已的情況下，所想出來的一種「權宜之計」。

「一中各表」的意義就是對於「一個中國的涵義，各說各話」：台灣把「一中」表述爲「中華民國」，也容許大陸將之表述爲「中華人民共和國」。這種「閉上眼睛，假裝看不到對方存在」的策略，看起來十分「公平合理」，說穿了根本就是鴕鳥政策，它可以讓兩岸在「模糊」中進行「事務性協商」，台灣要想藉此拓展國際活動空間，卻有極大的侷限。

從一九七一年十月廿五日，聯合國大會投票通過二七五八號決議，「恢復中華人民共和國的所有權利」，並將中華民國代表排出聯合國之後，世界所有與中共建交的國家都承認「一個中國原則」。所謂「一個中國」就是「中華人民共和國」，美國如此，日本亦不例外。在這樣的外在限制下，台灣要想參與國際社會，就必須想盡各種辦法，衝決這樣的「國際羅網」，以拓展國際活動空間。有些政治人物很快地發現，這是他們爭取選民支持最簡單的方法。第一個運用這種競選策略的是李登輝。

第二節　李登輝操弄「一中各表」

在一九九六年三月，台灣將舉行第九屆中華民國總統、副總統選舉。在此之前一年的五月，當時擔任總統之職的李登輝透過美國卡西迪公關公司的遊說，說服美國聯邦眾議院及參議院，先後通過決議案，要求柯林頓總統同意李登輝以「私人身分」訪問母校康乃爾大學。在美國國會的強大壓力之下，柯林頓政府終於在五月廿二日宣布同意李總統訪美。

三天後，李總統隨即在淡水視察「平實六號」軍事演習，接著又於廿八日在台南市發表演講，稱中華民國已經「存在八十四年，中共才四十多年，共產黨說台灣是它的地方政府，連誰是老爸，誰是兒子都搞不清楚，哪有老爸還沒死，兒子就繼承的道理？」他認爲中共要世界各國不要承認我國，是「搞不清楚父子繼承關係」，要中共「少來這一套」。兩天後，他在桃園視察「前鋒」登陸作戰演習，接著又在台中視察「崑崙二號」演習。六月七日，他才啓程赴美，展開「學術之旅」。

康乃爾大學演講

六月九日，李總統在康乃爾大學歐林講座，以「民之所欲，長在我心」爲題，發表了一篇文情並茂的演說。在演說中，他不斷強調「中華民國在台灣」，並以「台灣經驗、主權在民」闡述台灣的政經成就和國際處境。

李登輝的這場演說使他個人在台灣的聲望大爲提高，但是他這一系列的挑釁性動作卻使得中共大爲不滿。六月底，他又在聯合國憲章簽署五十週年紀念日上發表專文，表明如果能夠重返聯合國，中華民國不但有力量，而且有意願回饋國際社會，外交部次長房金炎立即召開記者會說明，中華民國願意在立法院同意下，承諾在重返聯合國之後，拿出十億美元，成立一項基金，資助低度開發國家。

李總統訪美成功，中共大爲緊張，要求台灣當局回到「一個中國原則」的立場，停止製造「兩個中國」、「一中一台」的活動。美國政府重申堅持一個中國政策，並聲明對台「三不政策」。當時的李登輝政府便是以「一個中國、各自表述」的「九二共識」替自己辯解，他們將「一個中國」表述爲「歷史的中國」，現在則是「階段性兩個中國」。

這種表述方式使中共的憤怒和不滿漲升到最高點，其決策核心宣布「推遲」原本商定七月在北京舉行的第二次「辜汪會談」，接著又拒絕海基會兩位副秘書長到大陸訪問。同時又對台灣展開「文攻武嚇」的神經戰：在「文攻」方面，中共國務院新聞辦、國台辦組織了寫作班子，發表「四評」，批評李登輝搞「台獨」、「一中一台」、「兩個中國」，「背叛蔣經國，背叛祖國」，是「破壞兩岸關係的罪人」，參加軍事演習是「窮兵黷武，爲分裂活動壯膽」，「擴大國際生存空間」是「對抗統一的藉口」。到了八月下旬，更以「達理」署名，發表一篇題爲〈李登輝其人〉的文章，聲稱要把他「掃進歷史的垃圾堆」！

在「武嚇」方面，中共首先於七月廿一日至廿八日在彭佳嶼附近舉行地對地導彈演習；接著在國民黨舉行十四全二中大會，推舉黨內總統候選人期間，於八月十五日至廿五日，在馬祖東北方海域，舉行導彈與火砲的實彈射擊；其後又在十月和十一月間，分別舉行黃海演習和東山島演習。中共很明白地宣示：這一連串演習旨在表明中共維護統一的決心，只要台灣宣布獨立，中共隨時準備「動武」。

一九九六年台灣飛彈危機

針對中共的恫嚇，由五、六艘軍艦組成的美國航空母艦尼米茲號戰鬥群於十二月十九日悄悄地由台灣海峽經過。一九九六年元月，消息傳開之後，李登輝極感興奮，他在二月七日親自召開的一項高層會議上表示：國安會的情報顯示，中共可能在台灣舉行總統大選的三月期間在台灣海峽舉行軍事演習。「在對岸武力恫嚇期間，正值國際媒體前來觀選，李登輝作爲國家元首與總統候選人兩種身分，必須採取強硬的發言，才能凸顯台灣在辦理民主選舉，中共卻在軍事威脅的兩極印象，有助於國際對台灣的注意與同情。」（李登輝，二〇〇一：二七三）

一九九六年三月，中共果然發動了三波大規模的軍事演習，美國在演習期間，以公開宣示的方式，先後派出「獨立號」與「尼米茲號」兩支航空母艦戰鬥群來台巡弋，分別阻擋住共軍可能由琉球群島及巴士海峽繞道至台灣東岸的途徑。

一九九六年台灣舉辦第一次總統直選，計有國民黨的「李登輝／連戰」、民進黨「彭明敏／謝長廷」、新黨支持的「林洋港／郝柏村」，以及無黨籍的「陳履安／王清峰」四組人馬競選。競選期間，中共又發動了三次演習，對台灣南北兩端發射了四顆飛彈，並且明白宣示：如果台灣宣布獨立，中共將不惜「武力保台」。

中共未曾料到的是：這一系列動作，反倒幫了李登輝的大忙。事實上，李登輝當時在「國家定位」所強調的是「中華民國在台灣」；在兩岸關係方面，他所採取的策略是「既統又獨，既不統又不獨」，並沒有明白宣示「台獨」的立場。當中共以武力不斷威嚇台灣時，許多台灣人民不敢支持明白宣示「台獨」立場的民進黨候選人；另外兩組有「統派」傾向的候選人則被李登輝的選舉機器打成「投降主義」、「中共同路人」，李登輝本人則順著這個大勢，四處演講，誇耀他自己「最有膽識、最有經驗、最有智慧」，「中共不怕半人，只怕我李登輝」！

他用俚俗的語言告訴選民：「大家安啦！阿共仔的飛彈彈頭是空的，是啞巴彈啦！」「我有十八套劇本可以對付他們，他們怎麼來，我們就怎麼去；他們這麼來，我們就這麼去！」「中共的軍隊都在做生意賺錢，這款軍隊敢會『相刣』？」「中華民國本來就是獨立的國家。講了好幾次都聽不懂，他們阿達馬（頭腦）怪怪的！」

事實證明：李登輝的這一套選舉策略是非常成功的。他和競選夥伴連戰不僅在一九九五年八月被推舉爲國民黨的正、副總統候選人，而且在一九九六年三月廿三日以百分之五十四的得票率當選爲中華民國第九屆正、副總統。李登輝對他操縱中共、台灣和美國之間關係的成就感到非常得意，他在《李登輝執政告白實錄》中，宣稱：「中共鎖定李登輝，要脅台灣人民讓他落選，卻反而成爲李登輝最有利的助選員！」（李登輝，二〇〇一：二七五）從此之後，操縱兩岸之間關係，以誘發台灣、中共和美國之間的衝突，便成爲主張台灣獨立之候選人的主要選舉策略。

一九九八年國安局研究報告

一九九八年六月卅日，美國總統柯林頓訪問中國，並在上海明白揭示「三不政策」，即不支持台灣獨立，不支持「一中一台與兩個中國」，不支持台灣參加以國家爲主體的國際組織，使台灣的國際處境更爲艱難。

爲了因應這樣的局勢，一九九八年八月，李登輝要求國家安全局成立「強化中華民國主權地位小組，由蔡英文擔任召集人，研究中華民國主權如何與中共的「一個中國」脫鉤，並於一九九九年五月完成研究報告。在該份報告的「前言」部分，即明確定位兩岸至少應爲「特殊的國與國關係」。研究報告建議：以分階段的方式，逐步落實修憲、修法與廢除國統綱領三大主軸。修憲的部分，包括：增修條文的前言改爲「因應國家統一前」；訂定增修條文，凍結憲法第四條「中華民國領土，依其固有之疆域，非經國民大會之決議，不得變更之」，改爲「中華民國領土爲本憲法有效實施地區」。並且增訂公民投票的法源，使有國家前途的重大決議，皆須經全體國民同意。

修法的部分，則將所有法律中有關「自由地區」、「台灣地區」、「大陸地區」等名詞改爲「中華民國」與「中華人民共和國」。例如，國安法、國籍法、著作權法等，都有指稱「中華人民共和國」爲「大陸地區」的條文，這些都將重新改正。

對於有損中華民國國際法定位的法律條文，研究小組也列出了詳細清單，一一予以檢討，並且主張經由修法加以調整。在現行法律方面，與兩岸關係直接有關的法規，就有「台灣地區與大陸地區人民關係條例」及其施行細則、「大陸地區人民進入台灣地區許可辦法」、「大陸地區人民在台灣地區定居或居留許可辦法」等，修正後可以完整地保障中華民國爲一主權國家的事實。

研究報告也建議，政府部門對外文告與國際說帖，應遵從新的定位概念，有關「中共」、「兩個政治實體」等用語，將通盤修正爲「中華人民共和國」、「兩個國家」。

研究小組並指出，類似「一個中國」、「一個中國就是中華民國」、「一個分治的中國」、「一國兩府」、「一中各表」、「台灣是中國的一部分，大陸也是中國的一部分」，未來應該減少使用，甚至〈波茲坦宣言〉、〈開羅宣言〉都對台不利，都應加以迴避。

研究報告特別指出，台灣經過一九九一、一九九二年修憲，並於一九九六年由人民選出總統後，中華民國與中華人民共和國共存於世界，中華民國並不擁有中國大陸的主權，中華人民共和國的主權也不及於台灣，未來兩岸的政治談判應該在此基礎上進行。至於國統綱領等重要的中國政策文件，研究案建議：以數個階段慢慢處理，先盡量不提國統綱領，未來再廢除國統綱領，改以「兩岸綱領」取代，並以「終局解決」取代「統一」。

李登輝的「兩國論」

李登輝詳閱研究報告後，給予相當的評價，當即決定在其任期內逐步著手推行。一九九九年七月九日，李登輝在接受「德國之聲」專訪時，正式提出了「兩國論」，首度將兩岸關係定位爲國家與國家，至少是「特殊國與國關係」。他告訴來訪的德國記者：

一九四九年中共成立以後，從未統治過中華民國所轄的台、澎、金、馬。我國並在一九九一年修憲，增修條文第十條將憲法的地域效力限縮在台灣，並承認中華人民共和國在大陸統治權的合法性；增修條文第一、四條明定立法院與國民大會民意機關成員僅從台灣人民中選出，一九九二年的憲改更進一步於增修條文第二條規定總統、副總統由台灣人民直接選舉，使所建構出來的國家機關只代表台灣人民，國家權力統治的正當性也只來自台灣人民的授權，與中國大陸人民完全無關。

一九九一年修憲以來，已將兩岸關係定位在國家與國家，至少是特殊的國與國的關係，而非一合法政府、一叛亂團體，或一中央政府、一地方政府的「一個中國」的內部關係。所以北京政府將台灣視爲「叛離的一省」，這完全昧於歷史與法律上的事實。也由於兩岸關係定位在特殊的國與國關係，因此沒有再宣布台灣獨立的必要。

「一中各表」的演繹

這篇講詞發表後，第二天立即在國內各大媒體成爲頭條新聞。

十一日晚間，中共國務院台辦發言人發表談話，「嚴正警告台灣分裂勢力，立即懸崖勒馬，放棄玩火行爲」，原先預定十月訪台的海協會會長汪道涵於十二日透過新華社與中新社表示：「兩會接觸、交流、對話的基礎不復存在」，並將訪台行程無限推遲，十三日香港媒體開始放話中共將進行軍事演習，兩岸關係十分緊張。美國國務院十三日的記者會以強烈的言詞重申美國的「一個中國」政策，要求雙方不要再發表談話，並不客氣地表示：美國政府將透過外交管道澄清兩岸關係新定義。七月廿二日，美國派在台協會理事主席卜睿哲到台灣表示：「華府目前對整個事件非常地震驚與詫異」，美國的政策很清楚是「一個中國」，至於一個中國究竟應該如何定義，應由兩岸去談，以和平的方式解決。

事後，李登輝（二〇〇一：二四四）表示：爲了不與美國「一個中國」政策牴觸，並給柯林頓總統一個面子，台方在會中同意將「特殊國與國關係」解釋爲「一個中國，各自表述」的進一步演繹。九月上旬，他並派遣總統府秘書長丁懋時前往美國，正式向美方傳達：台灣的大陸政策並未改變，因此未來不會進行修憲與修法，國統會與國統綱領也仍將繼續運作。一場風波才暫時告一段落。

第三節　陳水扁拒斥「九二共識」

在二〇〇〇年台灣的總統大選中，國民黨候選人連戰強調「安定與改革」，代表政策延續與經驗傳承，脫離國民黨參選的宋楚瑜善於塑造個人勤政愛民的形象，在競選初期獲得較大的支持。但後來卻因為興票案爆發，其家族的財務涉及逃漏稅及其他司法問題，使他的支持率大幅下降。

民進黨候選人陳水扁則以「打擊國民黨黑金」及「政黨輪替」作為主要訴求。在選戰激烈進行的最後關頭，三月十日，陳水扁陣營公布以諾貝爾獎得主李遠哲為首的國政顧問團名單，三天之後，李登輝的多年好友許文龍發表「挺扁」談話，強調：只有陳水扁當選方能繼續「李登輝路線」，連戰早已背離了李登輝的精神。李登輝雖然透過總統府發布新聞稿加以駁斥，三月十八日投票的結果，國民黨候選人仍然成為「棄連保扁」的對象，而由陳水扁當選總統，完成了台灣歷史上首次的政黨輪替。

二〇〇〇年政黨輪替之後，大陸國台辦於五月廿日要求民進黨政府「承諾堅持海協會與海基會一九九二年達成的各自以口頭方式表述『海峽兩岸均堅持一個中國原則』的共識」，新任陸委會副主委陳明通於五月廿八日稱：「一九九二年兩岸對一個中國問題沒有共識，只有爭議」、「只有各說各話的共識」。此後，民進黨政府即堅持沒有九二共識，大陸方面則認為承認九二共識是兩岸會談的基礎，兩岸授權的溝通管道因而遲遲無法恢復，雙方關係的發展也受到了鉅大的影響。

「一邊一國」論

民進黨執政之後，兩岸關係不穩，經濟發展遲滯，民眾財產縮水，連陳水扁一再強調的打擊黑金，也因為民進黨自身的快速腐化而乏善可陳。眼見二〇〇四年總統大選時間逐漸逼近，李登輝一面推出「台灣正名運動」，一面提出「二〇〇八台灣建國」，要逼陳水扁上道。二〇〇二年八月三日，世界台灣同鄉聯合會在日本舉行第廿九屆年會，陳水扁以視訊直播方式致詞時，表示：台灣是一個主權獨立的國家，「台灣跟對岸一邊一國，要分清楚」。要決定台灣的前途，必須經過公民投票，所以他呼籲大家，「認眞思考公民投票的重要性和迫切性」。

當時中共正在召開北戴河會議，他們正式對陳水扁的台獨「定性」，認爲「一邊一國」的主張比「兩國論」更嚴重，並發動媒體展開「文攻」。八月七日，美國白宮國家安全會議發言人麥考馬克在記者會上，逐字宣讀備妥的新聞稿，清楚表示：美國的「一個中國政策」眾所周知，行之有年，且維持不變。我們「不支持台灣獨立」。這是美國官方發言人首次公開作此表示，在此之前，不論白宮或國務院發言人，都只說「一個中國政策不變」，沒有具體提到台獨。

十二月七日，陳水扁發表談話「三問連戰」，爲何不敢大聲說出「海峽兩岸，一邊一國」？兩週之後，連戰在回答記者詢問時表示「可接受一邊一國」的說法。陳水扁立刻批評他：從一九四九年國民政府撤退到台灣，「中華民國」就是一國，與對岸的中國、蒙古人民共和國可以並稱爲「兩邊三國」。在這樣的前提下，沒有所謂「一個中國，各自表述」的問題。連戰不放棄「一中各表」的論述，在台灣社會主流價值下，不得不拿香對拜，他的競選對手都是「鸚鵡及跟班的角色」，那還不如支持他繼續連任。

「諮詢性公投」

連戰的回答反映出：在「李登輝路線」的影響之下，國民黨對兩岸關係缺乏核心思想的弱點。在二〇〇四年總統大選的過程中，陳水扁便看準了國民黨的罩門，不斷出招攻擊。二〇〇三年五月底，扁政府表示：將於明年五月世界衛生大會（WHA）召開前，舉行「諮詢性公投」，向全世界表達台灣加入世界衛生組織的意願。此說一出，立刻引起了美國政府的關切。

六月廿日，美國在台協會台北辦事處處長包道格告知陳水扁，美國反對台灣進行任何議題的「公投」，任何議題的「公投」都已「跨越紅色警戒區」，而且就像「切香腸一樣，一次一片」，最後將不可避免地走向衝突引爆點。「美國以爲，爲兩岸穩定，台灣不應節外生枝。」

次日，美國國務院發言人正式表態說，對有關包道格與陳水扁的談話細節，「不予評論」；但特別強調，陳水扁在就職演說中承諾「不就統獨進行公民投票」，美國將「嚴肅看待」，警告台灣當局「考慮公投可能造成的負面影響」。

二〇〇三年九月廿八日，民進黨在台中市體育館歡度十七週年黨慶，主題爲「國會改革，公投上路」，陳水扁以民進黨主席的身分致詞，表示：目前民進黨的當務之急是推動公投立法，二〇〇六年，民進黨廿歲，要做的事就是「催生台灣新憲法」。陳水扁的說法，再度引起美國人的不悅。九月廿九日，美國國務院發言人包潤石在記者會上，對陳水扁總統所提的「催生新憲法」發表談話，他說，美國已經在某些對台灣海峽穩定很重要的議題上，採取了立場。

包潤石說：美國注意到，在公元兩千年，陳總統宣示：不會宣布獨立，不會更改國號，不會讓兩國論入憲，也不會推動改變現狀的統獨公投。美國在公元兩千年已經對陳總統的四不宣示，以及後來的保證，表達了支持與感謝，「我們會繼續嚴肅看待」。

「防衛性公投」

包潤石首度完整唸出陳總統就職演說中的「四不」宣示，很明顯地是期望他信守諾言。十一月十七日，中共首次以「國台辦負責人」名義，發表措詞強硬的新聞稿，點名抨擊陳水扁：「必須懸崖勒馬，立即停止利用公投立法進行分裂國家的罪惡活動」、「這是一個非常危險的分裂行徑，是對台海局勢和亞太地區和平穩定的威脅，也是對全體中國人民的嚴重挑釁」、「任何人試圖把台灣分割出去，必將遭到『迎頭痛擊』」。然而，陳水扁的第一考量卻是如何在選戰中打敗對手。美國的壓力正好成爲他表現個人毅力的最佳藉口。二〇〇三年十一月廿七日，立法院通過國民黨版的「公民投票法」，陳水扁立刻在其中找到一個「巧門」，要利用公投法第十七條：「當國家遭受外力威脅，致國家主權有改變之虞，總統得經行政院院會之決議，就攸關國家安全事項，交付公民投票」，來發動「防禦性公投」。

十二月七日，在中共國務院總理溫家寶訪問美國，並將與美國總統布希會談的前一天，陳水扁總統提出將與總統大選同步舉行「防衛性公投」。他表示：「公投的目的是要確保台灣維持現狀，而非進行統獨公投。這個現狀並非中國以四百多枚飛彈對準台灣的現狀，而是要求中國撤除飛彈，維持台灣台灣主權與和平」、『防衛性公投的議題』，現階段將以『要和平、反飛彈』爲主要訴求」、「並非等中國對台灣發動攻擊之後才舉行公投；而是要以公投的結果讓北京政府瞭解台灣人民的心聲」。

侮辱華府的智慧

十二月八日，美國總統布希和中共國務院總理溫家寶在白宮舉行會談。在布溫會舉行前約六個小時，陳水扁總統在台北表示，明年三二〇不只選總統，也要爭取第一次公民投票的基本人權，

「怎麼嚇、怎麼擋都沒有用」。

九日上午，布希在白宮橢圓形辦公室與溫家寶再度進行四十分鐘的小規模核心會談。會談後兩人會見記者時，布希很清楚地說：我剛才對總理說，美國的政策是基於三公報、台灣關係法的一個中國政策。不論是中國或是台灣，「我們反對（oppose）任何片面改變現狀的決定」，而台灣領導人最近的言論及行動，顯示他「可能已經決定要片面改變現狀，這也是美國所反對的」。布溫會時，美國國務院會前原本照例準備一份有關台灣政策的說帖，讓布希在面對記者時參考。結果布希將這份措辭較溫和的說帖棄之不顧，完全按他本人的感受對「台灣領導人」說重話。這是民進黨政府決定在三二○舉辦公投以來，美國總統第一次公開表示看法，也是近來美國對於台灣舉行公投提出最明確而強烈的立場宣示。

相對布希嚴峻的說法，溫家寶的回應相對平和。他說：「中國解決台灣問題的基本方針，是和平統一、一國兩制；我們盡最大的誠意和努力，爭取用和平的方法，最終實現台灣的統一。」

一位布希政府高層官員則對美國各主要媒體表示：「美國已經決定改變長期以來針對台海兩岸的『模糊政策』，往後對於兩岸任何一方改變台海現狀的企圖，美國都將明確表達自己的態度」、「美國反對台灣預計明春舉行的公民投票」、「我們不知道該項公投的合理目標是什麼，但我現在就可以告訴你，百分之九十九點六的台灣民眾都會高興看到中國撤除飛彈」、「透過公投來確認這個問題，顯然是爲了選舉。而其損失，卻很可能是台灣的安全」。陳水扁試圖要華府相信，這個公投「只是要深化台灣的民主」，「不致改變台海現狀」，「簡直是在侮辱華府的智慧」。

彰顯「台灣主體意識」

很多人可能會覺得奇怪：陳水扁爲什麼會不顧美國的強烈反對，一意孤行，一定要舉辦看起來毫無實質意義的「防衛性公投」？這道理其實不難理解：在二〇〇四年總統大選前九個月，連戰和宋楚瑜整合成功，宣布參選正、副總統時，其支持率高達百分之四十七，而陳水扁卻因爲執政成績乏善可陳，支持率只有百分之二十八。陳水扁非常清楚：國家認同問題是藍軍最大的「罩門」，在選戰過程中，他首先拋出「一邊一國論」，然後不斷炒作公投議題，來自中共和美國的壓力愈大，愈能凸顯出他爲彰顯「台灣主體意識」所作的努力。針對陳水扁的挑戰，連宋陣營卻招架乏力，提不出任何中心理念。當陳水扁以翻雲覆雨的手法挑激兩岸關係，讓中共和美國聯手打壓他時把自己塑造成英雄人物，藍軍領袖不但只能跟著他的論調起舞，「拿香對拜」，甚至還要故示「民主」，陪著他一起反批中共。結果陳、呂的支持率一路攀升到投票前的百分之三十八，而連宋的支持率卻一路下滑到百分之四十一。及至「兩顆子彈」的槍擊案發生，綠營到處散布謠言，說「連宋和中共槍手暗殺台灣總統」，陳、呂終於以些微差距再度當選台灣的正、副總統。

第八章 「一中兩憲」與兩岸和平

陳水扁當選總統之後，台灣社會分裂成爲藍、綠兩極對立，政治局勢動盪不安，支持連宋的群眾運動瓦解之後，民主行動聯盟鍥而不捨地推動「反六一〇八億軍購運動」，在台北發動數萬人的「反軍購，愛台灣」遊行，並在凱達格蘭大道上舉辦規模盛大的音樂晚會，穩住藍軍士氣，直到二〇〇四年十二月的立法委員選舉，泛藍以過半數的一一三席贏過泛綠的一〇一席，政局才暫時宣告穩定。

二〇〇五年三月十四日，中共全國人民代表大會通過「反分裂國家法」，其中第八條：「『台獨』分裂勢力以任何名義、任何方式造成台灣從中國分裂出去的事實，或者發生將會導致台灣從中國分裂出去的重大事變，或者和平統一的可能性完全喪失，國家得採取非和平方式及其他必要措施，捍衛國家主權和領土完整。」

「反分裂國家法」的限制

「反分裂國家法」明言：不放棄以武力對付台獨，引起了民進黨政府的強烈反彈。他們藉此在三月廿六日發動數十萬群眾上街遊行，企圖挑激起反中國的情緒。不料一向強烈支持台獨的著名企業家奇美公司董事長許文龍卻發表「退休感言」，認爲台灣和大陸同屬一個中國，並肯定「反分裂國家法」，使民進黨反中國的氣勢受到重大挫敗。

「反分裂國家法」出台之後，我一直在思考台灣各政黨對兩岸關係所提出的各種主張，包括「一中各表」、「兩岸一中」、「一中兩制」、「一國兩府」、「一中屋頂」、「憲法一中」等等。我所關注的問題，不只是：爲什麼這許多主張不能爲兩岸當局普遍接受，而且是：在「反分裂國家法」的限制之下，如何爲台灣的未來找到出路？

乍看之下，「反分裂國家法」不惜以「非和平」手段對付台獨，然而，仔細思考「反分裂國家法」的條文內容，它其實也提供了許多雙方談判的空間。在思考這些問題時，施明德提出的「歐盟模式」，許信良的「一中歐盟化」，以及我在《民粹亡台記》一書中所提到的歐洲聯盟發展經驗，都成爲我試圖解開兩岸困局的重要思想線索。

第一節 「一中兩憲」的時代背景

孟子說：「困於心、衡於慮，而後作」，在思考這些問題時，二〇〇五年八月中旬，有一天清晨游泳時，正在思考阿扁在修憲問題上所下的工夫，以及中共所反對的「法理台獨」，突然想到：「憲法」既然是兩岸爭議的焦點，則「一中兩憲」很可能是解決兩岸問題的關鍵。游泳完畢之後，立即綜合這段期間的思考，撰寫一篇文章，題爲「一中兩憲，歐盟經驗」，刊登在二〇〇五年八月十七日《聯合報》的「民意論壇」之上。

太平洋的霸權

〈一中兩憲，歐盟經驗〉刊出之後，獲得了極大的回響。許多關心兩岸問題的朋友紛紛打電話給我，認爲：這是截至目前爲止各方人馬所提出解決兩岸問題的各種方案中，理論性最強的一個，也是最可能解開兩岸僵局的一個方案。我受到這許多鼓勵，立刻動心起念，決定以自己平日對這個問題的思慮，綜合過去所收集的資料，撰寫成一本書，題爲《一中兩憲：兩岸和平的起點》。這本書共分三大部分，第一部分「台灣的歷史處境」，包括「太平洋的霸權」、「中國的崛起與能源問題」、「中國威脅論與戰區導彈防禦」、「美日同盟與中日衝突」等四章。

在我看來，我們要瞭解台灣今日的歷史處境，必須從一個宏觀的角度，來看第二次世界大戰之後，美國如何維繫她在太平洋地區的霸權地位。我於一九七二年考取教育部與美國東西文化中心獎學金，到夏威夷大學留學。抵達檀香山的第一天，便有中國同學會的同學開車帶我們到珍珠港的美軍太平洋總部參觀，對當地的美軍基地留下極爲深刻的印象。及至年歲漸長，才逐漸明白：美國根本就是把太平洋當作自己的「內海」。沿著歐亞大陸的邊緣，從阿留申群島，向下延伸到韓國、日本群島、琉球、台灣，連接菲律賓，直到印尼，到處都有美國的軍事基地，形成所謂的「第一島鏈」，用以捍衛美國的「內海」——太平洋。

在第二次世界大戰結束後的冷戰時期，美軍太平洋總部，正是這些軍事基地的指揮中心。到了一九九〇年代初期，蘇聯及東歐國家解體，中國快速崛起，太平洋美軍的「假想敵」也悄悄地由蘇聯轉換成爲中共。

中國的咽喉

美、中關係的轉變，可以說是時勢之所必然：中國的能源資源結構是以煤爲主，佔能源資源總量的百分之七十五；水力居次，佔百分之二十二；油氣爲輔，僅佔百分之二點四。從二十世紀九〇年代以來，中國國民經濟每年皆以兩位數字的比例快速成長，對原油消費需求也不斷快速增加；到了二〇〇四年，中國已取代日本，成爲僅次於美國的世界第二大石油消費國。目前中國國內石油三分之一已上靠進口，進口原油五分之四左右來自中東、非洲，必須通過麻六甲海峽，再經過台灣海峽。這一條海上原油的運輸航線，因此成爲關係中國經濟生命的「咽喉」，無論如何，中共絕不可能讓它由任何一個敵對政權所控制。

然而，在廣大的印尼群島中，麻六甲、巽他和龍目島等三個海峽都是連結印度洋與太平洋的重要管道，也是美國捍衛其西太平洋「第一島鏈」的兵家必爭之地。因此，美國也不願意讓任何一個強權能夠掌控這些水道。

在我看來，這是美國和中共都希望台灣能夠「維持現狀」的最重要理由。更清楚地說，中共為了維護運輸原油的「海上咽喉」能夠順暢，絕不會容許台灣獨立；而美國為了維護其「西太平洋防線」不致因為「第一島鏈」斷裂而露出破綻，也絕不希望看到中國統一。日本則是因為歷史因素，非常不願意看到中國成為對她造成威脅的霸權，因此樂得一面跟美國搞「美日同盟」，一面暗中支助台獨勢力。台獨勢力在美日勢力的暗中扶植下不斷成長，中共也不得不跟著調整其核戰略。

朱成虎的警告

二〇〇五年七月十四日，中國國防大學防務學院院長朱成虎少將在香港一個民間基金會所舉辦的一項簡報中，對外國記者訪問團表示：如果中美兩國因台灣問題發生軍事衝突，因為中國沒有能力與美國進行傳統戰爭，「假如美國使用飛彈和目標導向武器攻擊中國境內的目標，我認為我們必須以核子武器反擊。」

他說：「對西安以東所有城市可能遭到摧毀，中國會有所準備。當然，美國也必須有心理準備，將有數以百計的美國城市被中國摧毀。」

朱成虎這番「核武毀滅論」立刻引起了華府官員和國會議員的高度震撼。十五日，美國國務院發言人麥考馬克批評說，美國認為朱成虎的說法是「高度不負責任」與「不幸」的，希望相關說法不代表北京官方立場。當天，科羅拉多州共和黨眾議員譚克里多立刻致函中國駐美大使周文重，他在信中警告：這種言論將動搖美、中關係的基礎，並對中國帶來嚴重的後果。「爲了避免進一步惡化，貴國政府必須立即譴責並否定朱的謬論，解除朱的職務，並對美國人民發表正式的道歉。」

然而，中國卻只對這番言論進行淡化處理，中國外交部發言人表示，朱成虎的講話只反映他「個人的觀點」，可是拒絕澄清這是否也代表中國政府的立場，同時發表聲明說：「中國絕不容忍台灣獨立，而且不允許任何人通過任何方式，把台灣從祖國分裂出去。」

「有限核威懾」的限制

許多軍事觀察家認爲：朱成虎的談話、中共外交部的反應，再加上近年來中共核能動力潛艇一再突破第一島鏈，並在西太平洋海域上出沒，正象徵著中共正在調整其核能戰略。長久以來，美國一直是在奉行「有效核威懾」的全球性戰略思想，並發展出足以毀滅世界數次的超級核子打擊能力，再配合「首先用核，先發制人」的進攻性思想，使得任何國家都不敢攖其鋒，美國也因此能維持其世界性的霸權地位。相較之下，從二十世紀九〇年代以來，中共奉行的核戰略是「有限核威懾」，目標是「打贏高技術局部戰爭」，在這種戰略思想的指引之下，其現代化戰爭的能力雖然不斷提升，但卻無法取得中美潛在戰爭的主動權：美國在絕對優勢的核武支持之下，不僅可以主導操控戰爭的規模、戰爭的地點、戰爭的時間等戰爭要素，而且可以選擇對美國最有利而對中共最不利的作戰態勢。中共希望將戰爭限制在台海局部，但是美國卻可以將戰爭擴大到整個中共內陸地區。中共希望美國只出動一、二艘航空母艦，進行有限的局部戰爭，但是美國卻可以出動七、八艘航空母艦，甚至上千架軍機，與中共進行一場全面戰爭。中共希望挫敗台獨後就收手，但美國卻想在擊潰中共之後再收兵！

「有效核威懾」的戰略

在中共看來，這是台獨勢力敢於不斷對中共挑戰的主要原因。就大陸目前所擁有的有限核武力而言，台獨派根本就沒有本錢進行軍事對抗。但是台獨派認為：面對美國毀滅性的核力量，採行「有限核威懾」戰略的中共，根本不敢對台獨使用核武器。只要投向美國懷抱，美國一定可以壓制中共！

所以，中共認為：現行的「有限核威懾」戰略必須作重大的修正，調整成為「有效核威懾」。中共要擁有多少核武器才能實施「有效核威懾」戰略？根據西方公開的估計，中共目前大約有四百枚核彈頭。就當今中共的國力而言，只要國家給予重視，在不久的將來，便可以將戰略核彈頭的數量擴充一倍，接近八百至一千枚左右。這種規模的核力量，在受到對手首先核突擊時，仍有能力將三百至五百枚的核子彈頭投向敵國，對其造成毀滅性打擊，可以確保「有效核威懾」戰略的實施，是實現「有效核威懾」的理想基數。

適度擴充核武力作為實施「有效核威懾」的基礎，則中共將會與美國形成基本的戰略平衡，其間區別僅在於：美國能毀滅中共N次，而中共只能毀滅美國一次。一旦中美形成「相互確保毀滅」的戰略平衡，美國將不敢再輕舉妄動，中美發生直接衝突的可能性也將大為減小。

台灣的困局

《一中兩憲》的第二部分「亞細亞的孤兒」包含二章：「兩岸對立與操作選舉」、「從凱子軍購到軍備競賽」，和「台灣的經貿鎖國」。在兩岸僵局長久找不到出路的情況之下，獨派政治人物很快就可以發現：挑激兩岸對立是他們操作選舉的有效策略：不管是哪一層級的選舉，選期一到，只要挑激起兩岸對立的情緒，再用各種藉口把藍軍候選人打成「中國黨」、「中共同路人」，選票便可以源源而至，何樂而不爲？

軍備競賽

不僅如此，美國的軍火商也看準台灣的弱點，不斷向台灣施壓，用各種威逼利誘的方式，要求台灣政府編列龐大的預算，購買軍火。

我並不反對台灣應當有合理的軍備。然而，任何國家的國防政策必須配合其國家的基本政策及目標。就台灣而言，最重要的基本政策應是兩岸關係，而目標則爲兩岸政策的基本走向。國防政策則需配合此一基本政策，擬定實際可行的作法。

如果扁政府一直堅持要走傾獨的道路，在兩岸軍事衝突勢不可免的情況下，台灣人民只能硬著頭皮跟對岸搞軍備競賽，國防預算自然只有一路往上飆，無止無盡。反過來說，如果扁政府可以積極維持現狀而不搞台獨，那麼兩岸衝突的可能性大減，國防防務概念當然不同，軍購目的和國防預算當然大有商量餘地。

在扁政府的大陸政策如一團迷霧之下，兩岸定位不明，我們根本無法評估台灣要面對的是何種程度的威脅，也不能夠評估我們需要的是何種程度的戰力，以及需要什麼樣的軍備。怪異的是，執政黨如此，在野黨對兩岸政策也毫無定見，難怪在軍購問題上會舉棋不定，一路被民進黨牽著鼻子走！捲入一場毫無勝算的軍備競賽，只是可能使台灣「滅頂」的「漩渦」之一。台灣的經貿鎖國政策，也很可能把台灣逼得逐漸「窒息」。

經貿鎖國

自從一九九〇年代蘇聯及東歐國家解組之後，全世界共同的潮流和趨勢是以區域整合的方式，和鄰近國家互相合作，以解決國際間經濟、社會、軍事、甚至政治方面的可能糾紛。其中最成功的案例，是歐洲聯盟。目前的歐盟不僅早就發展出共同市場，而且還使用共同貨幣；歐盟人民在國家間互相訪問，甚至不用簽證。其他地區一時之間雖然無法做到歐盟的境界，卻也努力地在往經濟整合的方向發展，像北美貿易區和東協加N，就是著名的例子。

在區域整合的世界潮流下，跟台灣關係最爲密切者，就是「東協加N」的動向。「東協加N」的構想，肇因於一九九七年東南亞國家的金融危機。當時，遭受波及的東南亞國家大多認爲：自從中國採取改革開放政策之後，中國大陸廣闊的土地、廉價的勞力和豐富的資源，像是深不見底的黑洞，將世界各國的資金不斷吸入，是造成金融危機的主因。因此，東南亞國家必須聯合起來，對抗中共。經過兩年的努力，他們發現成效不彰，於是決定改弦易轍，採取「以合作代替對抗」的策略，拉中共一起籌組「東協加一」以區域經濟合作為宗旨，韓國和日本看到情勢不妙，也積極運作加入，成為「東協加三」，將來更可能像歐盟那樣，成為「東協加N」的區域經濟開放組織。「東協加N」的自由貿易區預計從二〇一〇年開始運作，而台灣卻將被排除在外；屆時，一向以對外貿易作為經濟活動主力的台灣，將如何克服嚴苛的生存挑戰？

第二節　「一中兩憲」的政治主張

本書的第三部分包含兩章，一章談我們應當如何借重「歐盟經驗」來解決兩岸紛爭，另一章則說明我對「一中兩憲」的主張。

就理論層次而言，「一中兩憲」的政治主張，應當可以作為化解兩岸衝突的一個起始點。因此，我們有必要以較長的篇幅，仔細說明這項主張的主要內容：

主權的意義

首先，我們必須說明「一中兩憲」的意義。此處所謂的「憲」，是指「憲法」（constitution），它是國家的根本大法，也是政府建立的依據。它規定國家最高機關之組織、產生、活動範圍，以及相互關係，與各部門所處地位。只有主權獨立的國家才有憲法。所以憲法的意義，完全是針對主權獨立的國家而言，沒有主權即不能稱之為國家，只能稱之為政治實體，因為在它的上面還有一個更高的統治權，例如：香港與澳門特區只有「特別行政區基本法」，而沒有憲法；德國在戰敗後，也只有基本法而沒有憲法。同理，殖民地或未獨立的自治領土都沒有憲法。

目前，中華民國政府在台、澎、金、馬地區實施一部「中華民國憲法」。然則，中華民國到底是不是一個「主權獨立」的國家呢？要回答這個問題，我們必須先說明：什麼叫做「主權」（sovereignty）。

在政治學上所謂的「主權」，可以從「實質主權」和「國際承認」兩方面來看：前者是以有效統治作爲國家存在之要件，包括：用民主合法的程序取得政權，行政命令之執行，擁有司法審判權，保有自己的關稅，發行本身的錢幣，對外簽訂條約等等。就這個意義而言，中華民國當然是一個主權國家，擁有各式各樣的「實質主權」。

然而，一個國家還必須得到「國際承認」，才算是一個正常國家。目前，中華民國只跟二十五個國家有外交關係。在這些國家眼裡，台灣是一個主權獨立的國家；台灣跟美國沒有外交關係，所以美國國務卿鮑爾曾經公開宣布，在他看來，台灣不是一個主權獨立的國家。

從這個角度來看，對於那些目前跟「中華民國」保持正式外交關係，而不承認「中華人民共和國」的國家而言，「中華人民共和國」也不是一個主權國家。這種說法對台灣雖然具有安慰的效果，卻不具太大的實質意義。因爲國際社會中講的是「實力原則」，從一九七一年十月二十五日，聯合國大會通過二七五八號決議，由「中華人民共和國」取代「中華民國」在聯合國中的席位之後，截至目前爲止，承認「中華人民共和國」的國家已經多達一六八個，其中包括了世界上最具實力的主要國家。

客觀的政治現實

儘管海峽兩岸在國際社會中的實力相差懸殊，我們也不必因此感到氣餒。兵法有言：「知己知彼，百戰不殆」，我們要想跟中共在國際社會上周旋，必須先瞭解自己在國際社會中的處境。在我看來，最能夠描述兩岸政治現實的概念，便是「一中兩憲」。

「一中兩憲」並不是「一國兩憲」。嚴格來說，除了「聯邦」或「邦聯」之外，一個國家之內只能存在一部憲法。目前兩岸關係既非「邦聯」，又非「聯邦」，所以，如果我們說「一國兩憲」便是矛盾不通的概念，不符合政治學的基本原理。

可是，「一中兩憲」則不然。它只是在描述當前海峽兩岸客觀的政治現實。更清楚地說，自從一九四九年中華民國政府撤退到台灣之後，海峽兩岸便分別各有一部「中華民國憲法」及「中華人民共和國憲法」，這兩部憲法都是建立在一個中國的原則之上，雙方並各自據此而建立一個「中華民國政府」及「中華人民共和國政府」，兩個政府間並沒有簽訂任何的和平協定。台灣在國際公法上的地位，是一個「處於內戰局面的既成事實的地方政府」（a consolidated local de facto government in a civil war situation），是一個有限制地位（limited status）的政府。它雖然能夠與外國簽署條約，並履行若干的國際責任和義務，也能夠在它有效控制的領土上承擔一般國家的任務，但並不是一個正常的國家。

對等政治實體

然而，如果海峽兩岸當局都能夠接受「一中兩憲」的政治現實，雙方便能夠以之作爲基礎，展開平等的協商和談判。中共「反分裂國家法」第七條說：「國家主張通過台灣海峽兩岸平等的協商和談判，實現和平統一。協商和談判可以有步驟、分階段進行，方式可以靈活多樣。」

對絕大多數的台灣人民而言，台灣海峽兩岸若要進行「平等的協商和談判」，則雙方必須是「對等的政治實體」。從政治學的角度來看，所謂政治實體就是指國際法人，其中有完整的或不完整的：前者指國家，後者指除國家以外的其他之國際法人。作爲一個政治實體，台灣雖然具備所有成爲一個國家的要件，但無法獲得國際社會普遍的接納，與世界上大多數國家沒有正式的外交關係，特別是得不到聯合國的承認，故爲「不完整的國際法人」。雖然國際上也有少數國家與其交往，但嚴格來說，它並不是一個正常的國家。

台灣雖然是「不完整的國際法人」，然而，任何一個政治實體都是用憲法來加以界定的。如果海峽兩岸都能接受「一中兩憲」的現實，雙方便可以「對等的政治實體」的地位，展開「平等的協商和談判」。唯有如此，才能保障台灣的最大權益，也才能解除許多台灣人民「談判即是投降」、「協商就會被吃掉（統一）」的疑慮。

高度自治的制度

「反分裂國家法」第五條說：「堅持一個中國原則，是實現祖國和平統一的基礎。以和平方式實現祖國統一，最符合台灣海峽兩岸同胞的根本利益。國家以最大的誠意，盡最大的努力，實現和平統一。國家和平統一後，台灣可以實行不同於大陸的制度，高度自治。」

什麼叫做「不同於大陸的制度，高度自治」呢？目前，大陸對於這個問題的主張是「一國兩制」。可是，依照香港「一國兩制」的模式，那是要在「中華人民共和國憲法」之下，再制訂一部「特別行政區法」，這種把台灣「香港化」的主張，除了少數的統派之外，不要說泛綠的群眾不會接受，恐怕連大多數的泛藍群眾也不會接受。

泛藍陣營一再呼籲以「九二共識」作爲基礎，恢復兩岸間的談判。依照泛藍的說法，所謂「九二共識」，就是「一中各表」，以「一個中國原則」爲基礎，海峽兩岸可以「各自表述」。如果台灣堅持「一中各表」，而且把「一中原則」表述成「中華民國」，台灣固然可以保有「不同於大陸的制度，高度自治」；然而，自從一九九九年，李登輝藉口「九二共識」的「一中各表」，將兩岸關係表述成「特殊國與國關係」，引發兩岸之間高度緊張之後，其中蘊含的問題，已經完全暴露出來，在本書前章已有詳細的析論。

令人難以理解的是：二〇〇五年四月三十日，國民黨主席連戰率領訪問團赴大陸從事「和平之旅」，仍然建議海峽兩岸以「九二共識」爲基礎，用「一中各表」的方式，展開協商與談判。他以在野黨主席的身分，作這樣的呼籲，執政的民進黨不予理睬，當然產生不了實際效果。反過來說，如果執政黨「依計而行」，恐怕也無法打破兩岸僵局。

在連戰之後，宋楚瑜到大陸進行「搭橋之旅」，提出「兩岸一中」的主張；新黨主席郁慕明訪問大陸時，認爲「一國兩制」已經被污名化，爲了有所區隔，他刻意提出「一中兩制」的概念。泛藍三黨對「一個中國」雖然都有共識，但在台灣執政的民進黨卻是冷漠以對。馬英九當選國民黨主席之後，提出「一國兩區」，泛綠陣營立即質問他：「二〇〇八年到底是想選總統，還是選區長？」

在我看來，泛藍陣營所提出的這許多主張，「一中各表」既不能使台灣走入國際社會，也無法打破兩岸僵局。其他諸如「兩岸一中」、「一中兩制」、「一國兩區」等等，都不脫「一國兩制」的格局，都很難爲泛綠陣營所接受。從「反分裂國家法」出台之後，「台灣獨立」又可能使兩岸立刻陷入兵戎相見的危機，已經是條走不通的死胡同。

和當前台灣各政黨所提出的兩岸政策相較之下，「一中兩憲」的主張不僅最能夠捍衛台灣的利益，而且有最堅強的理論基礎。如果海峽兩岸都能接受「一中兩憲」的現實，彼此承認爲對等的政治實體，台灣不必像香港那樣，在「中華人民共和國憲法」之下，再制訂一部「特別行政區基本法」，雙方便能夠打破統獨對立的僵局，展開協商和談判。

第三主體

在此必須強調的是：「一中兩憲」是建構兩岸間和平關係的起點，而不是最終目標。如果我們以之作爲兩岸關係的終極目標，則會陷入「兩國論」的對立困局。相反地，如果我們以之作爲兩岸和平的起點，我們便可以借重歐盟經驗，逐步建構兩岸間和平穩定的關係。

國內雖然也有人提倡「歐盟模式」或「一中歐盟化」，其實「歐盟」並不是固定的模式。依照一九九二年簽訂的「馬斯垂克條約」，它是「歐洲人民間不斷建立更緊密關係之過程的一個階段」。第二次世界大戰結束之後，法國外交部顧問莫內為了消弭法、德兩國之間的宿仇，倡議成立「歐洲煤、鋼共同體」，將兩國間煤和鋼鐵的產生和銷售置於一個「超國家組織」的管轄之下。從一九五〇年代開始，逐步建立「歐洲原子能共同體」、「歐洲經濟共同體」，經過半個世紀的努力，才發展成今天的歐洲聯盟。

這種「超國家組織」的「共同體」，是參與國家之外的「第三主體」，所有參與者都可以考量雙方的利益，視雙方的需求，讓渡出一部分的國家主權，以建立不同性質的共同體。在建立「共同體」的過程中，並沒哪一方被「統一」掉。這種「統中有獨，獨中有統」的做法，可以說是解決兩岸紛爭的最理想方式。

二〇〇五年四月，國民黨主席連戰到大陸進行「和平之旅」時，建議成立「兩岸共同市場」。其實，早在四年之前的二〇〇一年五月初，前行政院長蕭萬長率領由國內經貿科技產業龍頭組成的訪問團，赴大陸展開「溝通之旅」時，在北京大學的座談會上便曾經宣示「兩岸共同市場」的構想與做法。然而，「兩岸共同市場」的構想，源自於「歐盟模式」。在北京眼中，「歐盟模式」由經濟統合邁向政治統合的經驗，隱含「兩國論」精神，為中共所無法接受，所以中共方面反應冷淡。

主權讓渡

中共的冷淡，正是獨派人士心中最大的疑慮：要以「共同體」建立兩岸之間的合作關係，必須進行主權「讓渡」，其大前提是：所有參與「讓渡」的國家都擁有主權，而且也都承認對方的主權，在中國執政者眼中台灣沒有主權，它也從不承認台灣的主權，既然沒有，哪來讓渡？

這個問題必須從兩個層面來加以考量：前文說過，政治學上所謂的「主權」，包含兩個層面：「實質主權」和「國際承認」。倘若海峽兩岸當局都能接受「一中兩憲」的主張，用「共同體」的方式，逐步建構兩岸間的和平架構，雙方所要讓渡的主權當然是「實質主權」。如果以我所主張的「一中兩憲」作為基礎，大家接受兩岸關係的政治現實，雙方承認彼此為「對等的政治實體」，我們就可以找到一個彼此互相信任的起始點，循序漸進，逐步建立「兩岸共同市場」，是未來兩岸經濟合作最佳的可行模式。

第三節　國際活動的空間

至於「國際承認」或「國際參與」的問題，也可以用「一中兩憲」的理論來解決。這個問題可以從兩個層面來加以討論，「兩岸關係」和「國際關係」。此處先談國際關係：「反分裂國家法」第七條規定：「國家主張通過台灣海峽兩岸平等的協商和談判，實現和平統一」，談判內容包括「台灣地區在國際上與其地位相適應的活動空間」。

目前台灣在外交方面面臨的最大困擾是：全世界幾乎沒有國家不承認「一個中國原則」。和中國建交的國家幾乎都承認：這「一個中國」就是「中華人民共和國」。目前雖然有二十五個國家承認「中華民國」，然而，這些國家大多領土狹小，人口不多，經濟落後，在國際社會中也沒有太大的影響力。根據「一中兩憲」的現實原則，台灣雖然是一個政治實體，具備所有成為一個國家的要件，但因為和世界大多數國家沒有正式外交關係，得不到聯合國的承認，也無法獲得國際社會普遍的接納，所以只能算是「不完整的國際法人」。

台灣要以「一中兩憲」為基礎，爭取「國際上與其地位相適應的活動空間」，必須認清：「一中兩憲」的原則可以保障台灣在兩岸協商過程中平等的權利（right），可是，國際關係的安排卻是由有關方面的實際權力（power）所決定。由於「中華民國」是「不完整的國際法人」，根據「一中兩憲」的原則，台灣對內可以保有「中華民國憲法」，而且也「必須」保有「中華民國憲法」，因為「中華民國憲法」符合「一個中國原則」。

可是，在對外關係方面，則可能必須採取「交叉承認」的方式，對兩類國家作不同的處理：對於目前承認「中華人民共和國」的國家，大陸以「中華人民共和國」的名義和外國保持大使級的外交關係，台灣則必須以「台北，中國」的名義，和外國互派官方代表，並建立公使級的外交關係。同樣地，對於目前承認「中華民國」的國家，台灣可以繼續和對方保持大使級的外交關係，大陸也必須以「北京，中國」的名義，和對方互派官方代表，並建立公使級的關係。

「一中原則」的「新三段」詮釋

孔子說：「名不正，則言不順；言不順，則事不成。」這種名稱的安排方式，既符合「一中兩憲」的理論，也符合中共對「一個中國原則」的最新定義，必須作進一步的仔細分析。二〇〇〇年八月二十四日，中共副總理錢其琛在會見聯合報系訪問團時，首次公開提出「一個中國原則」的

「新三段」詮釋，即「世界上只有一個中國、大陸與台灣同屬一個中國、中國的主權與領土不容分割」，並強調「一個中國是兩岸能夠接受的最大共同點」。在此之前，中共對於「一個中國原則」的傳統表述方式是：「世界上只有一個中國」，「台灣是中國的一部分、中國的主權與領土不容分割」。兩者相較，中共的態度已經呈現出較大的彈性，並給予雙方較大的迴旋空間。

其後，錢其琛曾數度闡述類似的論點。二〇〇二年三月五日，中共總理朱鎔基在「人大」第五次會議開幕的工作報告中，首次將「一個中國」的「新三段論」納入「政府工作報告」。這是「一中新三段論」首次出現於政府的報告。

二〇〇二年九月十三日，中共外長唐家璇在第五十七屆聯合國大會演講時，說：「世界上只有一個中國，台灣和大陸同屬一個中國，中國的主權和領土完整不容分割。實現國家統一，是我們堅定不移的立場和不懈奮鬥的目標。」這是中共第一次在國際場合宣稱「大陸與台灣同屬一個中國」，而非「台灣是中國的一部分」。中共一再強調：只要台灣承認「一個中國」原則，其他問題一切都可以商量。

文化中國

「一個中國原則」的「新三段論」具有十分重要的政治意涵。如果說「台灣是中國的一部分」，所謂的「中國」，很容易被解釋成爲「政治的中國」，或「中華人民共和國」。這種詮釋方式是台灣人民很難接受的。然而，如果說「大陸與台灣同屬一個中國」，「大陸」和「台灣」都變成了地理名詞；而所謂的「中國」，則可以是「文化的中國」、「地理的中國」或「政治的中國」。

中共「反分裂國家法」第二條也接受了「一個中國原則」的「新三段論」：「只有一個中國，大陸和台灣同屬一個中國。」這裡所謂的「中國」，既不是指中華人民共和國，也不是指中華民國。在早期經典如《詩經》中，「中國」一詞，多半指涉政治或地理之意義，例如〈大雅．民勞〉：「惠此中國，以綏四方」，〈大雅．桑柔〉：「哀恫中國，具贅卒慌」。但是到了《春秋》三傳中，「中國」一詞就取得了豐富的文化意涵，常在華夷之辨的文化脈絡中被提出。例如，《左傳》記孔子之言：「裔不謀夏，夷不亂華。」《說文》解釋：「夏，中國人也」，「中國有禮儀之大故稱夏，有服章之美故稱華」，由此而有「華夏」之稱。華夏居中而四周爲蠻夷，故夏人自稱「中國」，即「中土之國」。

兩岸關係的定位

「一個中國原則」的「新三段」詮釋，讓「一中兩憲」的理論有了存在的空間，更清楚地說，用「一中兩憲」的思維脈絡來看，所謂「一個中國原則」的「新三段論」，可以解讀成爲：目前台灣和大陸各自存有一個政治實體，他們各有其有效的統治範圍，並稱呼自己爲「中華民國」和「中華人民共和國」，同時也分別獲得世界上部分國家的承認。雖然「中華民國」的實質主權不及大陸，「中華人民共和國」的實質主權不及於台灣，但這兩個「政治實體」都同意「世界上只有一個中國，台灣和大陸同屬於一個中國，中國的主權和領土完整不容分割」。

「交叉承認」的方式可以讓這兩個政治實體分別與其他國家交涉處理其有效統治範圍內的各項事物。至於這兩個政治實體之間的共同事務，可以參考歐盟的經驗，用建構「共同體」的方式來加以處理。這樣一來，所謂「中國」，既包括「中華民國」，也包括「中華人民共和國」，同時還包括各種有待建構的各種「共同體」，而形成所謂的「整個中國」。

如果海峽兩岸都願意接受「一中兩憲」的前提，承認對方爲政治實體，而又不承認彼此間的關係爲國際關係，兩岸之間將來該用什麼名義來簽訂各種協定？

依照「一中兩憲」的理路來看，這個問題的最佳安排是「台北，中國」和「北京，中國」。這兩個名稱的前一半，代表在其有效統治的範圍內行使「實質主權」之政治實體所在地，後者則代表雙方共同享有主權的「中國」，也是國際交叉承認的「一個中國」。同樣地，將來台灣也可以「台北，中國」的名義參與各種國際組織的活動。至於台灣在各種國際組織中能取得什麼權利，以及大陸在這些組織要不要改名爲「北京，中國」，那就要看將來台灣談判代表的智慧和能耐而定。

第四節　憲政自由主義

「一中兩憲」的主張，是建立在憲政自由主義的精神之上，認爲：憲法是檢驗兩岸關係發展最重要的指標。「中華民國憲法」第一條：「中華民國基於三民主義，爲民有民治民享之民主共和國」；而一九八二年修訂的「中華人民共和國憲法」第一條：「中華人民共和國是工人階級領導的、以工農聯盟爲基礎的人民民主專政的社會主義國家。社會主義制度是中華人民共和國的根本制度。禁止任何組織或者個人破壞社會主義制度。」而其前文又指出：「工人階級領導的、以工農聯盟爲基礎的人民民主專政，實質上即無產階級專政」，這兩部憲法對國家性質的規定正如油水之不能相容，目前兩岸根本沒有統一的條件。

轉化中國的力量

然而，我們必須認識到，憲法也是人訂的。不僅台灣的「中華民國憲法」曾經多次修改；即使是對岸的「中華人民共和國憲法」也有一九四九年的「共同綱領」，以及一九五四、一九七五及一九七八等不同的版本。

目前大陸官方已在《人民日報》等報章上發表社論，表示要推動「新文化運動」，邁向「新民主」。這一波的「新文化運動」，不論是由上而下發動的，或是由下而上自生的，將來如果有任何的民主成果，包括開放公職民選、組織政黨、改革司法、黨政分離、開放媒體等等，也一定要落實到憲法的層次上，以憲法來保障民主。

「一中兩憲」的重要涵義之一，就是以憲法做爲檢驗兩岸關係的判準，雙方各自堅持自身憲法中所宣示的「一個中國原則」，但也各自保持修憲的權利。目前，我們可以用它建立各式各樣的「共同體」，來建構兩岸間和平穩定的關係；將來可以借重歐盟經驗，看未來時局的發展，依民主的程序，決定要不要在「中華人民共和國憲法」和「中華民國憲法」之外，再制定一部「中國憲法」。逐步達到統一的目標。

這樣的政治主張並不是無條件的「終極統一論」，而是有條件的「憲政統一論」。要完成這樣的磨合過程，可能需要耗用二、三十年的時間，甚至更久。然而，只要台灣堅持「一中兩憲」，兩岸關係便可以由統獨之爭轉化爲制度之爭，台灣也因此可以取得一種「轉化共產中國」的力量，兩岸兵戎相見的危機也可以化解於無形。

進可攻，退可守

政治是讓有關各方都有最大的接受之可能性的藝術。在我看來，目前美、中、台對兩岸關係的共識，就是在「維持現狀」的前提下，「求同存異」，找到彼此可以展開政治談判的基礎。海峽兩岸的「現狀」，固然可以從不同的角度來加以詮釋，可是，當前對台灣最有利的詮釋視角，就是把兩岸關係的「現狀」，解釋成「一中兩憲」。只要台灣能夠堅持「一中兩憲」的立場，和大陸展開對等協商，不僅可以保障台灣權益，而且可以拓展台灣的國際空間，甚至可以讓台灣找到轉化大陸共產政權的力量。這種策略進可以攻，退可以守，有心想解決兩岸僵局的政治人物，爲什麼不採用呢？

任何一個知識分子對解決現實問題有一定的政治主張，這種政治主張在理論上沒有嚴重的瑕疵，他便會希望能夠找到機會來將之實踐。我在擔任民主行動聯盟的總召集人之後，解決兩岸紛爭的期望更爲殷切。

「一中兩憲」的主張，是建立在憲政自由主義的精神之上，嚴格說來，台灣任何一個政黨如果有心想妥善解決海峽兩岸之間的問題，都應當可以考慮接受這樣的主張。令人遺憾的是：陳水扁在執政之後，在眾多弊案的陰影籠罩之下，爲了延續自己的政治生命，不得不背離了民進黨原來提倡的「新中間路線」，而走上「急獨」的道路。在這樣的態勢之下，我們要追求兩岸的和平，便不得不寄望於在野的國民黨。

各方的反應

國民黨副主席關中年輕時期，善於選舉，是國民黨內著名的「戰將」。當時我參加《中國論壇》、澄社，經常撰文批評時政，是國民黨的「諍友」，兩人本是舊識。馬英九當選國民黨主席之後，關中出任副主席。《一中兩憲》出版之後，我立刻送了一本給他，他看了後，很機警地說：「這種主張是誰先講，誰先贏！」

我聽了之後，心中頗有千里馬遇伯樂之感。二〇〇五年十月二十三日，民主行動聯盟在台大法學院國際會議廳召開「兩岸和平」研討會，同時舉行《一中兩憲》新書發表會，特地邀請關中前來致詞，並邀請民進黨內直率敢言的立委沈富雄，針對我「一中兩憲」的主張作評論。沈富雄作結語時說：「這樣的主張，將來如果眞的落實，可以拿諾貝爾和平獎！」「可是，以台灣當前的政治生態來看，藍、綠雙方都很難接受這樣的主張」，因此，他很幽默地說：「我建議黃教授要好好保養身體，活久一點，將來才有機會得獎！」

在「統、獨對立」的光譜上，沈富雄只能算是「淺綠」的人士。然則「深綠」的朋友對「一中兩憲」的看法又是如何呢?有一次，在「國會衛視」鄭佩芬女士所主持的節目上，我和台灣團結聯盟的秘書長劉一德針對兩岸關係發生激辯。我在闡述「一中兩憲」的主張之後，逼問劉一德的看法。劉一德愣了一下，說：「如果胡錦濤接受的話，我就接受！」

胡錦濤是否接受

劉一德的反應，代表許多「深綠」人士對於「一中兩憲」的疑慮。許多人在聽完「一中兩憲」的主張之後，往往會問：「中共會接受這樣的主張嗎？」我想從兩個層面來回答這個問題：就捍衛台灣權益的「應然面」來看，「一中兩憲」是台灣和中共展開協商時，可以使用的談判籌碼，正如「一國兩制」是中共對台統戰所使用的談判籌碼一般。不管中共是不是樂於接受這樣的談判條件，也不管誰在台灣執政，任何人要代表台灣和大陸談判，都必須懂得如何靈活使用這樣的談判籌碼，來捍衛台灣的權益。

再從兩岸關係的「實然面」來看，不管誰代表台灣提出「一中兩憲」的主張，中共當局即使不樂於接受，他恐怕也很難說得出口。其理由有三：

第一，「一中兩憲」只是在描述海峽兩岸客觀的政治現實。任何政治勢力拒絕「一中兩憲」，就等於是要改變海峽兩岸的現狀。在「統一」遙遙無期的今日，中共怎麼會樂於改變現狀？

第二，中共一再強調：只要台灣接受「一個中國原則」，其他一切問題都可以商量。「一中兩憲」又沒有違反「一個中國原則」，中共憑什麼反對？

第三，中共「反分裂國家法」第八條明言：「台獨」勢力以任何名義、任何方式造成台灣從中國分裂出去的事實，「國家得採取非和平方式及其他必要措施，捍衛國家主權和領土完整」。如果台灣修改憲法，改變國號、國旗、領土，走上「法理台獨」的道路，中共便可能採取「非和平方式」對付台灣。換言之，「反分裂國家法」通過之後，中共等於是已經默認台灣有一部憲法存在。他如何能夠否認「一中兩憲」的客觀現實？

第九章　馬主席的困境與抉擇

從二〇〇五年下半年開始，台灣的媒體不斷揭發重要官員的重大弊案，扁政府開始籠罩在弊案的陰影之中。這一系列弊案的陸續爆發，使扁政府的腐化和無能完全暴露在民眾之前，結果民進黨在二〇〇五年十二月的三合一區域選舉中大敗，在二十三個縣市中只贏得六席，較上次選舉的九席失掉三席。人們普遍以爲：陳水扁在遭受如此重大的挫敗之後，應該會冷靜思考並調整他的政策方向。不料他在沉寂一段時間之後，在二〇〇六年的「元旦談話」中竟然宣布：未來他希望推動的憲改工程，是「由下而上、由外而內、先民間後政黨，以全民共同的智慧和力量」，期望在二〇〇六年能夠誕生一部民間版「台灣新憲法」草案，在二〇〇七年舉辦「新憲公投」，「在二〇〇八年爲台灣催生一部合時、合身、合用的新憲法」。正當台灣各界對陳水扁的「元旦談話」議論紛紛之際，一個月之後，他又刻意在春節宣布：要認眞思考「廢除國統會、國統綱領」、「用台灣的名字直接申請加入聯合國」！

第一節　批馬大戰略

這個局勢十分清楚：在一連串弊案的陰影籠罩之下，陳水扁的聲望不斷下跌。在內外交困的情況下，他唯一的自保之道，就是藉由「催生新憲」，來吸引台獨基本教義派的支持。他很清楚地看出：國民黨馬英九的清廉形象，獲得絕大多數民眾的支持，跟扁政府的腐化和無能正好形成明顯的對比。然而，馬英九是外省人，而且背負了國民黨的包袱，對兩岸政策及國家定位一向缺乏強而有力的中心論述，因此，批馬成爲陳水扁防衛自己的最重要戰略。

批判「終極統一論」

二〇〇五年十二月十四日，國民黨主席馬英九接受美國《新聞週刊》專訪時表示：「對國民黨而言，終極目標是統一，但是並沒有時間表，目前不認爲任何一方已經準備好要統一，狀況尚未成熟。」時隔數週，元月十六日，陳水扁接見美國民主黨政策菁英團時表示，批評馬英九接受美國《新聞週刊》訪問時提到的「終極統一論」，完全違背「主權在民」的民主精神。陳水扁重申，處理兩岸關係必須秉持「主權、民主、和平、對等」四大原則。台灣前途、未來與命運只有二千三百萬台灣人民才有權決定，某項民調也顯示，他的談話得到百分之八十九點三民意支持，所謂「終極統一論」只得到百分之六點六民意支持。

當天晚上，陳水扁出席台北市台南縣同鄉會九十五年新春團拜，再度批判馬主席的終極統一論，「違背主權在民」。

他「作爲台灣領導者」，有責任、使命捍衛台灣安全；台灣前途只有兩千三百萬人民有權決定，「預設兩岸統一等任何前提，是剝奪人民自由選擇權利」。

陳水扁用斷章取義的計策，故意扭曲馬英九的說法，再扣上一頂「終極統一論」的帽子，說他「剝奪人民自由選擇權利」，作爲他提出「廢統論」的理由，其目的便是要逼馬英九表態，陷入「統獨大戰」的泥淖。在陳水扁步步進逼下，馬英九果然一步步走入他所設計的圈套。

台獨是選項

二月七日，馬英九在《亞洲華爾街日報》發表〈台灣的務實之道〉專文，文中提到「台灣的未來，應該由人民決定」。馬英九的回應，使陳水扁大爲興奮，民進黨文宣部主任蔡煌瑯立刻在次日召開記者會批評馬英九，如果馬英九尊重台灣人民的意願，也應該要支持陳總統的廢統論。

二○○六年二月初，馬英九應邀訪問英國，十三日，他先拜會皇家三軍聯合研究所，以「亞洲崛起與中國崛起：和平或衝突？」爲題，對智庫學者、英國官員、高階將領及外交官員演講；接著，又到倫敦政經學院，以「跨越對立：東亞和平的新願景」爲題，發表演講。在這兩場演講中，他有系統地闡述他對兩岸的觀點。因爲擔心媒體斷章取義，扭曲他的論點，他又授意國民黨，以「台灣的務實道路」爲題，在《自由時報》上刊登廣告，文中表示：

中國國民黨堅決主張，本於民主的精神，台灣的未來有很多可能的選項，不論是統一、獨立或維持現狀，都必須由人民決定。維持中華民國現狀是實行中華民國憲法的當然結論，也是中國國民黨長期以來的政策，在統一或獨立都不可能的情況下，解決當前台灣的認同與統獨爭議，應該建立「維持現狀」的務實共識。

台獨選項的風波

這篇廣告將「台獨」列爲台灣未來「可能的選項」，刊出後立刻引起軒然大波。民進黨立法院黨團幹事長陳景峻讚揚馬英九終於「棄暗投明」，將「獨立」納爲未來選項之一。國民黨如果眞有誠意，應將黨章第一條「實現中華民國爲統一的國家」等字眼修掉，改爲「台灣是主權獨立的國家」，並共同配合推動廢除國統會及國統綱領。

中共方面獲知訊息後，立即透過雙方建立的「國共平台」，向國民黨中央表達關切與疑慮；並向國民黨榮譽主席連戰表達「抗議」。國台辦人士強調，國共雙方反對台獨的立場，是連戰訪問大陸，與中國國家主席胡錦濤會面，雙方達成共識中最重要的一項，也是中共最重視的，國民黨豈可片面改變立場。

連戰隨後也透過幕僚向國民黨表示：在他黨主席任內，「台獨列爲選項」這項議題「存而不論」，甚至前主席李登輝也不曾提過這樣的論調，馬英九去捅這樣的馬蜂窩，在說出「終極目標是統一」的字眼後，又扯出「台獨選項」論調，實在讓他不解。

立法院長王金平強調，在二〇〇四年總統大選時，他曾經提出「在維持現狀前提下，不排除台獨為選項之一」，但在競選國民黨主席時，卻遭到對手馬英九的批評及部分人士醜化、攻擊。對目前「國民黨的轉變」，他「不因此為喜」。他期盼黨內形成決策一定要周延，如此才能使國民黨的立場更堅實、更團結。

馬英九的澄清

國民黨的廣告，引發政壇軒然大波。國民黨不得不緊急滅火，一天之內，兩度發出聲明澄清，強調「台獨是台灣人民的選項」，但絕非國民黨的選項。文傳會副主委黃玉振指出，製作這篇廣告，主要是因為馬英九認為有必要將他在《亞洲華爾街日報》投書的「台灣的務實道路」理念再加強宣傳，讓全民瞭解。

相關廣告文案從副主席吳伯雄、關中，秘書長詹春柏，智庫高層到政策會執行長曾永權與副執行長張榮恭，全都看過，最後再由馬親自拍板定案，所以可以說是黨內集體決議的結果。黃玉振強調，「到現在為止，沒有一個人覺得這個廣告不妥」。

馬英九希望「把話一次講清楚」，國民黨高層「集體決議」，他親自拍板定案、花錢刊登的廣告，仍然是愈說愈不清楚，主要癥結在於國民黨的兩岸政策缺乏中心理念，理論基礎脆弱。在刊登廣告之前，十三日下午國民黨的中央工作會議上，一位黨務資歷深厚的人士已經在會中提醒：「這是國民黨第一次承認台獨可以是人民選項！」因此引發了正反意見的激辯。但是相關幕僚提醒，馬英九已看過廣告內容，最後意見才順利整合。廣告刊登後，這項微妙轉變果然帶來了劇烈的風暴。

馬主席的困境

陳水扁把鬥爭的矛頭指向馬英九，在民進黨中央成立一個「掀馬統」小組，由政策會、中國事務部、文宣部等成員組成，負責研究、整理馬英九兩岸議題的發言。馬英九從記者口中獲知這個消息後，表示：「非常歡迎」。他說，他的主張都是一貫的，如果民進黨把他過去說過的話都整理起來，相信有助於釐清眞相。

他同時表示，對陳水扁總統拋出廢除國統會等議題，國民黨將採取「盡量規勸，靜觀其變」態度，但不會隨之起舞。他呼籲陳總統儘速「煞車、滅火」，如果持續堅持廢統，將傷害台美關係。他感嘆：「當家的要鬧事，我們能怎麼辦？」

馬英九的感嘆反映出在野黨的無奈。他對兩岸政策搖擺不定，則反映出國民黨對兩岸關係一向缺乏中心思想。在《一中兩憲》出版之前，我已經藉著一次和他見面的機會，送給他一份該書的手稿。

元月六日，馬英九和呂秀蓮兩人一起出席哈佛校友會。呂秀蓮批評：有人「國家認同混亂」，有些政黨「跟共產黨比跟民進黨近」；馬英九發言時，以「有什麼樣的執政黨就有什麼樣的在野黨」稍作回應，旋即依照原訂題目，談人權與社會發展議題。事後，呂秀蓮批評馬英九「避重就輕」，在場的哈佛校友也普遍覺得馬英九的低調謙遜是「軟弱怯懦」。

馬主席的抉擇

看到這些情況，我立刻以〈馬主席的困境與抉擇〉爲題，寫了一篇文章，刊登在元月十九日出版的《新新聞》之上。文中除了說明「一中各表」的侷限之外，並清楚說明：

「一中兩憲」的主張是建立在憲政自由主義的基礎之上，它只是在描述當前兩岸的政治現實，而不是爲任何一個特定政黨所設計。堅持這樣的立場，台灣便擁有「轉化共產中國」的力量。更清楚地說，目前「中華民國憲法」將自身界定爲「基於三民主義的民主共和國」，而「中華人民共和國」則將自身界定爲「以工農聯盟爲基礎的人民民主專政的社會主義國家」，兩岸並沒有立即統一的條件。根據「一中兩憲」的主張，未來兩岸關係的發展應當以憲法作爲判準，雙方各自保有修憲的權利，等到兩部憲法修到彼此可以相容，再依民主程序，決定要不要制訂一部「中國憲法」，逐步達到統一的目標。

「一中兩憲」的主張包含「一中憲法」加「國統綱領」的主要概念，但卻比馬英九的主張具體而明確。它不僅能兼顧台灣的主體性，而且可以將兩岸關係由「敵我矛盾」的統獨之爭，轉化爲「內部矛盾」的制度之爭，確保兩岸之間的和平。

在我看來，除了台獨基本教義派之外，台灣各黨各派應當都可以接受「一中兩憲」的主張。可惜陳水扁的元旦談話已經放棄民進黨的「新中間路線」。問題是在兩軍對陣的態勢下，馬英九是否願意接受這樣的主張？

在該文的結論部分，我清楚地指出：

目前泛綠陣營已經下定決心要走「新憲公投」的路。馬英九是想用「一中兩憲」帶台灣走出一條明確的新道路？還是想繼續陷在「中心無主」的泥淖裡，帶藍軍一起冒重蹈歷史覆轍的風險？在民進黨拋出戰書的歷史時刻，大家都在等著看馬主席的抉擇。

這篇文章，我還刻意寄給馬英九市長辦公室主任鄭安國先生，請他轉交給馬主席。馬英九自歐洲返國後的二月二十三日下午，我又透過鄭主任的安排，到市長辦公室，仔細和他討論「一中兩憲」的理念。他聽了之後頗爲高興，第二天，在「新台灣人文教基金會」開完董事會，晚上聚餐的時候，他還對蘇永欽教授以德文說出「一中兩憲」。我心中暗暗高興，以爲他已經接受了「一中兩憲」的理念。

第二節　廢止國統綱領

陳水扁看準了馬英九的弱點，不斷出招進攻，他宣稱要「廢止國統會和國統綱領」，不僅馬英九感到無奈，連布希政府也覺得十分無奈。在二月十三日至十七日之間，白宮國家安全會議代理亞太事務資深主任韋德寧和國務院台灣科長夏千福與陳總統進行六小時馬拉松會談，陳總統堅持廢統立場十分徹底，讓兩位特使無功而返。即使如此，美方仍未放棄最後努力，陸續再向台北提了兩、三項可行的解決方案，讓陳總統口頭上不用「廢統」，卻可以「實質廢統」，作爲不傷害台美關係的下台階。

陳水扁最後跟美方妥協的方案是，摒除陳水扁偏好的「廢除」（abolish），而用國統會「終止運作（cease to function）」、國統綱領「終止適用（cease to apply）」的字眼，找到雙方「都不滿意，但可勉強接受」的狹小交集。

重提「五一七聲明」

二月廿六日，在陳水扁宣布「廢統」前夕，中共中央台辦及國台辦負責人透過新華社表示，陳水扁推動廢統並付諸實施，是公然邁出全盤推翻「四不一沒有」承諾的危險一步，並更進一步暴露他預謀進行新的分裂活動，特別是要爲通過憲政改造，謀求「台灣法理獨立」鋪路。陳水扁推動台獨分裂活動步步升級，勢必引發台海地區嚴重危機。

兩辦負責人這篇強硬文章還提到二○○四年的「五一七聲明」：兩岸關係有兩條道路擺在台灣當權者面前，一條是促進兩岸關係發展，一條是進行台獨分裂活動，何去何從，必須作出選擇。如今陳水扁表明他執意要走第二條路。「我們正告陳水扁，立即停止在葬送兩岸和平的邪路上一意孤行，不要再給台灣同胞和兩岸關係帶來更大危害。」

二月廿七日，陳水扁在國安高層會議中正式裁示，國統會「終止運作」，不再編列預算，原負責業務人員歸建；國統綱領「終止適用」，並依程序送交行政院查照。

同時，陳水扁還作出七點宣示，其內容包括：「感謝美國總統布希二〇〇五年京都演說明白表示，美國珍視與台灣的夥伴關係，讚揚台灣民主繁榮；期盼繼續就雙方互利事項共同合作。」「台灣無意改變現狀，也堅決反對以任何非和平手段造成此一現狀的改變。」「感謝國際社會共同支持維護現狀。」

然而，國際社會眞的支持陳水扁所謂的「維護現狀」嗎？

國際社會的壓力

新加坡外交部廿七日深夜發表聲明說，「新加坡對台灣有關國統會和國統綱領的舉措表示遺憾」。聲明中說：這「無助於維持穩定的台海兩岸關係」。

日本政府外務省報導官鹿取克章說，日本政府不希望台海兩岸間的緊張繼續升高，「希望當事雙方不要嘗試變更現狀」。

三月一日，歐盟輪值主席奧地利政府在歐盟共同外交及安全政策架構下發表聲明，呼籲兩岸節制可能使緊張情勢升高的行動。

俄國外交部認爲：「終統」並非台灣朝野共識，「台灣領導階層的這項決定，無助於維護地區的和平、穩定，且與陳水扁的承諾背道而馳」。

除此之外，中共也透過各種外交管道對國際表達他們對阿扁「終統」的不滿。二月廿八日，中共國家主席胡錦濤接見瑞士國防部長施密德時說，台灣當局「決定終止國統會、國統綱領，這是對國際社會普遍堅持的一個中國原則和台海和平穩定的嚴重挑釁」。當天，中共全國政協主席賈慶林也在政協常委會上譴責，台灣當局領導人「全面推翻自己反覆重申的四不一沒有承諾，在走向台獨的道路上邁出危險一步」。

中共總理溫家寶與德國總理梅克爾通話、中共國家副主席曾慶紅會見俄羅斯內務部部長努爾加利耶夫時，也都強烈表達中共堅決反對台獨的態度。針對陳水扁總統宣布終統，中共政治局常委會排名一、三、四、五的常委胡、溫、賈、曾相偕公開抨擊，力度已超越九五、九六年台海危機。

在三月一日下午，中共駐聯合國代表王光亞分別緊急約見聯合國秘書長安南和第六屆大會主席阿里亞斯，轉達中共對陳水扁總統終止國統會和國統綱領的嚴重關切，強調這一行徑是對國際社會公認的「一個中國」原則的挑釁，是對台海和平的嚴峻挑戰。

安南重申聯合國堅決奉行「一個中國」原則，他本人對陳水扁的言論所引發的危險局勢表示嚴重關切。

阿里亞斯也重申，聯合國對台灣問題的立場是清楚的；作為聯大主席，他會非常穩妥地處理這個問題。

挑戰馬英九

儘管陳水扁的兩岸政策受到國際社會的反對，但他「終統」鬥爭的矛頭其實是「對內不對外」，始終指向國民黨主席馬英九。在二二八事件紀念活動上，陳水扁因為前一天宣布「終統」，使得現場支持者情緒頗為高昂，有人高喊「台灣的總統」，有人高喊「總統加油」。陳水扁致詞時表示，他讓國統會與國統綱領正式走入歷史，將決定台灣未來前途的權利，完全沒有保留，在沒有預設任何前提的情況下，完整還給兩千三百萬台灣人民。

陳總統還說，他思考終止國統會與國統綱領的過程中，美國林肯總統的名言，縈繞在他心中，「你可以一時欺騙所有人或者永遠欺騙少數人，你不可能永遠欺騙所有的人」，不應該欺騙別人，更不應該自欺欺人。

陳總統表示，根據主權在民的原則，把台灣前途的決定權還給人民，就如國民黨主席馬英九所說「台獨是台灣人民的選項之一」，不管這句話的眞實是否出自內心，「我今天做出國統會與國統綱領終止運作的決定」，應該得到國民黨的支持才對。現在竟然有人要爲了這個決策罷免總統。他語氣高亢地質問台下的馬英九，「阿扁錯了嗎？」接著又連聲五度逼問，「阿扁錯了嗎？阿扁錯了嗎？」「難道阿扁錯了嗎？」

現場民眾高喊「總統沒有錯」回應。而坐在台下第一排的馬英九當場抿了抿嘴，面無表情，也未如其他出席人士拍手鼓掌。

馬受邀致詞時，全場以閩南語演說，建議中央早日成立國家級二二八紀念館及研究中心，讓眞相大白、讓後代子孫瞭解及傳承二二八精神，成爲引領台灣走向康莊大道的明燈。

馬英九致詞數度被在場抗議人士打斷，有人還秀出「國民黨賠罪，嚴懲元凶」的白布條，更有人高喊「台灣國萬歲」、「中國奴」、「台灣牛對中國狗」及「馬英九下台」等，馬英九均低調以對。

第三節　挑戰「一中各表」

國民黨的「五不」和「五要」

面對陳水扁的頻頻出招，馬英九選擇以訪問美國找尋「迂迴出擊」的機會。二〇〇六年三月十九日至廿九日之間，馬英九應邀訪美，先後在加州柏克萊大學及哈佛大學發表演講，提出了「五不」與「五要」的主張。所謂「五不」是：第一，台灣不會宣布獨立；第二，不會變更「國旗」、「國號」；第三，不會在「憲法」中列入所謂國與國之間的特殊關係；第四，不會製造統獨麻煩；第五，不會有廢除國統會的爭議產生。

針對陳水扁「四不一沒有」（Five No's）的負面表述，他又提出國民黨「五要」的主張，希望在對未來「雙P（和平與繁榮）」共同遠景下，建立新的兩岸關係。所謂「五要」是：

第一，促進兩岸在「九二共識」（一個中國，各自表述）的基礎上儘速恢復平等協商。

第二，達成卅年至五十年和平協定，包括建立軍事互信機制，正式終結兩岸敵對狀態。

第三，促進兩岸經濟全面交流，建立兩岸經濟合作機制、促進兩岸展開全面的經濟合作，建立密切的經貿合作關係，包括全面、直接、雙向「三通」，開放金融服務業，導向兩岸共同市場的建立。

第四，發展一個新的模式，讓台灣參與國際活動的問題更爲雙邊與多元，兩岸不應是零和遊戲，應該是務實發展。

第五，建立兩岸文化、教育的交流，如交換學生與藝術家。

不提「一中兩憲」

馬英九才思敏銳，英語流利，談吐幽默，受到聽眾熱烈的歡迎。在幾場大陸學人參與的場合中，他不斷使用「中華民國」國號以比較「中華民國憲法」與「中華人民共和國憲法」之立國精神差異，來向大陸學人解釋兩岸暫無統一的可能。同時宣稱兩岸要談統一的前提是：「自由、民主、繁榮，及台灣人民的同意」。在場的大陸學人不僅無人對此種論述提出異議，有一名大陸學生甚至問馬英九：「你能爲促進大陸政治民主做些什麼事？」

馬英九在美國的演講，不僅受到聽眾熱烈的歡迎，而且受到美國政府當局的高規格接待，和不久之前的歐洲之行相較之下，獲得輿論極高的評價。《聯合報》的社論甚至稱讚他「可以證實台灣的政治領袖確實具有與大陸人民對話的制高點」。

馬英九訪美期間，我十分注意他在各地的演講，發現他一再引述《一中兩憲》一書的內容，怪異的是：他卻絕口不提「一中兩憲」這四個字。他在史丹佛大學胡佛研究所發表演說，指出：台灣悲情的來源以中共打壓台灣國際空間最爲嚴重，他語出驚人地表示：「假如中共再持續打壓下去，不只台獨分子，連我們這些人都要站出來反抗了！」

暫行架構的理論基礎

台灣要如何開拓自己的國際活動空間呢？馬英九在費正清東亞研究中心演講時表示：國民黨主張兩岸在「九二共識」（一個中國，各自表述）的基礎上儘速恢復協商，希望雙方能建立「暫行架構」（modus vivendi），讓台灣能夠參與國際社會，兩岸維持既合作又競爭的關係。

在我看來，國民黨這種「一中各表」的主張是很不切實際的。爲什麼呢？

對台灣而言，所謂「一中各表」，就是把「一個中國」，表述成「中華民國」，同時也容許對岸把自己表述成「中華人民共和國」。這種「自我中心」的搞法，看來十分「公平」，其實是要求雙方「閉上眼睛，假裝看不到對方存在」。所謂「暫行架構」，所謂「讓台灣能夠參與國際社會」，都必須透過兩岸間的政治協商，藉由簽訂正式的條約或協議來落實。李登輝時代以「一中各表」刻意製造出來的「建設性模糊」，或許可以處理兩岸間的事務性協商，怎麼可能作爲雙方政治談判的基礎？諸如海基會或海協會之類的「民間組織」或「白手套」，又怎麼可能越俎代庖，代表政府簽訂什麼「暫行架構」？甚至建立「三十至五十年的和平協議與軍事互信機制」？

馬英九說，他個人與國民黨對兩岸問題的立場，是既不追求統一，也不尋求獨立，而是「維持現狀」。在我看來，兩岸關係的「現狀」，就是「一中兩憲」。唯有承認「一中兩憲」的政治現實，雙方才可能以對等政治實體的立場，和對岸展開「平等的協商和談判」。

基於這樣的見解，在馬英九訪美期間，我寫了一篇〈以「一中兩憲」開創國際活動空間〉，刊登在《新新聞》之上；在他載譽歸國的三月二十九日，我又以〈馬兩岸主張，能促兩岸平等協商？〉

爲題，寫了一篇文章，質疑他的論點，刊登在《聯合報》「民意論壇」之上。不料當天早上八時十五分，馬英九剛返抵機場，立刻打電話給我，說他在飛機上看到我寫的那篇文章，他解釋說：他也知道「一中各表」的侷限，他之所以不提「一中兩憲」，是因爲「一中各表」是國民黨「既定的政策」，他不便貿然更改。

聽到這樣的解釋，我不禁喟然長嘆！海峽兩岸接受「一中兩憲」的前提，是雙方都必須敢於面對現實。目前兩岸在國際上較勁，台灣很明顯地是處於不利的地位。在這樣的態勢下，唯有我們先面對現實，敢於向大陸提出這樣的談判條件，我們才能夠要求對岸面對現實。作爲政治領袖，對於國家大事必須要能夠洞燭機先，提出未來國家發展的願景。如果國民黨的領袖人物也因襲故舊，只想自我陶醉在「一中各表」的「建設性模糊」裡，兩岸問題怎麼會有根本解決的可能？

質疑「一中各表」

馬英九訪美載譽歸來後，立刻表示希望和陳水扁總統討論「趨吉避凶」之道。在四月三日的扁馬會上，馬英九說，台灣要趨吉避凶、邁向雙贏，「趨吉」的方法，就是要用九二共識，恢復與對岸協商，開創兩岸雙贏。至於「避凶」，第一，就是捍衛中華民國，包括遵守與實行中華民國憲法；第二，就是堅守四不一沒有的承諾。

針對馬英九的訴求，陳總統表達了他的心願。他說，「捍衛憲法，不排除我們可以修改憲法，沒有修憲改爲三權憲法之前，我們還是五權憲法，但監察委員同意權的行使，已經超過一年的時間，還沒辦法來進行。」

對馬英九所提的「九二共識」，陳水扁則表示強烈質疑。他引述已故海基會董事長辜振甫的著作，強調其中並沒有「九二共識」這四個字。他強調，馬英九的「一個中國」與中國及美方的「一個中國」不一樣，大家談「一中」，談來談去就談成「兩個中國」。無論是「兩個中國」或「一中一台」，對岸都不能接受，所以該怎麼談一中，還需要集思廣益。

對於陳水扁的質疑，馬英九再度補充：「一個中國、各自表述」是李總統在民國八十二年召開國統會時提出的，在總統府裡都有檔案紀錄可查。「九二共識」重要的是內容，而不是名稱。如果陳總統可以接受一個中國、九二共識，「如果中共不接受就是他們的錯」。

「九二共識」的陷阱

對於馬英九所說的「九二共識」與「一中」原則，陳水扁反駁說，「九二共識」並不存在，且中共所堅持的「九二共識」是「一個中國原則」，不是馬所稱的「一中各表」；中共從未接受「一中各表」，「我們不能落入對岸的陷阱」。他反將馬一軍：國民黨榮譽主席連戰即將訪問大陸，如果馬不信，可以請胡錦濤公開宣示接受「一中各表」。如果胡作出宣示，「阿扁就絕對尊重」。

針對終統議題，馬英九接著表示，讓國統會存在，是「中間路線」，是「兩岸和平的工具」，也是「讓美方對陳總統不再感冒的止咳劑」。但陳總統指出，國統會是民國七十九年蔣彥士在國民黨中常會提出，接著就報請當時的總統府交由行政院執行。他說，「國民黨中常會的決議，沒有經過立法院的同意，你要我這個政府來繼續執行，這是說不過去的。」

馬英九追問陳總統，「國統會和國統綱領還存不存在？」陳總統強調，國統會終止運作及國統綱領終止適用，文字雖沒有用「廢統」，但就像終止契約，或終止動員戡亂時期，「終止契約後，契約還在嗎？」他明確地說，他是「要廢統」，所以也沒有接受美方原希望我們要用的「凍結」或「中止」，最後才用「終止」，「整個問題現在都已結束」。

在扁馬會最後幾分鐘，陳水扁說，有人說「憲法一中」，但大陸的法統都已經揚棄，憲法還是「一中」嗎？現在國會已經沒有大陸法統代表，總統直接由人民選出，而不是由大陸法統的國民大會選出，甚至廢掉國民大會，代之以公投入憲，由兩千三百萬人民決定未來憲改版本，有人認爲，這已經不是一般人說的「憲法一中」或「一中憲法」，而是「憲法一台」。

陳水扁說這幾句話時，時間已經很晚，馬英九只能以表示感謝作結，沒有機會再作反駁。

「求同存異」的精神

四月中旬，國民黨榮譽主席連戰帶領大批企業人士到北京，舉行國共「兩岸經貿論壇」。在閉幕會議中，除全場一致通過七點共同建議外，中共中央國台辦主任陳雲林並宣布兩岸經貿交流十五項新措施，其內容主要是在農漁業與醫療方面開放市場門戶，但並未能納入各方期盼已久的「兩岸直航」與金融登陸。

四月十六日，連胡再會時，連戰指出：「目前台灣仍存在衝突的勢力，與和平的力量相互拉扯，也有關閉、緊縮、反方向的力量」，「過去幾年自我封閉，已產生嚴重邊緣化危機」，至於陳水扁請連戰呼籲胡錦濤宣示「一中各表」，連戰卻是隻字未提。

中共中央總書記胡錦濤談話時，表示：「十四年前，兩岸雙方本著求同存異的精神，達成九二共識，才開啓一九九三年的汪辜會談」，「九二共識是實現兩岸和平發展的重要基礎，五十多年來，雖然兩岸尚未統一，但大陸與台灣同屬一個中國的事實沒有改變」。他並強調，「九二共識就是雙方復談的基礎，只要談起來，兩岸就可以務實協商台灣同胞關心的各種問題」。

一廂情願的解釋

胡錦濤在連胡會中五度提到「九二共識」，並強調兩岸同屬一個中國，但並未提及一中定義可「各自表述」。當天晚上，國民黨立刻發布新聞稿，對中共總書記胡錦濤在連胡會上提出四項建議，所展現的務實態度表示肯定。國民黨指出，胡錦濤特別強調「九二共識」的精神就是「求同存異」，「求同」就是指「一中原則」，「存異」就是指「各自表述」；這點正是「九二共識」的精髓所在。對台灣而言，只要政府能運用智慧，充分掌握求同存異的精神，就可以在「九二共識」的基礎之上，順利化解兩岸僵局，進行對話與談判。胡已表達兩岸和平發展的誠意，民進黨政府應掌握此一歷史契機積極回應，儘速接受「九二共識」。

國民黨對胡錦濤的「求同存異」可以作一廂情願式的解釋，但掌握執政權力的民進黨對「一中原則」卻深表戒心。民進黨主席游錫堃說，連戰不敢要求胡錦濤澄清「一中各表」，胡錦濤也迴避「一中各表」，證明「一中各表」是謊言，希望國民黨從今以後不要再談「一中各表」，以免混淆視聽。

民進黨團幹事陳景峻表示：全世界都知道「一中」就是中華人民共和國，在「一中」之下，根本沒有「一中各表」的空間。在「連胡會」上，連戰不敢問胡錦濤「是否有『一中各表』這回事？」

彷彿台灣就是中國的一部分。台聯黨團總召黃適卓則痛批：對岸祭出十五項不能叫做利多的優惠，台灣卻把技術、資金全部鎖在中國，造成內部產業空洞化，經貿地位邊緣化，「連胡再會」其實是「中國請君入甕，連戰納表稱臣」。

第十章　民主夜市

從二〇〇六年春節後，陳水扁的親信和第一家庭陸續捲入一連串的弊案之中。事實上，這些弊案在陳水扁第一任總統任內末期，便已經陸續浮出檯面。這些弊案包括：陳由豪政治獻金案、SOGO百貨股權爭奪案、股市禿鷹案、高鐵延期通車及航發會違規投資案、總統府炒股案、總統府秘書長陳哲男司法黃牛案，這一系列弊案的關鍵人物，都涉入陳總統的家人與寵信與政府重要官員。

第一節　「民主夜市」的開辦

五月廿五日，第一家庭的女婿趙建銘羈押，民間對陳水扁不滿的情緒上升到新高點。民調顯示：有「六成以上的民眾不信任陳水扁，近半數要陳水扁下台」，但馬英九卻一再對媒體表示：美國和國際媒體並不樂見台灣發生政潮和政變，他們希望看到台灣能在民主憲政的架構中，透過制度的運作能解決政治爭議，展現出「民主的成熟」。

失焦的「罷免理由」

六月三日，馬英九在泛藍群眾的要求下，第一次走上凱達格蘭大道。六月五日，親民黨在凱道上舉行嗆扁群眾大會，要求陳水扁下台。到了六月七日，國民黨終於下定決心，展開罷免行動，並提出罷免陳水扁的「十大理由」，包括：違憲違法、經濟不振、貪污腐敗、用人失當、外交挫敗、兩岸關係緊張、挑撥族群對立、操弄金融改革、戕害媒體自由、施政毫無誠信等等。

國民黨是個相當缺乏政治智慧的政黨。罷免陳水扁的主要理由既然是第一家庭所涉及的弊案，照理說，要撰寫這份形同「檄文」的文件，就應當集中這一點，窮打猛追。奇怪的是：國民黨居然洋洋灑灑，扯進了許多不相干的理由，甚至還包括「外交挫敗」、「兩岸關係緊張」、「挑撥族群對立」等等政治性議題，不僅讓整個罷免案失焦，而且給陳水扁逮到一個絕佳的反擊機會。

向人民報告

陳水扁對立法院提出的罷免案，不僅悍然拒絕提出答辯，反倒採用在媒體面前「向人民報告」的策略，提出辯駁。

在記者會上，陳水扁從十大罪狀的第一點，講到第十點，不時反問：「我有什麼不對？」並一再強調：「因爲立場不同，國民黨就要罷免我」，儼然自己是受害者。他不僅對全民關切的弊案，再度改口，說他如果有「直接」收受李恆隆、徐旭東等人的禮劵，願意下台負責，而且採用激進的語言，企圖將民主憲政的程序，扭曲成爲藍綠之間的民粹對立。甚至還不准在場記者對他的報告提出問題！更令人不滿的是：民進黨領導人竟然決定支持陳水扁的拒絕答辯，寧可捨棄掉民進黨「清廉執政」的政治理想，也要不顧是非地捍衛第一家庭！

在我看來陳水扁這種肆意說謊，玩弄人民於股掌之間的手法，已經造成整個社會道德價値的全面崩潰，作爲社會中流砥柱的知識分子，應該如何力挽狂瀾？

抗議「良知的墮落」

民盟同仁經過幾度商議，決定在立法院進行罷免總統前，以「超越藍綠對立、喚醒社會良知」作爲主題，發起一次「全民靜坐行動」，抗議執政黨「良知的墮落」。我們知道：在進行罷免投票當天，藍綠雙方都會動員群眾到立法院附近聲援，爲了和政治動員有所區隔，也爲了強調我們的行動是「超越藍綠對立」的，我們決定選擇中正紀念堂「大中至正門」前的廣場，做爲靜坐場所。

在規劃這次行動的時候，我們除了進行學者連署，發表共同聲明之外，也希望找到一些代表「社會良心」的人物，出來共同領導這項行動。我們想到的第一個人，就是民進黨前主席施明德。我和施明德本是舊識，二〇〇五年民盟發起「反修憲」運動時，施明德曾經大力協助民盟，我知道他有很鮮明的道德意識，由他出面領導這項行動，可謂恰當不過。

六月十九日下午，我和賀德芬教授一起到台北市信義路二段的施明德辦公室，邀請他出面領導這項行動。施明德對當前台灣的政治情勢雖然頗感不滿，但是他認爲目前發動群眾運動的時機尚未成熟。他談到蔣經國時代他許多的抗爭經驗，並且用很堅定的語氣說：「如果我要靜坐，阿扁不下台，我絕對不會站起來！」

開辦民主夜市

既然如此，民盟只得靠自己了。六月廿五日，民盟發表「全民靜坐抗議良知的墮落宣言」，當天晚上，並在中正紀念堂前廣場，舉辦音樂燭光晚會。參加音樂晚會的人雖然多達數百人，場面也相當熱鬧；可是，第二天早上的情況卻頗出乎我的意料之外：參加宣言連署的教授雖然多達一百零六人，到場靜坐的卻只有我一個人！當天晚上更有媒體揶揄我為「一個可憐的孤獨老人」！

當天早上，我從九點靜坐到下午一點，深深體會到：六月溽暑，根本不適合在白天「靜坐」，或發動任何形式的社會運動。跟民盟同仁討論之後，我們決定改變作法，等到夜晚涼快的時候，在同一地點辦「民主夜市」，邀請學運、社運及文化界人士前來演講。

九月廿七日早上，立法院舉行罷免總統表決投票。結果是贊成罷免一一九票，棄權廢票十四票，反對罷免零票！民進黨根本不敢讓該黨八十六名立委進場投票，留下「立法院零票反對罷免總統」的可恥紀錄！

當天晚上，到「民主夜市」演講的教授賀德芬、前立委林正杰對民進黨立委的表現大加撻伐，認為應該發起罷免這些立委。在場聽眾的反應也十分熱烈，大家紛紛上場，表達對時局的不滿。到了九點半，「民主夜市」即將結束，我問大家：「明天還要不要再來？」大家齊聲應道：「要！」我們當即表示：要把「民主夜市」繼續辦下去，讓民眾有一個發聲的管道。

「集會遊行法」的累犯

要繼續辦「民主夜市」，馬上面臨到兩個難題：第一、每天晚上七點到九點需要邀請二至三位學術界或社運界的人士前來演講，每人大約講二、三十分鐘，中間穿插「砰砰阿峰」的音樂表演。民盟的財務相當拮据，根本付不起車馬費。唯一可依恃的，是過去幾年間，民盟在艱苦奮鬥中，跟各界建立的人脈。後來的事實證明，在「民主夜市」支撐一百多天的過程中，民盟的許多朋友，紛紛到場熱情相挺，所謂得道多助，誠非虛言。

第二個難題是場地的問題。由於辦「民主夜市」是臨時起意，我們根本沒有想到必須依「集會遊行法」提出申請。二十八日晚上，警察局要我們依法提出申請，第二天，民盟辦公室向中正紀念堂管理局接洽，承辦人說：該廣場只能辦文化、藝文或體育活動，不能辦政治活動，只得作罷。到了三十日晚上，警察告訴我們：必須先向台北市政府新工處申請「路權」，再到中正一分局申請「使用權」，但當天已是星期六，只得等到星期一。到了星期一，市政府又告訴我們：提出申請後，必須等七天才能取得路權。

在取得路權之前的這段期間，辦理任何集會演講都是違法的。所以「民主夜市」每天晚上開講後不久，就有大隊警察前來舉牌警告；連續舉牌三次，警方便要將主持人移送地檢署「法辦」。結果一場倒扁活動辦下來，我和張亞中教授都變成了違反「集會遊行法」的累犯！

第二節　台開案起訴

在民主夜市，到場講員的最佳「教材」，就是第一家庭弊案的進展。七月十一日，台北地檢署認為趙建銘和趙玉柱等人利用權勢，藉內線消息買賣台開股票，牟取暴利逾一億元，依違反證交法，各求刑八年、十年。然而，除了內線交易案之外，檢察官對其餘各案卻一概予以簽結或「不起訴」，完全不顧社會輿論對其「吃案」的普遍質疑。

「檢察官」吃案？

如眾所周知，趙家父子的內線交易案，其實只是一場政商勾結大戲的過場部分；前頭的聯貸案及後頭的土地開發案，才是問題的主要關鍵。檢察官理應查明趙家帳戶進出的數億黑錢，而對國人有所交代。

但是，檢察官幾乎是遵照被告片面的說法，將各路人馬匯入趙玉柱戶頭的金錢，都認定為「獻金」或「借貸」，完全否定了貪瀆與賄賂的對價關係。在金融機關人事異動過程中，如果出現趙建銘的關說，或是出現趙玉柱的借貸；檢察官就說，人事異動「須經董監事改選」，「非趙建銘一人所能掌控」，而予以簽結。

例如：在國票金人事案中，趙玉柱向洪敏森「借貸」了三千萬元。證人陳冲具結作證指出，趙建銘在九十四年六月廿八日、三十日，及七月二十日密集打了三個電話給他，希望國票金總經理能「支持陳明仁」，結果陳明仁果然出線。可是檢察官卻認爲，國票金的經營權，「尙須經董監事改選」，三千萬的「借貸」不是賄款，人事關說也「非趙建銘一人所能掌握」，三言兩語，就簽結了事。

又如，在台開蘇德建的人事案中，起訴書指出，蘇德建以三百萬元請趙建銘爲其關說。林全作證時也承認，馬永成對他提出由蘇德建出任台開董事長，結果蘇德建果然如願以償。可是，檢察官卻認定，蘇的人事是由馬永成及林全敲定，與趙建銘無涉。

呂桔誠主導的台開一百六十五億聯貸案，完全不合規範，檢察官也認定該案係「經董事會核准」，「非呂桔誠一人可全權主導」。在台開股票的內線交易案中，買主趙建銘被求處八年徒刑，台開董事長蘇德建亦被求處八年徒刑：但檢察官對蘇德建的人事及台開聯貸案，與趙建銘的內線交易有否對價關係，卻未能做出合於情理的交代。令人不禁懷疑，這究竟是司法無能?還是司法黑暗?

除此之外，檢察官認爲：趙建銘幫臍帶血代言，係屬「商業行爲」，有逃漏稅或違反醫師法等問題，「但未涉刑責」，「應該由相關機關處理」。至於耐斯集團匯三千萬元給趙家，趙建銘被疑介入國票金控案，檢方認爲：趙玉柱帳戶與耐斯集團中的資金往來，是「雙方間的借貸行爲」；有關趙建銘收取藥商回扣案，檢方也認爲，多家藥商業務代表和趙的隨扈，「只是提供帳戶給趙建銘使用，並無回扣證據」!幾個月來，造成社會喧騰的四大弊案，檢方全部予以簽結，一筆勾銷!

趙建銘交保

在台開案起訴當天，趙建銘出庭時，審判長問他有沒有檢察官起訴的犯罪事實，趙建銘脫口答說「有」，讓律師嚇一跳，趕緊提醒他「不認罪」，他才改口說「不承認檢察官起訴的事實」。

公訴檢察官李傳侯指出，趙建銘父子與游世一等人內線交易獲利超過一億五百萬元，屬最輕本刑七年以上重罪；加上案發後，趙建銘曾找律師商討如何脫身，還想「赴日旅遊」，顯然有逃亡意圖，強調有繼續羈押必要。

可是合議庭認爲，被求刑十年的趙玉柱都沒被羈押，基於比例原則，最後裁定三人可以交保取代羈押，其中趙建銘以一千萬交保。當時，趙家即以極快的速度，在一個半小時後，以名牌手提袋帶來一千萬元現金，辦理交保。事後，趙建銘一方面宣稱：「我堅信自己是清白的」，一方面又因爲自己「沒有謹言愼行」，向「社會、民進黨、總統、夫人及老婆」三鞠躬道歉。

台開案檢察官這種「避重就輕」的辦案方式，顯然是想爲「第一親家」脫罪。在台開案被起訴，趙建銘以一千萬交保的當天，社會輿論反覆討論的問題是：如果陳水扁不斷利用總統權勢向有關單位施壓，我們的司法體系還有獨立辦案的空間嗎？我因此而產生出「總統停職，接受調查」的構想。

親綠學者的呼籲

日後的發展顯示：這樣的構想應當是解決各項紛爭的上上之策。七月十五日，十五位「親綠學者」發表〈民主政治和台灣認同的道德危機：我們對總統、執政黨和台灣公民的呼籲〉，指責陳水扁和民進黨「領導者以動員族群感情來取代反省」，支持泛綠的「民眾、甚至學界，則以認同立場來壓抑對民主的追求」，造成了社會的震撼！

呼籲指出：「民主品質的提昇，是台灣認同目前唯一可恃的基礎」，「當我們因認同立場，而放棄對提昇民主的追求，我們其實也殘害了我們的台灣認同」。親綠學者的呼籲指出了近年來台灣「民粹主義」的最大危機。可是，他們在聲明中並沒有清楚界定：他們所說的「台灣認同」是什麼。是「台獨」的政治立場嗎？難道有台灣認同的人就一定非得有「台獨」的政治立場不可嗎？除了「台獨」之外，台灣難道沒有其他的出路嗎？認同台灣的人難道不能爲台灣找到一條出路嗎？

正因爲對於這些問題都沒有經過清楚的辨證，這十五位親綠學者雖然認爲：「陳水扁的辭職將對台灣政治做出巨大的貢獻，對台灣民主發展也將有深遠影響，其價值遠超越司法正義所能衡量」，而認爲陳水扁應當「主動辭職下台」，可是，他們對陳水扁仍有迴護之心，既不贊成用群眾運動的方式逼迫陳水扁下台，也沒有交代台灣人民該如何爲司法正義創造條件。

第三節 秋鬥阿扁

在這些事件的激盪下，我在八月廿四日《聯合報》的「民意論壇」上，發表了一篇〈全民倒扁，秋後決戰〉的文章，主張以「和平而且合法的靜坐方式」，發動群眾包圍玉山官邸。在文章中，我很清楚地指出：「倒扁的群眾運動不發則已，一但發動，就要有長期作戰的決心，非要堅持到阿扁下台不可。七月溽暑，太陽極毒，自發性的群眾不可能做持久戰。因此必須等到入秋之後，再選擇最恰當的日子，號召全民上街頭，以『不達目的，絕不中止』的靜坐示威，逼迫阿扁下台。」

這篇文章的最後一段，更坦率地指出：

從三一九槍擊案件發生之後，馬市長一直是台北市群眾運動最重要的「隱形殺手」。民主行動聯盟在臨時起意的情況下，匆促開辦了「民主夜市」，卻因爲來不及申請，數度遭到大隊警察包圍，三次舉牌警告。目前我已經遭到台北市警局約談，並且收到法院的傳票。我們的政府對整飭貪腐極端無能，對壓制群眾運動卻非常有效。在這方面，哈佛法律系出身的馬市長可謂「貢獻良多」。因此，在全民展開包圍玉山官邸的倒扁行動之前，身爲台北「京兆尹」的馬英九必須說清楚：他到底是想當台灣的反對黨領袖，還是想當一個稱職的「九門提督」？

這篇文章發表之後，引起了極大的回響。七月卅日下午，我特意到馬市長辦公室，拜會馬市長，一方面請他見諒，一方面告訴他：應付這件事情的上策是在群眾發動時，「辭掉台北市長」，中策是「請假」，「依法驅離群眾」，則是下下之策。無論如何，一定要清楚表示：「我永遠跟民眾站在一起」。馬主席一面點頭，一面做筆記，卻沒有作任何具體的決論。

連署要求陳水扁自行下台的親綠人士，包括在美麗島事件受刑人中被刑求最慘的紀萬生。他在接受媒體訪問時，引述明治維新時代日本漢學家吉田松陰的說法：「生在一個不合理的時代，平安無事的男人，是不忠不義。」我看了之後，十分感動。在擬訂「全民倒扁行動綱領」時，想到「全民倒扁」的群眾運動，應當由政治受難人當「發起人」，教育文化界人士當「共同發起人」。因爲政治受難人的行動力比教育文化界人士強得多。當時，我所想到的不二人選，仍然是施明德。八月二日下午，我和張亞中教授，帶著那份「行動綱領」，再度拜會施明德。施明德看了後，認爲：「爲了避免引起藍、綠對立，你們的行動最好由教育文化界人士自行發起，不要把政治受難人捲進來。」我看到他態度如此，只得悵然告退。

不久之後，我聽到施明德即將發起倒扁行動，心中頗感意外。可是回頭一想：群眾運動倒扁，本來就應當由社會各界一起參與，「分進合擊」或許可以收到更好的效果。果不其然，八月九日，施明德以「老戰友」的身分，發表致陳水扁總統親筆函。質疑：「陳總統只要在位一天，台灣還有未來嗎？」希望阿扁能夠「給人民一個交代」，自行辭職下台，不要「官逼民反」。和親綠學者不同的是，他認爲：當道德勸說無法挽回時，「人民要站出來，要求阿扁下台」。

百萬人百元倒扁

施明德的公開信，造成了極大的震撼。許多以往挺綠的各界人士紛紛挺身出來表態倒扁。八月十二日上午，施明德在二二八公園紀念碑前，召開聲勢浩大的記者會，並公布「百萬人百元承諾金」計畫。他說，只要有一百萬人站出來支持「反貪反腐、阿扁下台」，不必等到九月九日，他馬上就會到總統府前靜坐，直到阿扁下台爲止。

「百萬人百元倒扁承諾金」確實是個十分成功的企畫案。這個企畫案公布之後，立刻風起雲湧，大家紛紛跑到郵局，匯一百元給倒扁總部。短短一週之內，總部募得的「倒扁承諾金」便突破了原先預定的一億元大關。

看到施總部人氣沸騰的盛況，民盟雖然十分羨慕，可是我們也瞭解：施明德的魅力是他廿五年政治受難經驗累積出來的，一般人根本無法望其項背。跟施明德號召的「百萬大軍」相較之下，民盟在「民主夜市」組成的「倒扁義勇軍」只能算是「游擊隊」。然而，我們對倒扁大業，始終是抱著「成功不必在我」的心態，全力以赴。當施總部公開拒絕跟民盟合作，我們仍然一本初衷，表示樂觀其成。當施總部發現：九月九日、十日兩天，凱達格蘭大道的靜坐現場已經被民盟借走，我們立刻公開表示：願意將凱道的使用權無條件讓給施總部。民盟自身則依照原訂的節奏，一步步推出我們的行動方案。

良心革命

民盟開始推動「倒扁行動」時，即將此一行動界定爲台灣社會道德價值重建運動，並據此而規劃出「借關刀、告城隍、請義民、拜媽祖」等四項深具文化象徵意義的宗教活動，希望凸顯台灣社會迫切需要的四項價值。這四項活動所蘊含的主題分別爲「全民倒扁，替天行道」、「威眾顯赫，懲奸除惡」、「全民起義，清廉革命」、「族群和諧，兩岸和平」，他們所要闡揚的價值則爲「正義、是非、誠信、和平」。

民盟規劃這一系列活動的用意是要「超越藍綠對立，喚醒社會良知」，因此，盡量避免碰觸政治議題。在我們依照原訂的計畫一步步推出這四項行動的過程中，突然獲知：陳水扁將在九月二日出訪南太平洋的島國諾魯和帛琉，我突然靈機一動，和民盟幹部商議後，決定將原計畫最後一部分「拜媽祖」改爲「送瘟神」，並提出整個行動計畫中最重要的訴求「總統停職，接受調查」。以下各節，我將逐一陳述這項行動計畫的每一個環節：

借關刀

八月十二日，民主行動聯盟到台南市關帝廟舉行「借關刀」儀式。我們一行三十餘人帶著謝大寧教授用駢文所寫的「討扁檄文」，乘坐一部遊覽車，一大清早便從大中至正門前出發，到達台南已經是中午時分。我們跟當地的民盟夥伴二十餘人會合後，前往關帝廟，看到賴注醒師父身穿袈裟，手執禪杖，已經在廟門口等候。中午大家在廟埕一面吃便當，一面跟當地民眾聊天，發現他們雖然對阿扁及第一家庭的作為十分不以為然，但是卻更討厭國民黨，因而減弱了他們心中的反扁力道。

到了下午二時，我們正準備由賴注醒師傅司儀依古禮舉行「借關刀」儀式，不料民進黨立委王幸男、台南市黨部主委邱莉莉、副議長郭信良等人，卻帶著五六百名支持者，拿著「中國人欺負台灣人總統」的布條，蜂擁而至。他們衝進廟埕後，警方急忙築起數道人牆，將雙方隔開。王幸男大聲指責，民盟沒有事先申請集會遊行，是違法集會，要求警方依法解散。台南市警一分局長吳文忠解釋，廟會祭拜屬民間信仰活動，並非集會遊行，也不需要申請核准。王幸男立即要求，他們也要到廟內祭拜。我們馬上向警方抗議，希望等我們儀式做完之後，再讓他們進來祭拜。

然而，警方顯然無法呼應民盟的要求。當我們在關聖帝君神像前行三跪九叩大禮時，王幸男帶著大批人馬衝進神殿，雙方推擠叫罵，中間僅隔著警方一道單薄的人牆，有些暴民還企圖搶奪民盟所拿的旗幟。

在綠營支持者大罵「中國豬拜台灣神」的叫囂聲中，我用台語透過麥克風，大聲宣讀〈全民倒扁，替天行道〉的檄文，指責陳水扁執政六年來的種種不是，號召群眾，包圍官邸倒扁，不達目的，絕不中止。

綠營支持者愈聽情緒愈發激動，在我檄文快唸完時，有一個綠營支持者竟然跳上神桌，飛身越過警方人牆，一把搶走了我手上的檄文。我依舊不為所動，大聲唸出我們事先編好的「倒扁歌」：「九月九，阿扁走；玉柱倒，駙馬跑；眾人笑，阿珍嚎；歪哥仙，傾奋斗！」

「借關刀」儀式舉行完畢，廟埕上擠滿了綠營支持者，警方人牆也已經被衝得不成陣式，民盟一行人只好在單薄警力的保護下，從側門離開。在前往乘坐遊覽車的路途中，支持綠營的暴民還成群結隊，向我們丟擲石塊、雜物，我的頭部被一瓶礦泉水擊中，張亞中教授身上也挨了兩顆雞蛋。

政治迫害宗教

事後，民盟對這次行動作了徹底的檢討，我們認爲：這次「借關刀」的行動基本上是成功的。它不僅凸顯出綠營支持者認知系統中將「台灣／中國」、「本省／外省」用二分法切割的荒謬，而且暴露出綠營支持者企圖以政治干預宗教的懦弱和無知。就我記憶所及，因爲彼此政治立場不同，而在對方祭拜時，衝入神壇，搶走祭文的事件，在台灣歷史上似乎從來沒有發生過。這難道不是赤裸裸地以政治暴力迫害宗教嗎？

我的祖先在乾隆年間渡海來台，我是第七代福佬人，關雲長是山西人，我到關帝廟「借關刀」倒扁，在綠營支持者看來，居然變成「中國豬拜台灣神」，這難道不夠荒謬嗎？王幸男是基督教長老教會的信徒，他在政治力的驅使之下，做出這種迫害宗教的行動，無怪乎事後台南關帝廟的信徒，談起這件事的時候，都會憤憤不平地說，這是「拜耶穌的欺負拜關公的」！

八月十二日，民盟是採取「出其不意，攻其不備」的方式，沒有向警方報備，便直接帶領人馬到台南關帝殿「借關刀」。這種作法確實也收到「奇襲」的效果。民盟南下那一天，傳聞要先到陳水扁的故鄉，台南縣官田鄉西庄村去嗆聲，扁媽十分擔心，一大早就動員村民群聚在西庄村入口處等候。麻豆警分局更調派近百警力支援，在扁祖厝附近拉起紅線，謝絕參觀。結果證明他們是疑心生暗鬼，虛驚一場。

然而，這種作法對民盟也有不利之處。由於我們沒有事先向警方報備，警察派來維持秩序的人力明顯不足，整個祭拜過程也是險象環生。因此，我們決定改變策略，在民盟到嘉義市城隍廟進行第二個行動「告城隍」之前的八月十六日，我先到嘉義市去「拜碼頭」。

告城隍

民盟在嘉義市的聯絡人是外號叫「老K」的張孟崇，他是民進黨的創黨黨員之一，在地方上人脈豐沛，草根性十足，戰鬥力極強。政治立場轉變之後，在雲嘉工商廣播電台主持節目，經常在節目中舌戰群雄。我到嘉義市之後，他不僅帶我到市警局向局長聯絡，同時還去拜會各地角頭。當天下午，還到他所主持的電台上節目，接受聽眾的叩應。

這一招確實收到了效果。八月十九日，民主行動聯盟到嘉義市「告城隍」時，遊覽車一下交流道，地方人士立刻開一部宣傳車前來迎接，同時還有警車開道。到了城隍廟，警方已經出動了四、五百名警察嚴陣以待。問題是：嘉義市和台南市一樣，都是屬於「深綠地帶」，民風十分強悍。當我們進城隍廟準備祭拜時，當地挺扁的市議員王美惠等人，已經動員數百名「諸羅山義勇軍」，開來數部宣傳車，將廟門口團團圍住，並用擴音喇叭，隔著警方的三、四道人牆，大聲叫罵。

堅持宗教自由

由於警方已經有十分周全的準備，這次「告城隍」儀式也按著既定的程序進行。我在唸「告城隍文」時，故意用台語細數阿扁的十大罪狀，祈求城隍爺擿奸發伏，主持人間正義。挺扁人士同時

2006 年8 月19 日，嘉義城隍廟大門外，兩軍對峙；廟內「告城隍」擺開陣仗。

也將喇叭音量放到最大，全力干擾。他們雖然叫嚣著要衝進廟埕，但因爲警方人牆相當厚實，他們的衝撞行爲始終無法得逞。

將祭文焚燒後，「告城隍」儀式順利完成，民盟要離去時，大批挺扁人士已經將城隍廟門口完全堵住。警方擔心雙方起衝突，要求我們從側門離開。民盟卻排成隊伍，以「政府必須保障人民的宗教自由」，據理力爭，堅持一定要從正門整隊離去。雙方僵持了二十幾分鐘，最後警方只好讓步，由大隊警察排成人牆護送民盟隊伍離開城隍廟。

在「豆類一族」的鼓聲帶領下，民盟整隊走出正門時，挺扁人士情緒更爲激動，他們一面用擴音器大聲怒罵，一面往前推擠，同時又站在宣傳車上，不斷對民盟隊伍撒冥紙、澆水、丟寶特瓶。民盟隊伍不顧挺扁人士的暴力恐嚇，在警方護衛下，回到遊覽車，開回台北。在整個告城隍的過程中，大家雖然身心飽受威脅，心情卻相當愉快。

請義民

繼「告城隍」之後，民盟規劃的第三次倒扁行動是「請義民」。這次行動也有其特殊的文化與社會意涵：「義民廟」位於新竹縣新埔鄉，是客家人建立的廟宇，全台灣獨一無二。它的起源也蘊含有非常深遠的社會意義：在清朝乾隆年間，林爽文打著「反清復明」的旗號，在台南發動叛亂，鴨母王朱一貴帶著民眾群起響應。他們一時找不到明朝衣冠，就借用戲班穿著的戲服，打扮成文官武將，浩浩蕩蕩，殺向北部。

當林爽文的叛軍殺到新竹附近，當地客家村莊的民眾自動組成義軍，雙方在新竹附近發生激

2006 年 8 月 26 日，新竹義民廟前「請義民」活動。

戰，客家義軍死了兩百多人。客家鄉親用牛車載著他們的屍首回家鄉，到了義民廟附近，牛車再也走不動。鄉親們擲筊請示亡靈後，決定將義軍屍首埋在這塊風水極佳的美地，並建立義民廟代代奉祀。

「請義民」的構想源自於民進黨前組織部副主任莊嚴，它蘊含有「良心革命，全民起義」的意義。民盟到義民廟「請義民」時，特地邀請民進黨前主席許信良跟我們同行。許主席是桃園地區的客家人，因爲台灣南北部對統、獨立場有明顯的差異，也因爲許信良的影響力，民盟到義民廟時，不僅有上百警力嚴陣以待，也有許多鄉親前來迎接，整個祭拜過程也相當順利。

我們一行人先在義民廟廣場上香祭拜玉皇大帝，然後從正殿向義民爺上香、獻果、行三跪九叩之禮。儀式正在進行時，不料有一位挺扁的陳姓酒商突然大叫：「我抗議！」他說民盟不能請義民爺反對國家元首，但話還沒說完，已經引起在場民眾公憤，並差一點遭到鄉親圍毆。警方看情勢不妙，立刻築起一道人牆，保護他離開現場。

在向義民爺宣讀並公開焚燒檄文之後，我和許主席分別用客家話和福佬話向鄉親們道謝，我在致詞時，特別說明：義民爺的源起是因爲「閩、客衝突」，今天義民精神已經成爲台灣人民共同的偉大資產。民盟到義民廟「請義民」，是希望「族群和解」，任何政治勢力都不能用挑撥族群的方法來維護政權，人民應當覺醒過來，大家一起反貪腐，打倒貪腐政權，建立台灣的清廉政治。

當我講完後，鄉親們不僅熱烈鼓掌，而且紛紛捐錢給民盟，當天總共募到七千多元，是民盟展開倒扁行動以來所收到的第一筆民間捐款，讓我們心中感到無限的溫暖。

第四節　送瘟神

「告城隍」結束之後，民盟立刻開始規劃我們整個倒扁計畫最重要的一個環節「送瘟神」。這時，正是在施明德公布「百萬人百元倒扁行動方案」之後，倒扁行動氣勢如虹，短短一週之內，募得的款項已經衝破億元大關。

圍剿施明德

民進黨眼見情勢不妙，立刻動員各種力量，對施明德展開無情的攻擊：首先是民進黨立委陪同他離婚已三十幾年的前妻陳麗珠一起開記者會，公布他在獄中寫給蔣介石的「求饒衣」；接著他的前妻艾琳達及女兒施珮君都出面指責他薄情寡義，不照顧妻女生活。民進黨立委王世堅及林國慶則爆料指控，施明德接受東帝士負責人陳由豪在南港提供的豪宅供養。許多獨派政治人物也紛紛跳出來，痛罵施明德是「失意政客」、「流浪狗」、「政治牛郎」、「接受泛藍金錢」，是「賣台集團第一勇士」！甚至連民進黨主席游錫堃也出面爆料，說施明德發起倒扁運動，是因為向陳水扁「求官不成」！

陳水扁則在眾多黨羽的護衛之下，故作輕鬆，擺出一副好整以暇的姿態，幾乎每天都在接見外賓。八月廿三日，他在接見德國國會議員訪問團時表示：台灣已經是民主國家，合法集會、靜坐都會受到保障。他可以向施明德保證，「不會讓施有坐牢的機會」，也「不會麻煩他寫求饒信給總統」！

時至不行，反受其殃

陳水扁嚴厲的攻勢，對施明德的心情造成了相當大的影響。他在接受媒體訪問時，一面反駁各種不實傳聞，一面表示：他站出來倒扁，事前已料到會有極大壓力，但「眞的是沒想到這麼醜陋，這麼殘忍」，「連國民黨對我都沒有這麼殘忍」！

他說，美麗島事件發生後，他曾經逃亡一陣子，所以最晚被關。他被關時，相關人士就把其他受刑人的自白丟給他看，叫他認罪。「沒有白色恐怖苦難歲月的人，根本不知道那有多悽慘」，所以前幾年副總統呂秀蓮自白書被公布時，他就忍不住跳出來說話，這次民進黨這樣對他，同爲美麗島受難者的民進黨前主席林義雄、考試院長姚嘉文，爲什麼都不站出來說半句話？

民進黨的密集攻擊，使得施明德情緒低落。連帶著「百萬人靜坐倒扁」的時程也遲遲未能公布。八月底，當民盟確知：陳水扁將於九月三日出訪位於南太平洋的帛琉、諾魯之後，八月廿七日，立即在大中至正門前召開記者會，宣布民盟將於九月一日率先啓動「良心革命」：如果陳水扁不取消出國訪問，民盟將在九月二日舉辦「送瘟神」活動，希望陳水扁從此不用回國。當時，我引用姜太公兵法上的一句話：「天予不取，反受其咎；時至不行，反受其殃。」希望施明德的倒扁總部儘快決定行動時間，同時也呼籲國親，提供必要資源，讓各級黨部自主性動員；不要只說什麼「讓黨員以個人名義參加倒扁」。

據說，施明德聽到我引述的姜太公兵法，相當不悅地對記者說：「讓黃教授來當總指揮，好不好？」「我帶領的是百萬大軍，又不是民盟的游擊隊！」

告三軍將士書

施明德肩負百萬人倒扁的重責大任，他會這麼說，我完全可以理解。第二天早上，民盟照原訂計畫，先到台北圓山忠烈祠，舉行「犒三軍」儀式。不料到了忠烈祠，卻發現平常假日開放給民眾參觀的大門，不僅緊閉，而且還有拒馬擋道。我們向管理人員接洽，希望進入忠烈祠參拜，結果竟然跑出一隊手持盾牌的警察，堵住大門，表示：明天九三軍人節，因為陳水扁要到忠烈祠祭拜先烈，今天不對外開放。我們不得已只好在門外發表〈告三軍將士書〉，內容強調：

效忠國家與代表國家的三軍統帥，固然是軍人的義務與天職，然而，當國家的領導人不顧人民生計日艱，卻只知縱容親私，貪贓枉法時，依照憲法的精神，人民有反抗的權利，軍人也不再有服從的義務。

如今，台灣人民的不滿已經匯聚成一股難以遏阻的洪流，倒扁行動一觸即發。《詩經》說：「糾糾武夫，國之干城」；孟子說：「聞誅一夫紂矣，未聞弒君也。」在這個歷史的關鍵時刻，我們相信：國軍將士一定會發揮「力抗強權，保衛人民」的傳統軍魂，不會成為「國家暴力」鎮壓群眾運動的工具，而會決心成為眞正保衛人民的「國之干城」。

這篇〈告三軍將士書〉是以白話文寫成，其體例和「借關刀」、「告城隍」、「請義民」燒的檄文完全不同，明眼人一看就知道它有十分重要的現實意涵。當天晚上，民盟在中正紀念堂門口搭了一個舞台，並舉辦「送瘟神」的活動。

送瘟神儀式

「瘟神」也是台灣的民間信仰之一，像屏東東港每三年總要舉行一次「燒王船」儀式，祭拜的「溫王爺」其實就是「瘟神」。台灣每當社會上有瘟疫流行，以致人馬不安的時候，民間就要舉行「送瘟神」儀式，祈求風調雨順，國泰民安。阿扁出國訪問前夕，民盟舉辦「送瘟神」儀式，用意十分明顯。

當天晚上的活動，先表演一場布袋戲《收妖記》開鑼，接著四尊七爺、八爺在鑼鼓陣中出場舞動，再由藝術造詣極高的一團八家將上場表演「鬥瘟神」。在暗夜的廣場上，身披道袍的法師在強烈燈光的照射下，帶領八家將展演出鬥瘟神的舞步，現場數千名群衆的情緒也跟著High到最高點。

接著，在「豆類一族」雄壯的鼓聲中，由范、謝二將軍開道，八家將殿後，群衆們戴起民盟爲大家準備好的各式面具，整隊走到玉山官邸去「捉瘟神」。警方得到情報，早已在愛國西路和中山南路交界口架起鐵絲網拒馬，並派出數百名全副武裝的鎮暴警察，在玉山官邸前面嚴陣以待。

其實這一切都只是虛晃一招。「捉瘟神」的隊伍走到拒馬前，跟警方發生零星推擠，警方二度舉牌，警告行爲違法，張亞中教授與警方協調後，便帶隊折回大中至正門，當天晚上的活動也平安落幕。民盟眞正要推出的是第二天早上的「召七魂」行動。

2006 年 9 月 2 日，中正紀念堂「送瘟神」活動。

總統停職，接受調查

九月三日早上，陳水扁出國到南太平洋訪問。在確定他所搭乘的空軍一號專機已經起飛之後，民盟立刻提出我們在整個倒扁活動中最重要的訴求「總統停職，接受調查」。我們認爲：如果陳水扁繼續留在總統職位上，對司法單位施加壓力，則檢調司法體系必然很難公正辦理第一家庭所涉及的各項弊案。因此「副總統呂秀蓮應立即宣布暫代陳水扁總統職務，讓陳總統接受司法調查。如果調查結果證明陳總統無辜，即可立即復職；如果陳總統確實涉案，則應由呂秀蓮正式接任總統，並恢復正常憲政程序」。

在我們看來，這種作法是打破國內憲政僵局、避免國家危難，最直接、最節省社會成本、而且副作用最小的途徑。當然，由於憲法本文與增修條文中並無「總統停職」的規定，趁總統出國訪問，提出這樣訴求，一旦落實，就是所謂的「柔性政變」。然而，我國憲法第四十九條規定：「總統因故不能視事時，由副

2006 年 9 月 3 日，中正紀念堂廣場。

總統代行其職權。」第一家庭弊案紛擾已經超過半年，陳水扁不僅已經成為「跛鴨」，有人說他根本是「板鴨」，日本媒體甚至說扁政權已經「死體化」，說他「因故不能視事」，誰說不宜？

反貪腐是「基本人權」

要落實這樣的訴求，必須獲得各政黨的支持。民盟在提出「總統停職，接受調查」的主張後，立即將其書面說明及一份「同意書」傳真給六個政黨和呂副總統，並且分別和他們聯絡，希望能夠獲得他們的支持。民進黨的反應是：「尊重這種主張；謝謝，但不接受拜訪。」台聯黨表示：他們會開會，愼重討論後才能作決定。無黨聯盟則因為主席張博雅出國，聯繫不到本人。

在藍營方面，新黨表示願意支持這樣的構想，但「我們是小黨，這種事必須得到大黨的強力支持」，親民黨沒有明確表態，但態度也類似於此。

我們當然瞭解：要落實這樣的主張，必須獲得主要反對黨的支持。民盟把「總統停職，接受調查」的說法和「同意書」傳眞給國民黨之後，當天晚上，我上陳文茜主持的電視節目「文茜週報」，應邀的來賓還有紅衫軍決策核心小組的成員陳耀昌醫師和魏千峰律師，以及媒體名人H君。陳醫師是呂副總統醫療小組的召集人，H君跟呂副總統關係也十分良好。他們在節目上一再強調「反貪腐是基本人權」。下節目後，我對他們說：既然呂副總統一向主張「人權立國」，現在就應當抓住陳總統出國的機會，宣示「反貪腐」的立場，並支持民盟的行動方案。H君表示，他願意設法把這樣的觀點轉告呂副總統。

第二天，我和H君聯絡時，得到相當正面的回應。但他認為：要落實這樣的行動方案，一定要得到在野黨的支持，否則不可能成功。我們聽了後，大感振奮，立刻和國民黨聯絡，希望能得到在野黨的支持。國民黨高層最後的決定是：「呂副總統有所回應，我們一定會進一步回應。」

功敗垂成

由於當時呂秀蓮對於倒扁立場態度曖昧，很多人在媒體上公開說她「白天挺扁，晚上倒扁」。知道國民黨的最新決定之後，謝大寧、張亞中和我，立刻邀H君到一家小茶館，商討行動細節。我們的構想是：由呂副總統在總統府召開人權會議，邀請民盟學者參加。我們在會議上竭力主張：「反貪腐是基本人權」，然後拿出同意書「逼宮」，要求呂副總統簽字，同時召開記者會對外宣布；再由在野黨宣布支持這項行動。

H君答應把整個行動方案轉交給呂副總統。第二天，九月六日下午七時，陳水扁就要結束他的訪問南太平洋之旅，返回台灣。因此，我們只有一天的時間完成這項行動。我們在確認H君已經把行動方案呈交給呂副總統之後，就只能在安靜中等待。然而，那一天我們一直等到陳水扁回國，呂秀蓮始終沒有進一步消息。

直到今天，我們仍不知道：爲什麼呂秀蓮不作任何回應。這個問題，或許我們永遠得不到答案。可以確定的是：民盟精心規劃的這一系列倒扁活動，已經功敗垂成了。

中國古代兵書《九州春秋》上有一段話：「夫難得而易失者，時也。時至而不旋踵者，機也。故聖人常順時而動，智者必因機以發。」作爲一個組織的領導人，最重要的能力就是要「把握時機」，作出正確的決策。時機到了，還瞻前顧後，不敢當機立斷，幸運之神怎麼可能一再來敲你的門？

第十一章　紅衫軍倒扁

民盟規劃的倒扁活動雖然失敗，可是，民盟仍然抱著「成功不必在我」的心態，認爲：以群眾運動倒扁，是整個台灣社會共同的事，我們仍然十分樂於側翼協助紅衫軍，希望大家共同完成倒扁大業。

第一節　九一五圍城

八月中旬，施明德以沛然莫之能禦的聲勢，短短七個工作天，便號召了一百萬人，每人繳交一百元承諾金，來參與倒扁大業。

阿扁貪腐的四大罪狀

在社會各界的殷切期盼下，倒扁總部終於將發動靜坐日訂在九月九日，並於前一天，以一個現場播放的短片控訴陳水扁的四大罪狀：

1. 下台承諾跳票：
- 總統府於四月十三日發布新聞稿，說陳總統若拿了李恆隆等四人的 SOGO 禮券，就要下台。
- 陳總統在九月五日於帛琉與媒體茶敘時，改口承認拿過禮券，是由李恆隆的姊姊送給替她醫病的黃芳彥，再轉送第一家庭。

2. 國務機要費：
- 陳總統九月五日在帛琉與媒體茶敘時承認，曾經利用外來發票來核銷國務機要費。

3. 拒絕審計部查核：
- 審計部發言人王永興對立委表示，審計人員曾要求總統府出示國務機要費單據，但府內人員拿出三個信封，表示如果看了會死人。
- 王永興在立院與民進黨立委王世堅互嗆時曾表示，如果要他把國務機要費的實情說出來，王世堅會下不了台。

4. 珠寶漏報：
- 監察院指陳總統夫婦未依規定申請珠寶。

●監察院三次要求第一家庭補報珠寶資料，但陳總統於九月五日在帛琉與媒體茶敘時表示，爲了出借人生命財產的安全，不能公開。

和國民黨第一次發動罷免總統時所提的「十大罪狀」相較之下，反貪腐總部所提的這「四大罪狀」不僅較爲務實，而且具體擊中陳水扁貪腐的要害。總部發言人盛治仁問國際媒體：「如果他（扁）是你們國家的總統，你們能接受嗎？」

施明德粉墨登場

八月廿四日，我的朋友熊秉元教授在報紙上發表了一篇文章，題目是「施明德粉墨登場」，對施的性格有極貼切的描述：「他有點像是一位演員，但戲路有限；他用幾十年的歲月，慢慢等待機會，希望等到適合自己的戲碼」，「他眞正想演的戲，是在大是大非的關鍵時刻，能粉墨登場，喚醒民眾，引領風騷。二十七年前高雄事件反國民黨時是如此，現在百萬人倒扁，也是如此。」

熊教授說得一點不錯。九月九日下午，成千上萬的群眾不怕大雨滂沱，開始往凱達格蘭大道上聚集。三時左右，當司儀宣布施明德抵達現場，廣場上群眾的情緒瞬間沸騰起來，並形成一股以施作爲「圓心」的漩渦。身穿紅衣白褲的施明德，臉上掛著從容自在的笑容，他不發一語，只高舉右手比出倒扁手勢，群眾也跟著他手勢的節奏，高呼「阿扁，下台！」

在大批群眾的熱情簇擁下，施明德開始繞行由中山、信義、仁愛三條路構成的「納斯卡線」。下午五時，施明德回到凱達格蘭大道，並上台發表演說。他慷慨激昂地質問陳水扁：「你的政令所及，已經出不了總統府。你是要下台，當一個自由人，還是要當總統府的囚犯？」「這是歷史的一刻，全世界都在看！」「阿扁不下台，我們絕不中止！」

和平、非暴力路線

施明德的魅力確實無人可及。據倒扁總部的估計，倒扁活動首日的參與人數已經突破三十萬人。其後七日的圍城活動，場面也都十分壯觀。然而，從倒扁活動一開始，施明德就承認自己有「老革命的溫情主義」，認爲這個活動的目標是要「倒扁」，而不是要「倒民進黨」。他並不認爲：呂秀蓮能夠當一位適任的國家元首，因此，呂秀蓮是倒扁運動必須考量的重要因素之一。在種種因素之下，他決定採取「和平、非暴力」的路線，希望群眾運動能夠促使阿扁自動請辭下台。

「和平、非暴力」路線決定了這場倒扁運動的命運。在百萬人圍城的九月十五日，傍晚雖然下著傾盆大雨，但澆不熄群眾高亢的倒扁熱情。民進黨前主席許信良和民主行動聯盟的主要幹部站在同一部指揮車上，帶領群眾，在玉山官邸前面，高呼倒扁口號。

許信良的呼籲

眼見一波波的群眾從四面八方不斷蜂擁而至，許信良透過高功率麥克風，對群眾喊話：「根據媒體報導，現在已經有七十五萬人站出來了。明天民進黨要在這裡舉行十萬人挺扁大會。他們的群眾都是用遊覽車從南部動員來的。只要我們今天不散，明天他們一定不敢來。今天我們就在這裡不解散，好不好？」

群眾一聽，士氣如虹，齊聲應：「好！」

我聽到這樣的訴求，也覺得機不可失，立刻接著喊話：「許主席講得對。今天我們有七十五萬人，三分之一留下來，也有二十五萬人。他們只有十萬人，一定不敢來。明天是星期六，後天是禮拜天，有人累了，回家休息，精神養好了，再回來。大家一起挺到底，好不好？」

群眾又是一陣歡呼：「好！」

不久，立刻有民盟幹部把我拉到一旁說：「黃教授，這個場子是施明德主導的。我們說不散，如果倒扁總部決定要散，怎麼辦？」

我們幾個核心幹部商議，決定由張亞中教授向大家宣布：「群眾運動是整體的。我們必須跟倒扁總部行動一致，不能自亂陣腳。現在我們立刻把大家的要求傳給施總部，如果施總部說不散，我們就不散；如果施總部要解散，我們就解散，好不好？」

群眾又齊聲應：「好！」

圍城成功？

倒扁總部最後還是依照原計畫，轉移陣地，將紅衫軍移轉到台北火車站。我們聽到這個訊息，只好開動指揮車，將群眾帶到景福門。確定紅衫軍已離去後，才宣告解散。

當天晚上十一點，施明德站上台北車站南廣場舞台，他揮手向群眾示意，震天呼聲在瞬間安靜下來。他說：「這是台灣人民的勝利！」「感謝上帝，賜給台灣這樣可愛的人民！」「人民的聲音就是代表上帝的聲音！」「感謝上帝，感謝上天！」隨後他滿臉嚴肅地跪下，台上幹部也跟著跪下。原本靜默的群眾響起如雷掌聲，大家不停地高喊：「施明德，加油！」

第二天，台灣各大媒體頭版都以斗大的標題報導「圍城成功」。就「群眾動員」的角度來看，圍城固然是成功了，然而，就「倒扁」的目的而言，圍城眞的成功了嗎？

跨夜靜坐的權利

在九一五圍城之前，警方對於百萬人反貪腐行動聯盟是否可以進行廿四小時的跨夜靜坐，一直有不同的見解。台北市警察局長王卓鈞表示，群眾在場內跨夜休息視同逾時，是不可以的，警方將依法勸離。

中正一分局長李金田則強調，警方對跨夜靜坐目前傾向依法蒐證偵辦，但如果是隔天有其他團體使用該場地，例如九月八日晚間、九月十五日晚間，基於尊重申請人的權利，警方一定會採取淨空措施，方式有很多種，必須視當時狀況決定。從柔性勸導到強制執行，必要時會採取噴水驅散，如果情況失控、失序，最後就是逮捕、抓人。

九月二日下午，台北市長馬英九召開記者會，以「維護自由民意的表達是民主社會的目標」爲前提，指示市警局依集遊法二十六條，「附條件許可反貪腐運動廿四小時集會遊行」。馬英九說，凱達格蘭大道及周邊地區舉辦的集會倒扁、反貪腐活動，主辦單位必須具結承諾「不能危害安寧、治安、交通、人民生命財產」。一旦發生違反承諾之事，就根據情節採取必要的行動，包括制止、排除或命令解散。

馬英九也說，集會遊行是憲法賦予人民的權利，警察只能審查有無明顯而立即的危險（clear

and present danger）。這是大法官釋字第四四五號解釋的用語，這也是美國最高法院早年的用語。如果沒有危險的話，必須給予許可，因爲這是人民權利，政府沒有權利剝奪。

換句話說，在九一五圍城之前，市政府已經說得十分明白，只要紅衫軍把握住「和平、非暴力」的原則，展開廿四小時跨夜靜坐，警察是不會前來取締的。群眾運動的基本律則是「一鼓作氣，再而衰，三而竭」，倒扁總部沒有把握住「一鼓作氣」的原則，痛失良機，實在令人扼腕不置！

抹紅策略

九月十六日，民進黨以「台灣社」的名義，在凱道舉辦「我們在向陽的地方」集會。在此之前，民進黨主席游錫堃在華府智庫向台僑說，施明德發動穿紅衣的倒扁運動，與紅色共產黨領導人毛澤東的卅週年忌日相呼應，「台灣街頭已經出現紅色恐怖」，因此「綠色的聲音要出來！」

當天下午三時，民進黨從南部各縣市強力動員支持者北上參加「挺台灣」集會。在這項號稱有十萬人參加的集會上，游錫堃一上台就用「各位台灣國的主人」向大家問好。他說，倒扁靜坐都穿紅衣，也沒有看到一面中華民國國旗，這就是「替中國人糟蹋台灣人」，「台灣人不能讓人看衰小！」

在場的群眾也跟著高喊：「台灣國萬歲！」在群眾激憤之下，在場幾家一向被認爲態度傾藍的媒體記者，都受到暴力威脅，而不得不離開現場。

游錫堃的「抹紅策略」果然奏效。台北圍城之後，倒扁總部立刻宣布：第二階段倒扁的「遍地開花」計畫，預計在台中、桃園、高雄、台南及花蓮等城市繼續圍城，讓陳水扁沒有可以落腳之地。然而，在南部縣市，每當有群眾響應倒扁總部「遍地開花」的號召，而舉辦倒扁活動時，就有挺扁群眾出面對抗，台灣社會已經很明顯地撕裂成爲兩半，高雄、台南、屏東等地都相繼發生衝突。

在挺扁民眾的支持下，阿扁也不斷地用「抹紅策略」進行反擊。二十日，民視播出一則新聞指稱：倒扁總部提出的「遍地開花」，是出自三〇年代一首共產黨的歌〈桂花遍地開〉；紅衫軍穿紅色衣服，主張「天下圍攻」，很像文化大革命時期的紅衛兵。

李登輝表態

二十一日，陳水扁到蘇澳白米社區訪察，在路口遭到數十名紅衫軍嗆聲，高喊「阿扁下台」。但他進入白米木屐館，現場立刻響起挺扁聲音。挺扁人士穿著白上衣，大家豎起大拇指，高喊「總統加油」、「台灣國加油」、「台灣國的總統加油！」阿扁也對著媒體豎起大拇指，信心滿滿地高喊「台灣加油！」

台灣社會明顯的兩極對立，連李登輝都看不下去了。九月廿三日，在李登輝學校校友會上，李登輝嚴詞批評政府未以改革來回應群眾的抗議，反而在九一六動員反制倒扁，在比誰的聲勢大。「這樣對嗎？政府應該派人去安慰一下嘛！」

他表示，民主制度保障以群眾運動表達意見，但他同時也暗批倒扁行動「以非民主的手段，不可能達到民主的目標」，所有紛爭都應該在民主機制及法制下運作，不應該玉石俱焚，「台灣又不是在革命！」

我在一九九五年出版的《民粹亡台論》中，很明確地指出：李登輝是台獨民粹主義的始作俑者。他所主導的六次修憲，將中華民國憲法修成總統有權無責的「大總統制」或「皇帝制」，讓陳水扁得以大權獨攬，才造成了今天的局面。然而，李登輝對所謂「民主機制」的信心，卻是毋庸置疑的，所以他才會在這個關鍵時刻，冒著失去「台獨基本教義派」支持的危險，跳出來講這番話。

第二節　天下圍攻

九一五圍城未能一戰成功，讓陳水扁自動請辭下台，反倒在台灣各地引發激烈的藍、綠群眾對抗，讓很多倒扁群眾感到相當失望，大家對倒扁總部預計在十月十日發起的「天下圍攻」都充滿了期待。由於扁政府當天要舉辦國慶大典，在總統府四周劃了很大的封鎖線，因此倒扁總部率先發出動員令，號召兩百萬紅衫軍，在警方封鎖線外集結，發動「圍攻計畫」。

決戰的時刻

雖然倒扁總部一再強調：整個活動將秉持「愛、和平與非暴力原則」，以靜坐及遊行爲主，不會衝撞拒馬，會讓國慶大典順利舉行。然而，因爲倒扁總部率先進行反暴力預演，教導大家遭到警方沖水或抬離的標準應變動作；同時又呼籲紅衫軍：背包中要裝禦寒衣物、乾糧、雨具及收音機，總部屆時將會透過收音機來傳達指令。許多人都認爲：這應該是跟阿扁進行持久決戰的時候了！

雙十國慶典禮在總統府前舉行，總統陳水扁致詞時，身穿紅衣坐在旁邊觀禮台上的國親立委高喊：「阿扁下台！」並拉起了「阿扁下台」的橫幅。坐在後方的民進黨立委出手制止，雙方因而拉扯互毆。

在親民黨主席宋楚瑜引導下，倒扁立委企圖衝向主席台，但是被大批安全人員攔阻，並沒有成功。這些紅衣立委被安全人員引導離場後，就在三軍儀隊行進時，高舉倒扁橫幅，在儀隊旁來回遊行。

在倒扁立委的干擾下，陳水扁並沒有停止演說。但他語氣激動地表示，大家對國慶活動有這麼多意見，參加得又勉強，他建議立即檢討，從明年開始不再舉辦。

典禮結束時，陳水扁一反往年「中華民國萬歲」的口號，而帶領群眾高喊「台灣加油」。除了倒扁立委外，一些海外華僑也在會場上高喊倒扁口號。在其前方的便衣人員則以歡呼來蓋過這些口號。

拍照留念？

在典禮場外，則由身穿紅衣的倒扁紅衫軍進行「天下圍攻」。警察與憲兵在總統府周圍架起了三道封鎖線，倒扁紅衫軍在第三道封鎖線外，隔著拒馬鐵絲網向總統府方向高喊「阿扁下台」口號。

在十月九日晚上，民盟從南部動員了好幾部遊覽車的「倒扁義勇軍」，在台北市政府前面廣場舉行「導馬倒許晚會」，要求國民黨主席採取積極行動，逼迫基隆市長許財利下台。第二天，民盟又在整個封鎖線距離總統府最近的仁愛路和林森南路交界口，聚集大批紅衫軍，用指揮車上的高功率喇叭，帶領群眾，對準總統府，反覆大喊：「阿扁下台！」

我們看著一波波的紅衫軍，一面比出倒扁手勢，一面高呼倒扁口號，場面眞是無比壯觀！尤其當施明德乘坐的指揮車在群眾蜂擁之下通過時，在場「倒扁義勇軍」高呼「施主席加油！」的聲音，更是響徹雲霄！

然而，到了接近中午時刻，紅衫軍的遊行人潮逐漸變稀，我們卻聽到倒扁總部的廣播不斷催促：「請大家往火車站的方向移動！現在直升機已經在上空，我們要拍照了，全世界都在看！請大家儘速往前移動！」現場已經有人開始質疑：「我們到底是來倒扁，還是來拍照的？」

比例原則

爲了因應紅衫軍的「天下圍攻」，警政署除了中部、南部打擊中心之外，其他七個外勤隊，至少都派一個組進駐市刑大，雖說是「協同辦案」，不過，卻有「中央接管地方」的意味。在「天下圍攻」當天，警政署擔心紅軍深夜不散，不只先支援了第一梯次三千四百名警力，還緊急再從南投、嘉義、台南、高雄等地，抽調二千多名保安警力連夜北上，準備集結待命執行強制驅離。

十月九日，紅衫軍展開「天下圍攻」前一天，台北市長馬英九對記者表示：一直有謠言指中央將接管現場，但依據地方自治法，唯有中央認爲北市執行懈怠，且要求改善又不改善，才可能代爲行使職權。治安事項北市有權請求中央支援，但中央沒有準備部隊可以來接管，純屬謠言。

馬英九表示，台北市政府與倒扁總部有多重聯繫管道，已大致上獲得共識。因站前廣場是合法申請，但忠孝西路是違規使用，且今天是正常上班上學日，若忠孝西路被佔用，對北市交通將產生重大影響，因此才希望倒扁總部配合。

馬英九與施明德「熱線溝通」後，施明德將馬英九的提議跟幹部討論，幹部一致反對讓出全部的忠孝西路，要讓也只能讓四個車道。施明德將這項結果向馬英九回報，最後雙方各退一步。

馬英九說，警方的「比例原則」是「人多時開放使用車道，人少時還回車道」，用鐵腕反而會製造更多問題。倒扁總部已承諾午夜十二點自己勸導民眾後退，希望活動能圓滿落幕。

柔性驅離

倒扁總部發動「天下圍攻」成功，晚上遊行結束，群眾依然情緒亢奮，隨即佔領忠孝西路車道。凌晨三、四時，仍有三、四百位紅衫軍不願離去，或坐或躺在馬路上。

三時五十分，拿著盾牌、警棍的鎮暴警察開始展開部署。警方要找倒扁總部的負責人協調，現場又找不到紅衫軍的幹部。四時十五分，警方部署完畢，現場指揮官透過廣播柔性勸離；群眾情緒開始激動，有人大喊「阿扁下台，我就回家」，一些群眾開始手勾手躺下，有些人則站起來走進廣場。

四時廿八分，館前路口的鎮暴警察開始向公園路挺進，鎮暴警察經過之處，立刻由女警和刑警分別將群眾抬離。

雖然有紅衫軍大叫「警察打人」，不過，多數群眾被警察抬起來後，隨即自行走上車或離去，並未爆發另一波衝突。

三十分鐘內，忠孝西路群眾已經驅離完畢，清晨六時，鎮暴警察開始撤離。

事後，倒扁總部副總指揮之一的莊嚴，在媒體上揮淚斥責紅衫軍幹部「背叛」了群眾。莊嚴曾經擔任過民進黨組織部副主任，對群眾運動極有經驗。因為對陳水扁不滿，而參加「民主夜市」的活動。民盟「請義民」的活動，便是由他所建議。紅衫軍成立後，他又擔任倒扁總部和民盟之間的聯絡人。遇到這樣的挫折，他滿臉疲憊地跑來找我，用沙啞的聲音說：「完了，紅衫軍的活動已經結束了！」

「為什麼這麼倒楣？」

紅衫軍沒有經過申請，便發動「天下圍攻」，直到深夜還佔據忠孝西路，綠營統統把矛頭對準台北市長馬英九。內政部長李逸洋喊話，揚言要警政署「接管地方」，「收回路權」。民進黨立委王世堅大聲痛批：「忠孝西路是施明德他家開的嗎？亂來，馬英九失格，施明德囂張！」連倒扁總指揮施明德也放話威脅：「如果鎮暴警察施暴，毀掉的不只是陳水扁，還有馬英九！」

在紅衫軍和綠營的雙方夾擊下，翌日上午，馬英九召開記者會表示：是他在凌晨二時指示台北市警局在凌晨四時左右採取驅離行動，台北市動員五千警力、只花四十分鐘就將忠孝西路淨空，「跟警政署一點關係都沒有」。他不明白警政署「接管」之說從何而來？警政署已在「支援」北市，警察本來就是一體，他也沒聽說另外還有一個部隊。

對於警方的柔性驅離成果，馬英九說他當然不滿意。他說最不滿意的是「為什麼台北市這麼倒楣，要處理這種事情？」「為什麼這些問題都落在我頭上？」「在我卸任前兩個月，都不放過我？」

馬英九說，現在府院黨口徑一致都在怪他，但「關鍵在陳水扁總統！」「若不是陳水扁失德，怎麼會有這麼多倒扁的人站出來？」

針對外界批評台北市未能在第一時間強制驅離違法集會遊行，馬英九強調，處理集會遊行，「不能未暴先鎮」，這是過去美麗島事件中黨外人士所抨擊的，爲何民進黨人「換了位子就換了腦袋」。

「我們在寫歷史」？

警方強制驅離時，反貪腐倒扁總部並沒有幹部在場。總指揮施明德未現身，而是待在靜坐廣場上的露營車裡。總部前決策小組成員王麗萍站在警方封鎖線後面，遠遠看著群眾被抬離，不發一語，引發群眾不滿。

十一日晚間，被抬離的群眾除了痛斥總部置之不理外，更高呼「施明德不是說要陪我們坐嗎？」「我們被騙了！」

施明德對群眾表示：前晚對於是否繼續留在忠孝西路抗爭，總部分兩派意見。十日當天他兩度向參與「天下圍攻」的群眾宣示，晚上是否過夜，要由參加的群眾公決。但他因爲太累，忘了跟副總指揮簡錫堦及王麗萍說，後來總部幹部就在晚上八點逕行對外宣布要佔領忠孝西路。雖然他最後呼籲民眾退回台北車站，但仍有近百名紅衫軍不願撤離。對於這些錯誤，施明德表示概括承受，他對群眾說：「這是我的失誤，我負責；是總部的錯，是我的錯。」他也曾在內部會議中向幹部道歉。

施明德表示，讓「天下圍攻」這樣收場是個痛苦的決定，但如果時間倒帶，總部讓群眾與警方激烈對抗，昨天媒體上呈現的就不會是二百萬人響應「天下圍攻」的畫面。群眾與警方衝突，遭噴水、抬離的結果，將把「紅衫軍從九九、九一五一路走來的成就」一筆勾消，整個事件更可能被炒作成「施明德馬英九對決」，轉移了焦點，「到時陳水扁最高興」。

他稱讚參與倒扁的民眾在十日當天再度創造台灣的歷史，參與人數超過二百萬，民進黨人士及綠營學者指稱倒扁是強弩之末，事實上「紅色的力量方興未艾」。國、親立委在國慶大會上會有不同的行動，讓陳水扁很難看，「是各位給他們的力量」。

談到前景，施明德強調，只要保有決心、信心及耐心，就不必焦慮，就能完成一場愛、和平、非暴力的公民運動；雖然前天有些不愉快的過程，「我們已在寫歷史」。

第三節　國務機要費案起訴

儘管施明德信心飽滿，我對整個情勢的發展已經感到不妙，但對群眾運動仍然抱著一線希望，認爲陳瑞仁檢察官對國務機要費案件的起訴，才是決定群眾運動倒扁成敗的最後關鍵。因爲陳瑞仁雖然政治立場偏綠，但一向以辦案公正著名。在這個案件裡，陳水扁以假發票虛報國務機要費的證據十分明確，他想賴都賴不掉。以陳瑞仁公正不阿的辦案風格，必然不會輕易放過此案。

十月廿六日，國安會秘書長邱義仁在立法院被動答詢時表示：總統陳水扁及第一夫人吳淑珍若涉及「貪瀆」，應該下台。翌日，行政院長蘇貞昌在藍營立委連番追問下，也明確表示：「不錯」，

「政治人物涉及貪瀆就應下台」，「總統應該有更高標準，做爲人民表率」。

編造故事

聽到民進黨高層這麼說，很多人懷疑：他們可能已經預知偵查報告的結論，所以才敢講得這麼篤定。幸好，陳瑞仁檢察官並沒有辜負國人的期望。十一月三日，國務機要費案偵結起訴。陳瑞仁以非常細緻的邏輯，對國務機要費案中有爭議的部分存而不論；對其中明顯是以假發票報帳的部分，則逐條詳列，將扁珍夫婦列爲「共同正犯」，一併起訴。

起訴書指出：陳水扁以秘密外交名義挪用國務費，經檢察官調查後，陳水扁提出的六件秘密外交中，只有資助海外民運人士及支付卡西迪公關費用各一件是事實，其餘四件所謂爲拓展澳洲外交的「南線工作」，根本是「在編故事」。

輿論質疑陳水扁以李慧芬等人提出的假發票領取國務機要費，總統府隨即編造出「南線專案」、「在北一女門口與秘密外交人員以發票領取國務機要費」等劇本回應。陳水扁在兩度應訊時，不斷強調，秘密外交工作經費支出龐大，外交部預算不夠用；加上奉天與當陽專案繳回國庫，必要時從國務機要費支出，經費支出取得單據有所困難，執行秘密工作的人員先設法取得發票核銷，等錢累積一定數額後再申領。可是，他八月七日第一次應訊時，提出的領據上，連執行者的名字都沒有。

戳破謊言

陳瑞仁仔細而耐心地藉由數字比對、證人說詞、發票消費者、購買物品等證據中，一一戳破陳水扁眞假混雜的「秘密外交」謊言。陳水扁需要辯解的支出集中在九十三年以後；他沒料到，陳瑞仁到總統府帶走的國務費資料，從八十九年陳水扁上任後，全部一併清查。

十月廿七日第二次應訊時，陳水扁發現陳瑞仁掌握的不實發票金額，遠超過他第一次所說，立即編造三件秘密外交工作因應，執行者都是先前提出的同一個人「甲君」。陳水扁還拿出信封袋裝著「說出來會死人」的領據簽單，強調於九十二年間，即委託「甲君」執行一個秘密外交工作。我方主要負責人是曾天賜，此項工作一直持續到九十四年，總共支付「甲君」五、六百萬元。還強調這位受委託的工作人員身分不便透露，因爲他擁有龐大事業，擔心影響他的事業。在陳瑞仁追問下，陳水扁說出「甲君」眞實姓名，卻不知道陳瑞仁早在十月上旬就已確定：由「甲君」建構的南線秘密外交劇本，「純屬虛構」。

根據檢方的調查，不管是發票消費期間、領發票的時間，「甲君」都不在國內。不僅如此，在起訴前最後一刻的十月卅日，「甲君」傳眞回台給檢察官，全盤否認收到國務機要費及執行秘密外交；曾天賜等人後來也都坦承，「甲君」的秘密外交說，是國務機要費案爆發後，才臨時編造的故事。

貪污案「共同正犯」

第二次應訊時，陳水扁強調：爲了秘密外交向友人借款四百五十萬，用夫人收集的發票請領國務費，還款後仍欠友人兩百多萬，堅稱這是他「拚外交」的不得已做法。陳水扁還說呂秀蓮副總統在九十一年間向他開口，需要經費推動加入聯合國的「台灣禮敬活動」，他向台灣中小企業信保基金會董事長黃維生借兩百五十萬，由馬永成交給呂秀蓮的秘書。

但檢方調查發現，國務費中不用單據的「機密費」，在九十一、九十二年度達五千多萬元，是扁所稱四百五十萬的十一倍餘。若上述費用須以公費支出，何不用機密費？而且台灣禮敬團赴美推動台灣加入聯合國，是公開性的造勢活動，根本毫無機密可言。

陳瑞仁認爲，若眞有另覓財源必要，以總統統攬國家大器之尊，要求從外交部或國安局等單位動支預算，或直接向民間募款應非難事；捨此正途不取，而聲稱以向友人借貸的方式秘密籌措，有違經驗法則。因此，以「貪污」及「僞造文書」罪名，將陳水扁列爲「共同正犯」，跟第一夫人吳淑珍一併起訴。

二度驅離

當天中午，我聽到消息後，立即和民盟主要幹部相偕到台北火車站的倒扁總部，和施明德見面。他顯得非常高興，忙著指揮幹部，動員紅衫軍到凱道前面集合，要求陳水扁立刻下台。在倒扁總部前面，有人燃放鞭炮，有人猛傳簡訊呼朋引伴，有人大聲歡呼：「我們打贏了！」「阿扁下台！」

到了晚上八時四十分左右，施明德帶領紅衫軍，沿著公園路，走向凱達格蘭大道。民盟的幹部也乘坐一部宣傳戰車，前來會合。在凱達格蘭大道總統府警戒線前面，雖然有不少紅衫軍聚集，但氣勢已經大不如前。警方宣稱：這是「非法集會」，但因爲事出突然，大家在心情興奮的情況下，根本不予重視。

到了凌晨四時卅分左右，現場剩下兩百多名群眾，警方卻聚集了上千名鎭暴部隊，準備採取驅離行動。紅衫軍副總指揮林正杰見情況不妙，要求大家以施明德爲中心，女生在內，男生在外，圍成圓圈，手勾手靠緊，抵抗警方驅離。

「法匠」的譴責

五時二十分，現場指揮官下令展開驅離行動，施明德氣得大罵：「馬英九，你只是個『法匠』，心中沒有人性，沒有人民！」群眾也跟著大喊：「馬英九下台！」

有些群眾不滿警方作爲，數度發生衝撞推擠，女子尖叫，男人怒罵，但警方仍強制將現場兩百多名群眾一一架起，送上警備車，載離現場。到了清晨六時十分，凱道恢復淨空。翌日清晨，我聽到這個消息，眞是感到錐心之痛：這場波瀾壯闊的倒扁運動，大概已經宣告結束了！

當天施明德很沉痛地對媒體表示：西方有一句諺語：「法律不給人性留一點空間，法律就不會周延。」馬英九先生，你是一個法匠！「我們到凱道只是和平靜坐，如果馬英九市長的執法就是這麼沒有人性，只考慮到法律而不考慮人性，如果有一天，國家領導權落到你手中，人民大概只有面對像這樣的欺凌！」

第十二章 義無反顧

二〇〇六年十月，「天下圍攻」失敗之後，長期規劃民盟行動的張亞中教授勸我出來參加國民黨內總統候選人初選，我認爲這個構想成功的可能性極低，而予以拒絕。我當時的構想是以民盟學者爲主，結合紅衫軍的力量，成立第三勢力，去爭取不分區立委。

十一月三日，陳瑞仁將陳水扁列爲國務機要費的「共同正犯」，跟吳淑珍一併起訴，紅衫軍風潮再起，馬英九又「依法」予以二度「柔性驅離」，民盟的領導幹部一致判斷：從此以後，台灣將陷入嚴重的藍、綠對立，而且群眾運動的空間將受到嚴重壓縮，我才下定決心，參加國民黨內總統候選人的初選。

民國五十六年，我在大學三年級暑假參加成功嶺暑期軍訓時，曾經在輔導長的勸說之下，加入國民黨。自從留學學成回國之後，便沒有再參加國民黨活動，成爲「失聯黨員」。爲了參加國民黨內總統候選人初選，我於二〇〇六年十二月八日，向國民黨台北市黨部申請恢復黨籍。在此前後發生的一連串事件，迫使我義無反顧地下定這個決心。

這一連串事件之一，是陳水扁看準藍軍的軟弱無能，對其貪腐案件所擺出的無賴姿態。

第一節　貪腐總統的無賴

國務機要費案將陳水扁總統跟第一夫人吳淑珍列爲「共同正犯」，一併起訴，讓民進黨陷入空前危機。十一月五日晚間，陳總統再度使用「向人民報告」的方式，對外說明國務機要費的運用和外界的質疑。

他說，依照憲法和大法官三八八號解釋，總統除患內亂外患罪之外，具有刑事豁免的特權。他在幾年前到花蓮作證時，很多法界前輩勸阻他，強調刑事豁免特權，不能隨便放棄，「這次當然也不例外」。不過，他在檢察官面前表達，願意放棄這樣的特權。

陳水扁的狡辯

陳水扁以三點說明，強調自己沒有貪污的必要：

第一點，他上任後主動同意減半薪水，一個月剩下四十二萬，一年大約少領五百五十萬元，八年就少領四千四百萬，「連領薪水都願意放棄了，我有必要用七百多張的發票，去貪一千四百八十萬嗎？」

第二點，總統有國安密帳的私房錢，奉天專案的費用，從八十三年到八十九年的期間，總統可以動用的經費，大約是一億一千萬元。他如果要貪，「這是最好的機會」。但「我爲什麼不貪」？

第三點，起訴書說，F公關公司的案子和民運人士的案子，期間有三千萬不是用發票領的，而是用領據來支付的，「如果眞要歪哥，那三千萬機密費用，我就放口袋就好了，何必拿出來呢？」

最後陳水扁以兩點總結他的說明重點：

第一，我相信歷史會還我公道，司法會還我清白。我不是戀棧職務，不必等到三審定讞，「只要司法在一審判決貪污有罪，我立即下台一鞠躬。」

第二，爲了台灣的利益，「有些敏感極機密的工作，不能講就是不能講」。如果因爲不能講而受到誤會和委屈，我個人願意「犧牲小我來完成大我」。

任何稍懂邏輯的人都可以很容易地看出：陳水扁是在用一些不相干的事件，在爲自己的行爲作狡辯。更清楚地說，他是不是同意薪水減半，以及他「有貪污的機會而沒有貪污」，跟「他在國務機要費案中有沒有貪污」，根本是不相干的兩回事。把這些事件扯在一起，很明顯就是要爲自己脫罪。這套狡辯的關鍵，在於陳水扁宣稱：有些國務機要費的開支，涉及「極機密的工作，不能講就是不能講」。對於這一部分的開支，陳水扁已經擺明：他要硬賴到底。至於說「只要一審判決貪污有罪，我立即下台」的說法，根本是採取「拖」的緩兵之計。

漫天謊言

更荒謬的是，檢察官查出報支國務費的發票中，有購買衣服或鑽戒等名貴首飾的項目，陳水扁原本堅稱，家人沒有使用國務費購買這些物品自用，如果有買，也是拿來送人。但當檢方提出吳淑珍買鑽戒單據及尺寸，證明是吳淑珍買來自用時，陳水扁卻辯稱：「這是我用國務機要費買來餽贈給她的。」

陳瑞仁駁斥說，國務機要費雖未明文規定不得犒賞給總統夫人，但數額應符合一般社會常情，否則總統豈不可以將全年度數千萬元的「非機密費」，全數致贈第一家庭？

國務機要費案起訴之後，十一月五日，陳水扁在記者會上說明：「用家人發票所領的錢全部歸公，絕對沒有一塊錢進到私人口袋。」當外界質疑：陳水扁用國務機要費購買兩只鑽戒，餽贈給吳淑珍時，十一月七日上午，總統府公共事務室主任李南陽召開記者會表示：在國務機要費的精品發票中，Tiffany 鑽戒是第一家庭自費購買贈送吳淑珍的媽媽吳王霞。

銀樓業者說，蒂芙尼鑽戒的戒環，大都是俗稱十八K金的黃K金或白K金，硬度很高，才能鑲住鑽石；因爲硬度高，不容易展延，所以戒環大小必須「量身訂做」。以第一夫人吳淑珍、吳王霞相差近一倍的體重推估，母女倆的戒圍應差很多。價格高達一百三十萬元的一只鑽戒，怎麼可能由他人代量鑽戒戒圍？

等到電視扣應節目排山倒海地質疑總統府的說辭，總統府又急忙發布簡訊，說公共事務室在記者會上的說法，「尚待查證」。

國政顧問團出手

陳水扁爲了圓謊，逼得國家公務員不得不跟他一起說謊。問題是：在國務機要費案起訴之前，行政院長蘇貞昌已經在立法院公開表示，「扁珍若涉貪瀆，就應該下台」，他又要如何自圓其說？

據報載，蘇貞昌原本「辭意甚堅」，但是和重要閣員會商後，閣員、黨內一致希望他「忍辱負重」，蘇貞昌也不得不「委曲求全」，帶著大家先挺過去。十一月八日，他在立法院答詢指出，憲法對總統有認定標準，「與一般官員不同」。藍營立委追問他到底會不會辭閣揆，蘇揆回應，「辭職對我而言並不可怕」，他個人去留事小，「政局穩定比較重要」。

民進黨高層的作爲，引起民間更爲強烈的不滿。六年半前，陳水扁競選總統時，出面挺扁的前「國政顧問團」成員，也紛紛表態與扁「劃清界限」。十一月八日，義美公司總經理高義明呼籲陳總統爲台灣「以退爲進」，「自動請辭，含冤下台」，展現政治人物的風範。翌日，前中央研究院院長李遠哲在巴黎發表公開信指出：陳水扁必須在「小我」與「大我」、「政黨」與「國家」之間，做出正確的抉擇，「愼重考慮去留的問題」。

前中央研究院副院長曾志朗也表示：陳總統雖然還沒定罪，但「應該用最高道德標準約束自己」，自知去留，不要讓中華民國（R.O.C.）變成「貪污共和國」（Republic of Corruption）。

陳水扁「引退離職」

甚至連前總統府秘書長陳師孟也公開發表文章，建議陳總統宣布：在明年初以「因故無法視事」，引退離職，檢察官可在陳總統離職後「正式起訴陳總統」，由司法體系指派數個績優法官組成「特別法庭」，針對本案發動審理程序，在一年期間內審判終結，不得以任何理由拖延，若判決陳總統有罪，依法量刑，若判決無罪，陳總統即可以復行視事直到任期屆滿。

看到陳師孟的建議，我眞是感慨萬千！二〇〇六年九月三日，民主行動聯盟費盡九牛二虎之力，趁陳水扁出訪南太平洋之際，推出「總統停職，接受調查」的訴求，跟陳師孟的建議有什麼差別？在陳水扁出訪，國內權力出現眞空之際，在野黨卻畏首畏尾，不敢有所動作，現在陳水扁大權在握，他一定要拚死鞏固他的權力，「退此一步，即無死所」，又怎麼可能「引退離職，接受司法公正裁判」？

第二節　特別費案的陷阱

陳水扁因爲國務機要費案飽受各方抨擊，綠營立委也開始全力抨擊馬英九的市長特別費有「公款私用」的嫌疑。馬英九表示，首長特別費半數不用單據核銷，只要有領據即可。不需核銷的部分，主計單位從未要求提出明細帳目，首長可以匯入私人帳戶，這是行政院的統一規定，他向來「依法辦理」，也依法申報財產。因此，他對綠營的抨擊並不以爲意，而於十一月八日好整以暇地啓程前往法國，進行爲期二天的「城市外交」。

湊發票報特別費

不料就在這段期間，台北市長辦公室卻爆發了「特別費湊發票報帳案」，嚴重損害了馬英九的清廉形象及領導能力。

因爲馬英九特別費的辦公室零用金，每月只有五萬元，而且項目十分零碎，市長辦公室秘書余文懶得逐一黏貼單據，而把實際開支的小額發票集中後，換成別人的大額發票來報銷。他人發票的來源，則是辦公室同仁每月固定收集發票給他，所以有此同仁知情。但是，所有的原始發票他都留著。

十一月十五日，余文到調查局台北市調處接受調查，並向檢調人員提出三千多張首長特別費實際支出的發票。他在應訊後，被改列爲貪污及僞造文書案的被告，限制出境。

馬英九因此召開記者會公開道歉，坦承這是行政疏失：「因爲我一向是以清廉自持，發生涉嫌僞造文書的事情，令我感到非常羞愧」，「我眞的心情非常沉重，我覺得，我非常對不起台北市民。」

馬英九認爲，這個案件和陳總統的國務機要費完全不一樣，「國務機要費是陳總統本人，由他的夫人配合，向外廣泛蒐集發票」，「本案是出於他個人本人的意願，不是我指示要他做。」

馬英九說他一定負起責任，但在這個「弊案」當中，「由於我本人並沒有涉入，我不需要辭職」。

「歷史共業」

爲了凸顯制度的不合理，馬英九決定將他歷年所領的首長特別費一千五百萬元全數捐出。不料這個動作又招致綠營立委更多的批評，許多人說他是「心虛」，「此地無銀三百兩」，是捐出「贓款」。

馬英九對特別費案的處理，不斷遭到綠營圍剿，藍營立委立刻施出「圍魏救趙」的策略，要求徹查全台約六千名行政首長使用特別費的情形，結果發現：許多首長的特別費使用方式都有類似問題，包括民進黨四大天王呂秀蓮、游錫堃、蘇貞昌及謝長廷，司法院長翁岳生，總統府秘書長陳唐山，台南市長許添財；甚至連對馬市長特別費窮追猛打的民進黨立委管碧玲，其丈夫許陽明在擔任台南副市長任內，特別費的使用也有嚴重問題！行政院長蘇貞昌因此說特別費的問題是「歷史共業」，希望有合理的解決辦法。

由於國民黨內規定黨員一旦遭到起訴，即不能擔任公職候選人，馬市長是否會因為特別費案而遭到起訴，成為眾所矚目的焦點。該案的爆發也移轉掉人民對陳水扁國務機要費案的關注，台灣社會中的「倒扁」運動更是氣若游絲。當時國民黨準備在立法院推動第三次罷免陳水扁。十一月廿三日下午，我應邀參加藍營立院黨團在立法院舉行的公聽會，看到主席台上坐滿了人，整個會場卻幾乎是空無一人。藍軍士氣如此，立法院第三次罷免總統案的結果不問可知。

朱高正的「批馬廣告」

十一月廿七日，朱高正在各大報第一版，以半版的廣告刊登〈給馬英九先生的一封公開信〉。信中以十分嚴厲的語氣指責馬英九：「你明知道在目前立法院的結構下，除非綠營倒戈，罷免總統案根本過不了關，但你為何還要推罷免案？」「你身為最大在野黨的領袖，要求對一個弊案纏身的總統下台，難道只能透過體制內的罷免，而不考慮嘗試體制外的手段嗎？」朱高正認為：馬英九「算計太多」，因為如果「真的要求總統下台，其後果將是由一個跟貪腐扯不上邊的副總統繼任，對二〇〇八年的大選顯然增加新的變數」。所以「一動不如一靜，只要再忍受一年多，總統大位就可以手到擒來，何必惹是生非，徒生困擾？」

朱高正認爲：當一個政治領袖需要的是好的胸襟氣度，而非只知守法而不知權變，要檢視一個政治人物的水平，就要看他在關鍵時刻所做的決定。從三一九取消一切的造勢活動，三二〇主張接受敗選，向阿扁道賀，以致罷免的三連敗，「我認爲你要當一個合格的政治領袖顯然還有一段艱苦的路要走。」

接著朱高正很坦率地抨擊：對陳水扁的貪腐，「身爲最大的在野黨難道可以不負責任」嗎？「記得陳水扁的太太被起訴後，他在記者會上承諾只要一審判有罪後，他就辭職，立即遭到國民黨籍立委高分貝抨擊，要求一經起訴就應下台。現在同一個標準是否應該用在你身上呢？」

因此，他要求馬英九「馬上辭掉黨主席」。唯其如此，「才能逼陳水扁下台」。他指出：林濁水、李文忠眼見吳淑珍因爲國務機要費案被起訴，陳水扁還戀棧拒不下台，「爲了喚回創黨理想，爲了堅持清廉問政的原則」，「只好雙雙辭去立委以明志」。「你馬英九本人也因爲首長特別費涉嫌貪瀆，難道不應下台以示負責嗎？你不下台，那陳水扁幹嘛下台？你一下台，陳水扁豈能不下台？」他的結論是：「只有你果決地辭去黨主席，才能爲拉阿扁下台添加新動力，也才能爲台灣民主前途譜新章！」

清廉與治國理念

朱高正是我的學生。在我一九七〇年代末期回台任教之初，修過我的「社會心理學」。刊出這篇廣告當天早上，他打電話給我，邀我和李敖一起參加一場「要求馬英九辭職」的記者會。當時，我雖然已經決定要參加國民黨內總統候選人初選，我仍然認爲：「這樣做，太不厚道了。」並予以回絕。

在我看來，馬英九對特別費案的處理方式雖然有嚴重瑕疵，但從媒體所公布的案情來看，那是出自他的疏失，我並不懷疑他的清廉。在我看來，所謂台北市特別費案，根本是民進黨爲了讓陳水扁和第一家庭從國務機要費案脫身，利用「特別費」制度設計的缺失，刻意製造出來的一樁「政治案件」。馬英九的操守不能構成要求他辭去國民黨主席的正當理由。他對三一九槍擊案的反應，我認爲他是過度在意所謂的「中間選民」，而不是出自他的惡意。我之所以決定參加國民黨內總統候選人初選，並不是因爲他的操守，而是因爲他對國家未來發展方向，缺乏一貫而明確的中心理念，在一個月後爆發的「馬修事件」中，這個問題可以看得更爲清楚。

第三節　藍綠和解與馬修路線

馬英九卸任台北市長後，在十二月二十七日國民黨中常會上，以專職黨主席身分，發表〈黨的改革與台灣願景〉。他提出了五項「台灣願景」，分別爲：停止撕裂族群，恢復社會生機；解除政治枷鎖，經濟全面鬆綁；堅持對等尊嚴，兩岸共存共榮；厲行文官中立，恢復正常功能；堅持清廉治國，打擊貪贓枉法；尊重在野制衡，歡迎媒體監督。

馬修路線

在這五項願景中，對「尊重在野制衡，歡迎媒體監督」一項的說明爲：

很不幸，民進黨執政後，弊案不斷，施政荒腔走板，他們深恐自己的錯誤遭到揭發，於是運用各種手段，不斷醜化在野黨與打壓媒體。

國民黨重新執政後，我們不會這樣對待民進黨，更不會這樣對待媒體。我們將視在野黨爲競爭的對手，也是合作的夥伴。國民黨與民進黨差距再大，也大不過我們與共產黨的差距。藍綠同在一條船上，二千三百萬人民都是命運共同體，沒有必要拚得你死我活，應該相互尊重。同樣地，媒體是天生的反對黨，我們應該歡迎他們的監督。報導不對，可以請求更正，但絕不能透過恐嚇、抹黑，讓媒體不敢發聲。

在陳水扁發表「元旦文告」後第二天，一月二日，《中國時報》以大篇幅報導了這篇報告，大標題是「與民進黨差距再大，也大不過與共產黨的差距」，附標題是「馬修路線：藍綠和解優於國共合作」，文中以「擱置國共合作與連戰區隔」的標題，試圖解讀馬英九的意圖：「將朝野和解置於國共合作之上，對馬有好處。一來對向來反共的馬英九來說，朝野和解遠比國共合作還有急迫性；二來馬也藉此消除〇八年以前是否訪問大陸的疑慮。」

負責理性的態度

這一串被稱爲「馬修路線」的報導，引來國民黨立委的質疑，有些人大呼「都快腦震盪了」，有人要請馬英九來當一天立委，見習看看，有人認爲：這是「集思會」路線復辟，許多泛藍學者及統派團體均有人嗆聲：二〇〇八年大選「票投不下去」！甚至連綠營立委都諷刺馬英九是「政治三七仔」，根本就中邪了；民進黨主席游錫堃也說，「他好像已經變成中國的代理人」。

元月三日馬英九拜會立法院長王金平時，藉機說明，他沒有提出「馬修路線」，國民黨的路線也沒有任何修正。朝野有可以合作的機會，但也有無法合作的地方。他不贊成硬拗、激烈對抗、造成國會空轉，國民黨會秉持一貫理念，「該合作就合作、該杯葛就杯葛、該通過就通過、該刪除就刪除。」他強調：國民黨不論採取何種決策，一定是基於理性考量的最後結果，願意在理性的基礎上和執政黨和解。朝野合作的標準就是「理性主義」，並按憲法規定運作。即使對方佔據主席台，「也不代表國民黨有動手的權利」，雖然一時看起來會吃虧，仍應該展現負責任理性態度，讓人民公評。馬並以軍購預算案爲例，強調：「既然九十六年的相關預算已經通過，還包括兩億元的潛艦前期規劃費，再反對九十五年度追加預算就沒意義。」

「元旦文告」的戰帖

問題是，馬英九一直強調：朝野「可以合作的機會」，卻不敢去碰觸彼此「無法合作的地方」。弊案纏身的陳水扁，他想要鬧的事，絕不是在野黨擺出「溫和理性」的姿態，就可以解決的。在馬英九提出他的說明前兩天，也就是馬英九發表〈黨的改革和台灣願景〉後的第六天，陳水扁在他的「元旦文告」中說：

> 半個多世紀以來，由於東西方冷戰國際政治現實的考量，以及過去的執政者長期堅持「一個中國」的迷思，台灣的國家定位與未來發展的前途，始終被限縮在「一中」與「統一」這個狹

小、虛幻的框架之下。不管是國民政府遷台後對「反攻大陸、光復國土」的堅持，或是日後的「三民主義統一中國」、「國家統一綱領」，以及所謂的「九二共識」與「終極統一論」等，在本質上都預設了「統一」是未來唯一的選項，不但剝奪並限制了台灣人民自由選擇的權利，更違反了「主權在民」的基本原則。

我們必須再一次地重申強調：台灣是我們的國家，土地面積三萬六千平方公里。台灣的國家主權屬於兩千三百萬人民，絕對不隸屬於「中華人民共和國」，台灣的前途只有二千三百萬台灣人民才有權決定。國家大政方針的擬定，一定要跳脫「一個中國」與「台海兩岸」這種狹隘的思考框架，以更宏觀的視野、更寬闊的格局，重新確認台灣在全球政經體系之下應有的定位與國際人格，積極尋求並開創台灣國家永續發展的利基。

陳水扁的「元旦文告」根本是在對藍營下「戰帖」，他不但否定了兩蔣時代的「反攻大陸、光復國土」和「三民主義統一中國」，否定了李登輝時代的「國家統一綱領」、「九二共識」，也否定了馬的「終極統一論」，不顧憲法規定，而強調「台灣是我們的國家，土地面積三萬六千平方公里」，並以台獨挑釁兩岸關係。

閃避挑釁

面對這樣嚴峻的挑戰，馬英九竟然視若無睹，提不出任何攸關兩岸關係的「治國理念」，反倒一再強調「朝野合作的機會」，豈不令人感到奇怪？一月四日，《中國時報》主筆余雨霖發表專文指出：所謂的「馬修路線」「終究是美麗的錯誤」。他說：「媒體解讀『馬修路線』的核心就是國民黨要『終結無止盡的藍綠對抗』，要體現台灣二千三百萬人是命運共同體的理念。如果這麼說的話，『馬修路線』當然是値得肯定的。」「只是當馬英九在面對一個以挑撥省籍意識，激化族群衝突，撕裂社會人心，挑釁兩岸對立爲習性的民進黨時，放棄大是大非的對抗，無疑就等於放棄了對正義的堅持，也放棄了對全民福祉的追求」。

客觀地說，在〈黨的改革與台灣願景〉一文中，前述引文的脈絡是在討論國民黨對媒體的態度，完全看不出他有任何要修正「連戰路線」的意思。從余雨霖的詮釋中，我們可以很清楚地看出：媒體之所以會用斷章取義的手法，不顧該段引文的論述脈絡，而將之曲解成「馬修路線」，正是因爲他一直在閃避陳水扁對兩岸對立的挑釁。

從本書的脈絡來看，面對這樣的局勢，國民黨是應當要有「馬修路線」的。合理的「馬修路線」應當是修改李登輝時代以來，國民黨所遵循的「一中各表」政策，改用務實理性的「一中兩憲」，來應付陳水扁的挑戰，來解決台灣所面臨的各項問題。令人遺憾的是：我有關「一中兩憲」的論述已經寫成專書，呈送給他，他也是「善善而不能用」。面對這樣的情勢，作爲一個長期關心台灣前途及兩岸和平的知識分子，除了自己披掛上馬，奮力一搏之外，還能有什麼樣的抉擇？

「改革」與「改名」

元月底爆發的國民黨改名風波，再度暴露出馬英九對國家未來缺乏中心理念的弱點。國民黨主席馬英九在台中回應黨員更改「中國國民黨」黨名的要求時，首度表示：現階段不宜片面改變現狀，但「或許執政後可考慮」。消息傳出後，黨內一片譁然；馬主席連忙否認，說國民黨「只有改革問題，沒有改名問題」；立法院長王金平藉機聲明：他「不支持任何形式的國民黨改名」。國民黨立院黨團書記長蔡錦隆則趕忙出來澄清：馬主席的意思是「將來執政後或許可視情況考慮」，但絕對不是「執政後將改名」，請大家不要誤解。

從馬主席提出以「藍綠和解」取代「兩岸和解」的「馬修路線」以來，這可以說是一場「預料中的風暴」。馬英九的說法，或許「只是禮貌性客氣回應基層黨員的要求」。然而，政治人物所提出的「願景」，應當是一種可以讓人民感動的期盼。「將來執政後或許可視情況考慮」改名，這是什麼樣的願景？它能帶給人民什麼樣的期盼？莎士比亞有一首小詩：「名字有何妨？玫瑰，叫別的名字，也是一樣芬芳！」國民黨改不改名字，跟國計民生有什麼關係？它憑什麼感動人民？

馬主席說得不錯，國民黨應當「只有改革問題，沒有改名問題」。然而，做爲國內最大在野黨的主席，如果心中對「改革問題」沒有定見，對國家發展提不出具體的願景，他對「改名問題」的「禮貌性客氣回應」，便可能脫口而出。這場「改名風波」，難道不正暴露出馬主席的最大弱點？

任何一個政黨的歷史，既可能是這個政黨的資產，也可能是這個政黨的包袱。一個政黨的領袖如果對該政黨的歷史有強烈的原罪感，他很可能會陷溺在「過去」的歷史裡，一心一意地想要甩脫歷史的包袱，而無法從其歷史資產中整理出國家的願景，也看不出國家未來發展的方向。因此，要想作爲一個國家的領導者，必須保持清冷的批判意識，以自己作爲分析對象，深入批判匿藏在自己潛意識中的弱點，他才有可能超克自己，爲自己找到定位，也爲他帶領的國家找到定位。

第四節　宣布參選

元月十日，我在民盟幹部的陪同之下，在立法院中興會館召開記者會，宣布要參加國民黨內總統候選人初選。我一生致力於學術研究，對於「從政」一向避之唯恐不及，雖然擁有台大終身特聘教授、台大講座、傑出人才講座、國家講座等等頭銜，也當過亞洲社會心理學會會長，目前還擔任「華人本土心理學研究追求卓越」大型計畫主持人，但卻從來沒有當過系主任。在即將退休的六旬之年，決定要出馬參加國民黨黨內總統候選人初選，確實是我生涯規劃裡最大的意外。

「震撼教育」

自從出版《一中兩憲：兩岸和平的起點》以來，我經過跟多方面人士反覆辯證，我確信：以「一中兩憲」作爲基礎的兩岸政策，不僅能夠建構兩岸間穩定的和平關係，而且能夠解決台灣內部意識型態對立、憲政改革，以及在全球化趨勢中，台灣在區域整合中的自我定位問題。在初選辯論中，如果有其他候選人能夠提出更有說服力的治國理念，我也樂於接受，並且願意全力幫他助選。相反地，如果沒有人能夠提出更好的理念，大家便應當以我的理念作爲全黨的共識，同心協力，投入二〇〇八年的總統大選。

在以往歷次的總統大選中，國民黨從來沒有舉行過黨內初選，也沒有舉辦過任何初選辯論。有意參選總統的人不必在「治國理念」的競選政見上多下工夫，只要經過黨內協商，推定候選人之後，他便可以披掛上陣，出馬競選總統。我希望藉由我的參選，可以先改造國民黨內的政治文化，讓包括馬英九在內的總統候選人，在投入選舉之前，先經歷過初選辯論。就像少林寺的武僧，經過多年的練武習藝，在步入江湖之前，還得通過「十八銅人陣」的「震撼教育」，再正式投入選戰。不要有恃無恐，以為選民既然厭倦了執政黨的貪腐，自己便可以「躺著選」，反正選民也沒其他選擇，單憑自己的「清廉形象」，選民即使「含淚投票」，也非得把票投給自己不可。

這樣做的目的，一方面是為了改造國民黨的政治文化，一方面也是為了提升台灣的選舉文化。長久以來，台灣的各級選舉，一向都是所謂的「負面選舉」，候選人不談政治理念，卻費盡心思，在挖對方的瘡疤；選民只能在一堆「爛蘋果」裡，選擇一個「比較不爛」的。如果二〇〇八年的總統大選，仍然是如此，選民對台灣的未來，是看不到任何希望的。

對於參與國民黨黨內總統候選人初選，我的基本心態是「正其義不謀其利，明其道不計其功」。如果藉由我的參選，能夠提升台灣的選舉文化，讓選民在二〇〇八年的總統大選中能夠看到台灣未來的希望，那麼，我參加國民黨內初選的心願便已經達成。至於誰會參加初選，初選的結果誰會出線，誰會代表國民黨二〇〇八年總統大選，根本不在我的考慮範圍之內，可以不必多加計較。

技術性阻擋

儘管在我宣布決定參加國民黨內總統初選時，已經講清楚表明：我參選的主要用意，是要和馬英九進行政策辯論，讓他在二〇〇八年總統大選之前，先經歷一場「震撼教育」，但國民黨對我的用心似乎並不領情。元月十五日，媒體忽然報導：國民黨中央規劃黨內總統初選，將提前在三月十二日截止登記，四月十五日前確定總統候選人。

我在二〇〇六年十二月八日向台北市黨部提出申請恢復黨籍，但卻遲遲沒有下文。其間數度託人查詢，也得不到確切回音。國民黨中央將初選登記日期提前在三月十二日截止登記，我將受限於「四月條款」，無法登記。

因此，我於元月十六日上午召開記者會，痛批馬英九不敢在兩岸關係、意識型態、憲政體制、全球定位等四大問題上跟我辯論，讓選民看不到國家來發展的方向。陳水扁整天變來變去，像個混世魔王；民進黨的天王們跟著他前呼後擁，個個都變成了妖魔鬼怪，馬團隊的同質性那麼高，馬英九又不敢面對國家重大議題，根本就像「帶一群小唐三藏，準備去被吃掉一樣」。希望「國民黨的狗頭軍師」不要當「害馬之群」，用技術性問題「卡」我，讓我不能參加初選。

四月條款

第二天國民黨中常會上果然砲聲隆隆，許多中常委都發言反對將總統初選日期提前。馬主席迫不得已，只好將初選登記日期延後訂為四月三日。

然而，國民黨組發會主委廖風德卻對媒體表示：黨籍認定是依黨工將申請者資料鍵入電腦的那一刻開始生效。台北市黨部認定我的黨籍生效日是元月二日，入黨仍然未滿四個月，因此不具參加初選資格。

這種說法實在令人感到訝異！我在去年十二月八日提出申請，黨工要在哪一天把我的資料鍵入電腦，我根本無從知悉。現在台北市黨部憑「自由心證」，宣布我的黨籍生效日期是元月二日，因此不具參選資格，這不是故意用技術性問題「卡」我，又是什麼？

我在三月五日、三月廿三日兩度向國民黨中央黨部提出申覆，但國民黨卻始終堅持「維持原議」。國民黨高層胸襟如此，眞是夫復何言！

第五節　陳水扁的挑戰

在我宣布參加國民黨內總統候選人初選之後，台灣的政經情勢又有相當大的變化：首先，是民進黨以異乎尋常的高效率在推動「去中國化」、「更名」、「去蔣」、「拆銅像」。去年蘇貞昌宣布中正國際機場改名。八天後，桃園國際機場即隆重掛牌。今年二月八日「阿扁總統電子報」提到中華郵政、中油、中船應該「正名」，四天後，台灣石油就掛上新招牌。然後，民進黨先以「聲東擊西」的手法放風聲說：中正紀念堂將改名、拆圍牆，慈湖蔣介石陵寢將撤衛兵。接者，高雄市政府又以迅雷不及掩耳的速度，拆除掉高雄文化中心內的蔣介石銅像。

「四要一沒有」

三月四日陳水扁在「台灣人公共事務會」晚宴上，提出「四要一沒有」的新訴求，宣稱：「台灣要獨立、要正名、要新憲、要發展；沒有左右路線，只有統獨問題」。這是七年來阿扁首度正式否定他在二〇〇〇年宣示的「四不一沒有」，不但引起政壇震撼，隔日股市也大跌三百點。

三月五日，美國國務院發言人麥考馬克對媒體表示：「任何令人質疑陳總統承諾的言論，都是沒有助益的。」媒體隨即追問，國務院是否指陳的「四要一沒有」言論「沒有助益」？麥考馬克說：陳多次保證將貫徹「四不一沒有」，美方立場明確，反對片面改變現狀，任何抵觸這項原則的言論「都是沒有助益的」。

美國布魯金斯學會中國專案主任貝德（Jeffrey A. Bader）對《華盛頓觀察》週刊表示，「陳水扁的發言完全抵觸四不一沒有，即便不是字句上的，也絕對是精神上的。」他認爲：國務院說「沒有助益」，「已經是嚴重的外交措辭」，陳水扁應該適可而止。

陳水扁提出「四要一沒有」之際，大陸正在召開全國人民代表大會及政協第十屆五次會議。隔天，國台辦立刻對「四要一沒有」提出抗議：這是陳水扁赤裸裸鼓吹台獨，想透過「憲改」謀求「台灣法理獨立，在台獨分裂道路上又邁出的危險一步」。全國人大及政協也表示：雖然希望維持兩岸和平發展的主軸，但都「堅決反對『台灣法理台獨』等任何形式的分裂活動」。

「第二共和國憲法」

三月十六日，陳明通等人公布「中華民國第二共和憲法草案」。該草案主張，保留原有憲法總綱，可是卻在新憲前言規範，中華民國與中華人民共和國「建立任何政治形式的政治關係」，必須交付公民投票。陳明通說，在目前幾個修憲方向中，第二共和是「比較務實可行的選項」。該草案擺明了要落實阿扁的「一邊一國」。他很得意地表示，他「以『第二共和』方式重新肯定中華民國，統派應感到欣慰」。三月十七日，陳水扁參加台灣法學會主辦的「憲法變遷與憲政改造」研討會，重申：台灣需要一部「合時、合身、合用」的新憲法。他強調，催生新憲是要確認台灣人民奮鬥而來的民主成果，不是中國宣稱的所謂「邁向法理台獨」。

不管他怎麼講，要依修憲程序，經立院高門檻通過，再交由公民複決，仍是難關重重。任誰都不難看出，阿扁不斷操弄此項訴求的目的，是要把修憲不成的責任，轉嫁給藍營，指責他們「不站在人民這一邊」。

國民黨的回應

二〇〇六年底北高市長選舉的投票率偏低，尤其是高雄左營區與台北大安區這些國民黨傳統的大票倉，投票率只有六成，遠低於以往的八成，顯示有許多國民黨的支持者放棄投票。面對扁政府持續推動的「去中國化、去蔣」運動，國民黨只低調批評：「去中國化影響經濟發展」、「企業更名、拆蔣公像浪費政府資源」，更被支持者批評為軟弱無能，在藍營中到處可聽到「不知為何而戰」的感嘆。

在陳水扁發表「四要一沒有」談話後，馬英九在三個不同場合，一再表達他不贊同「四要一沒有」，也比較完整地提出他的兩岸政策藍圖。三月十二日，馬英九在政大演講時重申，國民黨的「五要」立場，主張「在九二共識的前提下和大陸恢復協商」、「中共撤除對台飛彈，雙方簽署和平協定」。他表示，他不同意把兩岸關係定位為「統獨關係」，因為不管是「統」或「獨」，都不符合目前台灣大多數人的期望。他說，大陸是「威脅」，也是「機會」；台灣對大陸應採「兩手策略」：在

「九二共識」、「一中各表」的基礎上，重新開啓與中共的對話，但是爲了抵禦中共的威脅，還必須維持堅實的國防實力。

兩岸談判階段論

三月十七日，馬英九在中華戰略學會年會上，提出「兩岸談判階段論」。他說，台灣應依「安全機制、共同市場、國際空間」的順序，儘速與對岸展開談判；兩岸談判不是要談統一或投降，而是要改變兩岸之間的互動模式。因此，如果國民黨重返執政，將首先推動兩岸安全和平的談判。其次，他認爲兩岸應談經貿正常化：由於中共不願與台簽署屬於國與國之間的自由貿易協定，台灣方面又無法接受CEPA的港澳模式，就應透過談判，邁向「共同市場」。馬英九還說，台灣的生存空間不容抹滅，我們應在務實主義的大前提下，秉持「活路原則」，爲台灣的國際空間找出一條路。

三月二十日，馬英九到美林證券論壇對外資法人演講。他在演講中，指出台灣有「三個不定」和自外於世界的三大趨勢，「三個不定」分別是：政治不安定、政府不穩定和政策不確定。世界的三大趨勢，包括：新興國家崛起、全球化積極進行、區域經濟整合盛行。以台灣的優勢，是台商發展的大好時機，但政府若持續目前的「鎖國政策」，台灣可能在這些變動中被「邊緣化」。因此，他未來要將「政治掛帥」改爲「經濟掛帥」。

馬英九在演講中首度提出要使台灣成爲「雙黃金航圈」、「雙營運中心」的概念，以及「原則開放、例外禁止」的大陸投資政策。他認爲：現行的四〇%赴大陸投資上限沒有太大的意義，將來他希望以「雙黃金航圈」帶動台灣的「雙營運中心」，向北連結東京羽田機場、首爾金浦機場、上海虹橋等國際機場，向南則連結香港、新加坡等東協國家；讓台灣成爲台商的「全球營運中心」，也成爲外商的「亞太營運中心」。

第六節　國家前途新論述

儘管國民黨不讓我參加總統初選，爲了傳播「一中兩憲」的理念，爲了說明「一中兩憲」爲什麼夠帶給台灣人民希望，民主行動聯盟仍然依照原訂計畫，規劃舉辦一系列的講座，說明跟「一中兩憲」有關的四大議題，包括兩岸關係、意識型態、憲政改革、和全球定位。這一系列演講的規劃，原本是因馬英九而起，所以我們原本想稱之爲「挑戰馬英九」。後來想到：如果我們提出的這套理念禁得起國民黨內初選的考驗，它也一定可以用來挑戰民進黨有意參選總統的「天王」。因此，決定將這一系列演講改名爲「挑戰天王」。

文化大革命

「挑戰天王：國家前途新論述」講座第一場演講，於三月十一日（星期日）下午兩點到四點，在台灣大學應用力學館國際演講聽舉行。題目是「由『一中各表』到『一中兩憲』」，由我主講。

第二場講座本來想邀請有意角逐總統大位的立法院長王金平前來參加座談。當時媒體上「馬王配」或「王馬配」的各種傳聞風波不斷，他考慮再三之後，終於以「尚未決定參加總統初選」而委婉拒絕。

三月八日，立法委員洪秀柱宣布競選國民黨主席，我們立刻邀她前來參加第二場座談會，主題爲：「意識型態與文化發展的困境」。在這場座談會上，洪委員以爽直的口吻批評：國內經濟發展遲滯，失業人數不斷攀升；貧富差距日益懸殊，自殺人數與日遽增，貪瀆案件層出不窮，民進黨不僅視若無睹，反倒不斷在推動「更名、拆銅像、改教科書」，企圖用「去中華民國化」的手段，吸引台獨基本教義派的支持，「肚子扁扁，選給阿扁」。這種作法跟大陸文革時期極左派的口號「寧要社會主義的草，不要資本主義的苗」根本是如出一轍，難怪英國《經濟學人》雜誌會說：民進黨執政下的台灣，正在進行一場「文化大革命」！

台灣的自我定位

四月四日晚上，「挑戰天王：國家前途新論述」講座，邀請到國民黨總統參選人馬英九，參加第三場座談會，主題爲「全球化中台灣的自我定位」。座談會開始，我先以二十分鐘的時間陳述：在陳水扁政府的「鎖國政策」下，台灣所面臨的經貿困境。然後詢問馬英九：如果他將來當選總統，面對這樣的困境，他將有何對策？

接著，馬英九以二十分鐘的時間，再度說明他「雙黃金航圈」、「雙營運中心」的構想。馬英九講完之後，我又立刻表示：以國民黨目前堅持的兩岸政策「一中各表」，絕不可能實踐馬英九的構想。這道理很簡單，要落實任何類似「亞太營運中心」的構想，一定得先和中共協商，如果我們堅持「一中各表」，我們一定把「一中」表述成「中華民國」，對岸一定表述成「中華人民共和國」。雙方立場正面衝突，協商要如何進行？「雙黃金航圈」、「雙營運中心」的構想又將如何落實？

因此，我認爲：要實踐「雙黃金航圈」、「雙營運中心」的構想，將來國民黨一定要把「一中各表」的兩岸政策調整成爲「一中兩憲」。接著，我又藉著一系列的投影片，以十分鐘的時間，很清楚地說明「一中兩憲」的理念。

兄弟同心，其利斷金

馬英九很專注地聽完我的說明，再回應時表示：國民黨一向以「務實開放」的態度來處理兩岸問題。目前，國民黨並未掌握政權。主張「一中各表」和「一中兩憲」的人應當「兄弟登山，各自努力」，等到二〇〇八年泛藍贏回政權後再說。

我在作總結時強調：嚴格說來，「一中兩憲」和「一中各表」這兩種主張並不是完全互相對立，而是可以互爲補強的。更清楚地說，對於目前仍然承認「中華民國」的廿四個邦交國，我們可以堅持「一中各表」，把「一中」表述成「中華民國」。然而，對目前承認「中華人民共和國」的一百六十九個國家，我們就必須改弦易轍，採用「一中兩憲」的策略。如果我們仍然堅持「一中各表」，那就很可能使台灣的外交「走不出去」。

換句話說，「一中各表」和「一中兩憲」對於維護台灣的權益，應當是「兄弟同心，其利斷金」的「互補關係」。這兩種主張正如飛鳥之兩翼，台灣想要擺脫「台獨」的羈絆，在國際社會中振翅高飛，必須兩手活用，在適當時機，舞動這兩隻翅膀。

「所謂『互補關係』的意思就是，」在結尾時，我以開玩笑的口吻說：「如果你在找副手的時候，『馬王配』不成，你不妨考慮『馬黃配』！」

由於馬英九個人獨特的魅力，這場座談會是「國家前途新論述」三場講座中，到場人數最多的一場。馬英九講完後，開放聽眾提問。現場兩百多位聽眾中，有許多人搶著發問。本來預計由七點到九點的座談會被迫延長三十分鐘，可是仍然有人舉手想發問。主辦單位礙於場地租借時間已到，宣布座談會結束。有兩、三個人竟然從座位上跳起來，跟在走離會場的馬英九後面大吼大叫。結果第二天各家電子媒體反覆播出的竟然只有我提到「馬黃配」時現場聽眾哄堂大笑，以及馬英九離場時秩序紊亂的兩個鏡頭。至於我們對話的內容，則全然未見有任何媒體報導。眞是令人遺憾之至！

台灣的願景

吳伯雄當選國民黨主席後，我立刻跟他辦公室的核心幕僚聯絡，強調：國民黨必須給台灣一個未來的願景，才有可能贏得二〇〇八年的總統大選，不能讓選民覺得國民黨主席只是專門在「喬」人事。如果吳主席願意，民盟很樂於爲他再辦一場「國家前途新論述」講座會。

吳伯雄很爽快地答應了。四月廿二日（星期日）下午三點到五點，吳主席在國民黨文傳會主委揚渡和楊泰順教授的陪同下，出席民盟在台灣大學法學院國際會議廳爲他所舉辦的演講會，題目是「台灣的願景：國民黨奮鬥的目標」。在這場演講中，吳伯雄以「和平發展，互助雙贏」闡述國民黨的兩岸政策。他說：「國民黨重新執政後，一定在『不改變現狀』、『台灣優先』、『和平共處』與『對等協商』的四項原則下，尋求兩岸結束敵對狀態，簽署和平協議，建立共同市場，以開啓兩岸在經貿、文化、學術與體育的全面交流。我們認爲，在和平原則下，直航三通要加速完成，兩岸的經貿、投資、觀光可以更擴大開放。」

在這個大前提下，他說：國民黨未來的政策主軸，是「行憲而非毀憲」、「維持適度國防」、「強化教育及文化內涵」、「積極扶助企業發展」。

針對民進黨所推動的「正名制憲」，國民黨認爲，「現階段應是遵憲、行憲而不是毀憲，尤其是國會即將全面改選，總統大選也將舉行，任何政黨都不應把修憲當作選舉操作的籌碼，把修憲當兒戲，甚至進行毀憲，把台灣推向戰爭的邊緣。」「對各種修憲的主張，我們都以認眞的態度，評估其對國家生存發展的影響，我們也會研議出我們自己的修憲目標和方向。有關修憲的時機，應由明年產生的全新國會和新的國家領導人，也就是由全新的民意來決定。」

致力發展兩岸和平

對於軍購議題，他說：「國民黨一向主張：爲了維護兩岸之間的和平，我們必須維持適度的國防力量，國軍必須優先檢討目前的戰備狀況，汰除老舊裝備，積極提升戰力。但這項國防武力的強化，必須是在正常的預算架構下逐年編列，而不能像民進黨的作爲，一方面持續砍殺國防預算，再方面又企圖利用龐大的特別預算購買特定武器圖利國外勢力與軍火商。」

「只要兩岸能夠建構出穩定的和平關係，我們便可以將軍購預算控制在適度的水準。我們不必舉債以購買武器裝備，我們的軍事預算也不會排擠其他預算。我們更相信：選民的眼睛是雪亮的，國民黨主張『致力發展兩岸和平，維持適度國防力量』，民進黨主張『積極進行軍備競賽，財政崩潰在所不惜』，大家一定能夠判斷：到底誰才是眞正的愛台灣？」

在「尊重教育及文化專業」方面，他認爲：台灣下一個階段的經濟發展，必然是要卯足全力，發展文化創意產業。我們必須充分發揮自由民主體制的優勢，提供各種必要的條件，吸引最優秀的創意人才，能夠在自由開放的台灣社會中，發揮他們的創意。

「基於這樣的見解，我們堅決反對民進黨在文化上『爲意識型態去中國化』，用政治力量推動『爲私利改名』的文化大革命運動。將來國民黨在重掌政權後，一定會堅持『政治屬政治，文化歸文化』的原則，尊重教育及學術專業，把民進黨在教育上全面否定中華民國及其歷史的作爲，完全改正回來，並對教改的亂象作全面檢討，拯救千萬學子，也讓教育及文化界人士有充分發揮其才能的空間。」

兄弟登山，各自努力

在「積極扶助企業發展」方面，吳伯雄指出：「在『中國和平崛起』的今天，全世界各項重要產業無不絡繹於途到中國尋找商機；但台灣卻因兩岸情勢時緊時鬆，各項經貿發展必要的協商談判被不定期地延宕，使得台灣商人痛失了許多良好的機會。」國民黨非常瞭解：「台灣的根本在經濟，經濟的前景則在國際化，未來國民黨將秉持『立足台灣、胸懷大陸、放眼世界』的企圖心，積極主動地爲企業解決問題，使得國民黨執政時代所揭櫫的『亞太營運中心』的目標，能在國民黨再次執政後實現。」

在演講之前，吳伯雄還特地準備了講稿，發給現場聽眾。平心而論，這篇講稿的內容可以說是「面面俱到」。但是我也注意到：他刻意避開不談兩岸之間「一中各表」或「一中兩憲」等敏感議題。因此，在他演講完畢，開放聽眾發問的時候，我故意提起上一場座談會中，我和馬英九間的對話，強調「一中各表」和「一中兩憲」之間有「兄弟同心，其利斷金」的「互補關係」，要求吳伯雄對這個問題表示看法。

吳伯雄很委婉地表示：他十分瞭解我有關「一中兩憲」的主張。國民黨尊重任何有助於解決兩岸問題的主張。然而，因爲目前國民黨不執政，民進黨又刻意要以挑起兩岸間的緊張對立來牟取選舉利益，根本不聽在野黨的建議，這個問題只好等二〇〇八年國民黨贏回執政權再說。

吳伯雄的說法跟馬英九是大同小異的。我對國民黨長期的觀察，早已看出：國民黨高層的基本心態是刻意閃避兩岸核心議題，以免捲入統、獨紛爭。如果我要堅持我的主張，看來也只好「兄弟登山，各自努力」了。

第七節　撞牆外交與「亞銀模式」

由於國民黨高層執意不讓我參加總統初選，「國家前途新論述」四場講座並不具初選辯論的資格，當然也收不到「震撼教育」或「十八銅人陣」的效果。跟民進黨內總統初選四大天王廝殺慘烈的情況相較之下，這四場講座只能用「和風細雨」四個字來加以形容。這種變調的講座能不能讓馬英九去「挑戰天王」，那只有看他個人的造化了。

撞牆外交術

不管二〇〇八年總統大選的結果如何，我仍然相信，「一中兩憲」的主張可以解決兩岸之間的緊張對立，以及由此而衍生出的各項問題。我們可以用台灣參與國際組織的途徑，來說明我的論點：

四月底，民進黨政府拒絕北京奧運聖火入境，呂秀蓮副總統宣稱：「這是外交戰爭的開始」。民進黨這場「外交戰」的主要戰略，可稱之爲「撞牆外交術」，其基本模式可以「世衛拒我入會事件」做爲代表：

四月十一日，陳水扁致函「世界衛生組織」秘書長陳馮富珍，要求以「台灣」名義成爲 WHO 會員國。四月廿九日 WHO 秘書處聲稱「台灣不是一個主權獨立的國家」，沒有申請爲會員的資格。陳水扁立刻大張旗鼓，召開「台灣名義參加世界衛生組織」座談會，一方面強調：台灣是一個主權獨立的國家，以會員國的身分參與 WHO 是兩千三百萬台灣人民的「集體人權」，「WHO 秘書處憑什麼否定台灣的國家主權」？一方面痛批中國「過分、可惡、鴨霸」，中國與 WHO 簽署「秘密備忘錄」，設下種種不合理限制，例如台灣參加 WHO 會議須經中國衛生部審查，還被記載爲來自「中國台北」，眞是「是可忍，孰不可忍」。

主權獨立的國家？

「台灣」到底是不是一個主權獨立的國家？政治學的「主權」可以從「實質主權」和「國際承認」兩方面來看：「實質主權」是以有效統治作爲國家存在之要件，包括：用民主合法的程序取得政權，行政命令之執行，擁有司法審判權，保有自己的關稅，發行本身的錢幣，對外簽訂條約等等。

就這個層面而言，「台灣」（或中華民國）當然是一個「主權獨立」的國家。然而，一個國家還必須得到「國際承認」，才算是一個正常國家。對與中華民國有正式外交關係的廿五個國家而言，「中華民國」爲一主權獨立個國家。

可是，對於目前承認「中華人民共和國」的一百六十八個國家而言，「中華民國」卻不是一個主權獨立的國家。所以，二〇〇三年十月廿五日，美國國務卿鮑爾在北京明確表示：「台灣不享有一個國家的主權」，同時再度表明「美國不支持台灣獨立」「美國認爲兩岸關係的最終解決是『和平統一』」。

陳水扁是台大法律系的畢業生，他當然不會沒有這些政治學的基本常識。既然如此，他還要鍥而不捨地「以台灣名義加入聯合國」，便是他刻意要製造「舉國一致」的挫敗情境，再藉機痛罵中共「過分、可惡、鴨霸」，任何人敢在這些議題上跟他爭論，他便可以給對方扣上「不愛台灣」的紅帽子，把自己撞得滿頭包的責任全部推給對方。舉例言之，四月底，民進黨政府宣布拒絕奧運聖火入境，主要理由之一是：北京官方人士及媒體，在提及有關二〇〇八奧運賽時，一再宣稱我方爲「中國台北」，「刻意矮化我爲他的地方政府」，「破壞我們主權」，所以「我們絕不接受」。

亞銀模式

一個負責任的政治人物如果眞心誠意想帶領台灣參加國際組織，是不是眞的無路可走，而非拚命搞這種「撞牆外交」不可呢？從「一中兩憲」的角度來看，這個問題的答案顯然是否定的。

目前我國參加國際組織有兩種不同的模式，一是「奧會模式」，一是「亞銀模式」。一九六六年，台北參與亞洲銀行，爲創會會員國。一九七四年，北京擬加入亞銀，台北表示反對。一九八三年，中共正式申請入會，但其前提條件爲「中華人民共和國政府是中國的唯一合法政府」，台灣當局必須改名。一九八八年四月，亞銀在馬尼拉召開第廿一屆理事年會，亞銀當局擅自將我國名稱由「中華民國」（Republic of China）改爲「中國台北」（Taipei, China），當時我方代表「亞銀理事」張繼正雖然提出書面抗議，但並沒有選擇退出。目前我方在亞銀的會籍名稱是「中國台北」（Taipei, China），中共則是「中國」（China），各自代表實質上互不隸屬的有效統轄領域，造成海峽兩岸同時加入亞銀的「一國兩席」。

一九八九年，兩岸針對台灣代表團參加奧運的名稱展開協商，最後決定以「中華台北」（Chinese Taipei）作爲台灣參加國際組織的名稱。其後台灣參與 APEC 和其他國際組織，都是援用奧會模式。台灣雖然用「台澎金馬獨立關稅領域」參與 WTO，英文簡稱仍然是 Chinese Taipei。

對等政治實體

國際組織中，使用的是英文。嚴格說來，「Taipei, China」的中文名稱應當翻譯成「台北，中國」，而不是我國在亞銀的會籍名稱「中國台北」。今天我們必須嚴肅思考的問題是：如果以「台北，中國」稱呼台灣，到底有沒有「矮化我爲他的地方政府」，「破壞我們主權」？

近年來，我一再主張以「一中兩憲」來解決兩岸間的緊張和對立。如果海峽兩岸都能夠接受「一中兩憲」的主張，將來雙方就必須分別使用「台北，中國」和「北京，中國」的名稱，以「政治實體」的立場，簽訂「和平協定」或其他條約。「台北」和「北京」分別代表兩個「政治實體」的首府所在地，「中國」則是既包括「中華民國」，又包括「中華人民共和國」，是由歷史傳承而來的一個名稱。雙方可以各自表述成「中華民國」或「中華人民共和國」，完全符合「九二共識，一中各表」的精神。「台北，中國」和「北京，中國」代表兩個對等的政治實體，誰都沒有被誰「矮化」成「地方政府」。

根據「一中兩憲」的主張，將來台灣要參與國際組織，名稱也是應當用「台北，中國」(Taipei, China)，而不能使用「中國台北」。就其語意而言，「中國台北」確實是像「中國香港」一樣，有故意矮化台灣之嫌。但「台北，中國」則和「北京，中國」一樣，代表「一中兩憲」的立場，而有「一國兩府」的意味。反倒是奧運模式的「中華台北」(Chinese Taipei)，其英文意義根本是「中國的台北」或「中國人的台北」。前者是自我矮化，後者連「政治實體」的地位都沒有。這種不倫不類的名稱，有什麼值得「捍衛」的呢？

新中間路線

我敢於斷言，將來海峽兩岸如果以對等政治實體的立場展開談判，台灣參與國際組織的最佳管道，仍然是遵循「台北，中國」（Taipei, China）的「亞銀模式」，在國際組織中爭取「一國兩席」的對等位置。捨此正道不由，反倒一再玩弄「明知故犯式」的「撞牆外交」，那根本不是在爲台灣「拚外交」，而是爲了操作選舉利益，自己故意撞得滿頭包，再把責任歸罪給別人。

我在闡述「一中兩憲」的理念時，常常請傾統的朋友注意「一中」，請傾獨的朋友注意「兩憲」；就其內在意義而言，「一中兩憲」的主張可說是「統中有獨，獨中有統」，「既統又獨，既不統又不獨」，可以滿足各路人馬的要求，本質上是「維持現狀」的「新中間路線」。許多獨派朋友聽到這樣的主張，最常問的問題是：「中共會接受嗎？」

我國在亞銀英文名稱被改爲 Taipei, China，便是出自於中共的要求。這件事雖然發生於一九八八年，中共的政策卻是「鐵板一塊」，從來沒有改變過，也符合我「一中兩憲」的主張。民進黨爲了操弄兩岸關係以獲取選舉利益，似乎連自我定位的智慧都已經喪失殆盡。利令智昏，受到國際社會的排擠，又何足爲奇？

「伍子胥之眼」

這本書共分十二章。第一章談我的家世背景，第二章談我的學術研究，從第三章起，回顧我參與過的社會運動。從世俗的角度來看，我參與過的社會運動沒有一項是「成功」的。很多人常常覺得奇怪：明明知道這些社會運動的成功性極低，爲什麼還要如此費力去推動呢？

我常常用「伍子胥之眼」的故事，來說我的用意。吳王夫差舉兵伐越，進逼越國，越王勾踐派人求和。伍子胥深知句踐爲人，力主徹底殲滅，夫差不納，反倒聽信奸臣之言，賜劍命令他自刎。伍子胥深知吳國將來必亡於越國，臨死前交代屬下說：「我死之後，必置吾眼於吳東門，以觀越兵入也。」後來，吳國果然被越國所滅，應驗了伍子胥的預言。

「讀聖賢書，所學何事？」作爲一個社會科學工作者，對自己生活世界所發生的種種事件，不可能毫無所感。我在一九九五年出版《民粹亡台論》之初，對伍子胥的心情，已經深有體會。二〇〇四年，我出版《民粹亡台記》，刻意將伍子胥的這段話，置於〈序言〉頁首。今天出版這本書，只是希望我的這一系列行動，能夠扭轉台灣歷史的走向，挽救台灣於淪亡。如果事與願違，就讓我們留下「伍子胥之眼」，作爲歷史的見證！

Canon 13

挑戰天王

作　　者	黃光國
總 編 輯	初安民
責任編輯	陳思妤
美術編輯	張薰芳
校　　對	吳美滿　黃光國

發 行 人	張書銘
出　　版	INK 印刻出版有限公司 台北縣中和市中正路 800 號 13 樓之 3 電話：02-22281626 傳真：02-22281598 e-mail : ink.book@msa.hinet.net
網　　址	舒讀網 http://www.sudu.cc

法律顧問	漢廷法律事務所 劉大正律師
總 代 理	展智文化事業股份有限公司 電話：02-22533362・22535856 傳真：02-22518350
郵政劃撥	19000691 成陽出版股份有限公司
印　　刷	海王印刷事業股份有限公司

出版日期　2007 年 6 月 初版
ISBN 978-986-6873-22-5
定價　300 元

國家圖書館出版品預行編目資料

挑戰天王／黃光國 著.
--初版，--臺北縣中和市：INK 印刻，
2007〔民 96〕面； 公分--（Canon;13）

ISBN 978-986-6873-22-5（平裝）
1.黃光國-學術思想 2.政治-台灣 3.教育改革

573.07　　96006778

INK

INK INK INK INK INK INK
K INK INK INK INK INK IN
INK INK INK INK INK INK
K INK INK INK INK INK IN
INK INK INK INK INK INK
K INK INK INK INK INK IN
INK INK INK INK INK INK
K INK INK INK INK INK IN
INK INK INK INK INK INK
K INK INK INK INK INK IN
INK INK INK INK INK INK
K INK INK INK INK INK IN
INK INK INK INK INK INK
K INK INK INK INK INK IN
INK INK INK INK INK INK
K INK INK INK INK INK IN
INK INK INK INK INK INK
K INK INK INK INK INK IN
INK INK INK INK INK INK
K INK INK INK INK INK IN
INK INK INK INK INK INK
K INK INK INK INK INK IN
INK INK INK INK INK INK
K INK INK INK INK INK IN